JN122482

海王の娘

孤独な王女は二度目の人生で愛を得る

須東きりこ

Illustrator

コトハ

この作品はフィクションです。
実際の人物・団体・事件などに一切関係ありません。

海王の娘

孤独な王女は二度目の人生で愛を得る

序章　海王の国

　昨夜から続く嵐は、いつも恵みと富をもたらす海を大きく荒らしていた。海王の庇護を信じ、海王を崇めるこの国の人々にとって、海が荒れるということは自然の雄大さや脅威を感じさせる以上の原始的な恐怖がある。子供の頃から親に大人たちに、この国が海王にどれほどの加護をうけて発展してきたか、その恩を決して忘れてはいけないことを心の奥底に刻み込まれるからだろう。

　だが、この国の世継ぎの王女エヴァンゼリンは、そんな恐怖とは無縁だった。

(この天気はチャンスよね)

　嵐の日は、誰もが外出を控える。鎧戸に鍵をかけ、家族が肩を寄せ合い祈りをささげるのだ。

「これを叔父様に。どうか、必ず」

　エヴァンゼリンは侍女のメイに小さな包みを渡す。見つからないよう、嵐に濡れないよう、叔父への手紙を出来るだけ小さく折りたたんで油紙に包み、綺麗な柄の袋に詰めたもの。一見、若い侍女が持つに相応しい匂い袋にしか見えない。

「はい。必ずお渡しします。この命にかけましても」

　侍女というよりも幼馴染であるメイは、真剣な顔つきでそれを胸の前でぎゅっと握り、深く頷いた。

「ご安心ください。メイの命は私が守ってみせます」

　エヴァンゼリン専属のダンス教師シビルが、美しい身のこなしで礼をする。男性に間違えられることもあるほどの長身で、引き締まった体躯をしているが、女性だ。ダンスだけではなく護身術も得意で、剣だって使えることをエヴァンゼリンは知っていた。

「シビルには、これを」

　指輪を引き抜いて、用意してあった小袋にしまう。それをエヴァンゼリンはシビルに差し出した。

「世継ぎの君の指輪よ。これも叔父様に渡して」

　次期国王の印である指輪。これがあれば誰でも国王になれるわけではないが、正統であることを示す一つの証にはなる。

「書状だけでは、叔父様も完全には信じられないでしょう。突拍子もない話だから。でも、これがあれば、信じてくれる」

「ですが、エヴァンゼリン様。姫様がこれをしていないことが宰相に知られてしまったら」

「大丈夫よ。予備はあるの」

　本物の世継ぎの君の指輪には、内側に読解不能の文字が彫り込まれている。これを複製するのは不可能なのだが、外側の飾り彫りと青玉は可能だ。指にはめていれば、本物かどうかわからないだろう。

　頷いたシビルは、指輪を入れた小袋を服の内側にある隠しへとしまった。

「叔父様に会えたら、二人はそのまま叔父様に仕えてほしいの」

「エヴァンゼリン様、それは」

「聞いて。私が王位を放棄しても、叔父様が次期国王だと名乗り出ても、宰相はきっと諦めない。戦争になるかもしれない。その可能性は高く、私は監禁されるでしょう。そんな私のもとに戻るより、二人は叔父様の役に立って。二人とも王城にはとても詳しいから、きっと力になれるはず」

「そんな！　エヴァンゼリン様を見捨てるようなことを」

　涙を浮かべるメイの手をしっかりと握る。

「叔父様が強ければ、宰相も早々に諦めるかもしれない。そうすれば、私も解放されるかも」

「エヴァンゼリン様。一緒に逃れましょう」

　シビルが一歩前に出て、そう言いつのる。

「私が姿を消したとなれば、追手が出て、あなたたちも叔父様のもとにたどり着けなくなる」

「エヴァンゼリン様」

「もう決めたのよ、シビル。いい？　今夜は城と王都を抜けるのに最適な夜よ。誰もが安全な部屋に閉じこもり、誰が外を歩こうと気にはしない。それから、私が夜にちょっとした騒ぎを起こすわ。城の騎士たちの注意を引き付ける。その隙に、王都を出て」

　エヴァンゼリンは二人の顔を姿をしっかりと目に焼き付ける。乳母の娘で、幼い時から一緒に育ったようなメイ。成長と共にエヴァンゼリン付きの侍女になったが、心の中では今も大切な友人だ。そして、同じ女性でありながら、力強く頼もしいシビル。まるで国王に仕える騎士のように、エヴァンゼリンに誠心誠意仕えてくれた。彼女の忠誠は疑いようもない。

　巧妙に自由を奪われ、王城の奥で軟禁されているような生活を送るエヴァンゼリンにとって、この二人だけが心から信じられる。かけがえのない味方だ。

　まだ何か言いたげな二人の手を、エヴァンゼリンはしっかりと握りしめる。そして、強い目で、二人の目を見つめた。

「私が頼れるのは、あなたたち二人だけ。この国から宰相を排除するため、この国に平和で豊かな日々を取り戻すため、今日からあなたたちはそのために動いて。私のためではなく」

　メイは泣きながら、そしてシビルも頬を紅潮させながら、エヴァンゼリンの前から去っていく。

　二人の気配が完全に遠ざかってから、エヴァンゼリンは人を呼ぶために鈴を鳴らした。

（さあ。やり遂げなければ）

　やってきた使用人に、宰相に会いたいから来るようにと言づける。その使用人が宰相のもとへ去り、部屋に一人になると、エヴァンゼリンはバルコニーに出る扉を大きく開いた。途端、強い風と潮の香、雨粒がエヴァンゼリンの顔をたたく。今夜の嵐はひときわ強い。昨夜から続いているせいで、きっと被害もでているだろう。

　昔、この国は海から害を受けることはなかったと、語り部は話す。国王は海王の守護を受け、海が荒れて船が遭難したり、港町が高波に襲われることもなく、いつも豊富な海の幸に人々が飢えることもなかったという。だが、エヴァンゼリンの知る限り、年に何度かは遭難事故があるし、こうしてひどい嵐が時々やってきて海へ漁に出られないこともある。

「海王の国なんて、聞いてあきれる」

　吹き付ける風の中、エヴァンゼリンはそうつぶやいて小さく笑う。

「それとも、国王が海王から見放されたということかしら」

　この数代、強く賢い王がたっていない。エヴァンゼリンの父王は決して愚かではなかったが、病弱で心の強さがなく、政治は宰相に任せきりだった。そして、先月、若くして亡くなってしまった。一人娘のエヴァンゼリンだけを残して。

バルコニーの手すりの上に立つのは生まれて初めてのことだ。しかも、雨で濡れていて滑るから、エヴァンゼリンは細心の注意を払う。見下ろせば、荒れている海と波だけが見える。このバルコニーは、王城から海へと大きく突き出したデザインになっているのだ。そんな目立つバルコニーの手すりの上に立てば、嵐の夜であっても人目につく。事前にバルコニーに明かりを入れさせたのも、勿論、エヴァンゼリンが意図的にやったことだ。

城の外壁を歩哨している兵士たちが騒いでいるのが、彼らの持つ松明の明かりがどんどん増えていくことでわかる。証人は多ければ多いほどいい。騒ぎは大きければ大きいほどいい。

エヴァンゼリンはきつく結い上げていた長い髪をわざと崩し、わかりやすいように風になびかせた。長い銀の髪は、エヴァンゼリンのトレードマークみたいなものだ。王女に会ったことがない人も、長い銀の髪をしていることぐらい知っている。それに喪服を着ていれば、顔が見えなくても、王女エヴァンゼリンだろうと誰もが思うだろう。

「エヴァンゼリン様！」

室内から悲鳴のような声が聞こえてきた。思っていたよりも早い。宰相は今日に限って暇だったのだろうか。もう少し、周囲の目を集めたかったのに。

「何をなさっておいでですか」

振り返ると、青い顔をした宰相がエヴァンゼリンの姿を凝視していた。

「誰も近寄らせないで」

近衛騎士を呼び寄せようとした宰相に、エヴァンゼリンはそう警告する。

「すぐに飛び降りるわ」

「エヴァンゼリン様！」

　宰相は昔から悪い人だったわけではない。父王とは同い年の学友で、幼馴染だったと聞いている。悪かったのは父王のほうではないかと、エヴァンゼリンは何度も考えた。

　病弱で無気力だった父は、武芸に秀で積極的で行動的な幼馴染に、自分の重い責任を丸投げした。宰相はそれを引き受け、とてもうまくこなした。彼の中で何かが変わったのは、父王に娘しか出来ず、自分には立派な息子が何人も出来たからだろうか。無気力な王に仕えるのが馬鹿馬鹿しくなったからか。息子に自分の功績を継がせたくなったからか。今や、宰相が国のためではなく、自分と自分の家のためだけに動いていることを、王城の誰もが疑わない。

　そうこうしている間に、室内には人の気配がどんどん増えてきている。王城にもいたるところに明かりがともり、エヴァンゼリンから見えるところにも人が増え始めていた。

「私は結婚しないわ」

　何も話すつもりはなかったけれど、時間稼ぎのためにエヴァンゼリンは宰相に話しかける。

「あなたの息子に王冠を与えるつもりはないの」

「エヴァンゼリン様！」

「私には生きている価値がない」

　この国にとって、価値どころか疫病神でしかない。

「さようなら」

　もう覚悟は決まっていた。幼い時から、自分はこの国の王女でこの国のために生きるのだと、この国のために身をささげるのだと教育されてきた。そのおかげで、人より綺麗な服を着て、美味しいものを食べられるのだと。今のエヴァンゼリンに、国のために出来ることはこれしかなかった。

ほんの少し、体を海へと傾けるだけでよかった。

落ちていく感覚。風を切る音。そして、夜の海は暗く、波だけが白く見えた。

(もし本当に海王がいるのなら。この国を守護してくれているのなら。どうぞ次の新王に祝福とご加護を。この国と民をお守りください。ささやかですが、私のこの命をささげます)

エヴァンゼリンは、嵐の海に落ちる前、意識を失った。

そして、王城には人々の悲鳴がこだました。

第一章　マルタナ

冬の足音が聞こえてきそうな、ある朝。

ラザラスはすっきりとした気分で目を覚まし、起き上がると両腕を上げて伸びをした。きんと冷えた空気と、静けさが心地よい。家の中にはラザラスの他に誰もいない。ここは、彼が一人になりたいときに訪れる、隠れ家のようなところだ。質素で簡素な作りの家だが、清潔で居心地がいい。裸足で家の中を歩き回り、井戸から汲み上げておいた水で顔を洗うと、チーズやハム、かたいパンとワインで軽く朝食をとった。

「今日は迎えが来る日か」

小さくため息。今日は日常に、厄介な仕事に帰らなければならない日だ。この島から本島への定期船はあるが、ラザラスの部下たちは帰る予定の日には必ず迎えの船をよこす。そうしないと、ラザラスがいつまでも帰ってこないと確信しているようだ。

その時、朝の静けさが人の気配に破られた。

「ラザラス様！　ラザラス様、いらっしゃいますか！」

知っている娘の声。ラザラスは靴に足を突っ込みながら、玄関ドアを開けた。

「おはよう、ミミ」

家の前庭に、若い娘が駆け込んできた。

「ラザラス様、よかった、居てくださって」

「朝からどうしたんだい？」

ミミは近所に住む、十七の若い娘だ。彼女の母親は、ラザラスがこの家を留守にしているときの管理を任され、ラザラスがここに滞在しているときは食事や洗濯などの世話をしてくれている。娘のミミは母親に付いて来たことが何度もあり、ラザラスとは顔見知りだ。

「ラザラス様、大変なんです」

息を整えラザラスを見上げたミミは、いつものように彼の姿に見とれ、しばし言葉を失う。

ラザラスは、女なら誰でも見とれるような、美しく逞しい男だ。光を集めたような金色の髪はつややかで、今は無造作に後ろに流しているだけだが、柔らかそうで指をとおしてみたくなる。緑の瞳は深い知性と鋭さを感じさせながら、人懐こいユーモアの光もともし。長身で逞しく、手を見れば日常的に剣を持つ人だとすぐわかる。

「大変って、どこかの軍隊が攻めてきたとか？」

ラザラスのほうは、女性に見とれられるのには慣れている。

足を突っ込んだだけの靴をきちんとはき、紐を結びながら、ミミに先を促した。

「え！　まさか！」

「では何が大変なんだ」

「人が流れ着いたんです！」

「海岸に？」

「はい！　今、母が介抱してます。まだ息があって」

「そりゃ大変だ。ミミはこのまま医者を呼んでおいで。この家にね」

「はい、わかりました！」

　海岸に一番近い家はここだ。ラザラスはここに連れ帰るつもりで、家の中から毛布を取ってくると、ミミの母が待つ海岸へと走り出した。風よけにもなっている林を抜けると、視界は開け、白い砂浜と海が見える。ミミの母モナはすぐに見つかって、何かを抱えてしゃがみこんでいた。

「ラザラス様、すみません、お呼び立てして」

「遠慮するとこじゃないよ。息があるって？」

「はい、弱いですけど、脈も」

　モナが抱えているのは、黒と思われる服を着た女性だった。白っぽい髪はとても長く、顔と体を覆い隠し、はっきりと様子がわからない。モナが顔にかかる髪をかきわけると、白い顔をした若い女性が現れる。

「毛布を持ってきた。うちに運ぼう」

「よろしくお願いします」

　毛布で体を包みながら、ラザラスは黒い服の女を抱え上げる。上背はありそうだが、ほっそりとした体つきで、予想していたよりも軽かった。

　医者の見立てでは、気を失って深い眠りに入っているだけ。外から見てわかるような怪我もなく、海水を飲んだ様子もない。しばらくすれば目を覚ますだろうとのことで、ラザラスはこのまま預かることにした。一見、無害そうな女性だが、起きてみるまでわからない。母と娘だけのモナの家には、置いておけないと判断した。

モナはそれをとても恐縮がって、ミミを手伝わせて出来る限りの世話をしてから帰宅していった。おかげで、得体の知れない遭難者は、長い髪をざっくりとした三つ編みにまとめ、塩の浮いた肌は真水でぬぐわれ清潔な服を着て眠っている。こうして見ると、年のころは二十前後の、美しく高貴な女性と思われた。着ていた服は、モナがざっと洗って干してある。明らかに喪服だった。しかも、布地も縫製も、かなり上等な品。貴族か豪商の娘が着るものだ。アクセサリーは何も身に着けていない。身元がわかるような品は何もなかった。

「わけありか？」

なんとなく、そんな感じがした。根拠などないが。この島の海岸に流れ着くのは、この時期、マルタナ王国本島の南からが多い。だが、ここ数日、そこで嵐があったという話も、船が遭難したという事故も聞いていない。それに、船が遭難して流れ着いたのなら、大抵の場合、人と一緒に漂流物も流れ着くものだ。だが、他には何もなかった。

「目を覚まして、説明してほしいな」

と、ラザラスは娘の手の平を指先でつつく。白く、柔らかな手の平だ。肉体労働とは無縁の女性なのは間違いない。だが、体つきはそう悪くない。細いながらも、手足にはしっかりと筋肉がのっている。日常的に運動をしている体だ。椅子に座って刺繍ばかりしている貴族の令嬢とはちょっと違う気もする。背筋も綺麗だ。きっと、歩く姿勢は背筋が伸びて美しいだろう。臀部もひきしまっている。体つきだけ見ると、女性騎士のようだ。だが、柔らかな手には剣を持った形跡はない。

ラザラスは女性の意識がないのをいいことに、彼女の体中に触れたわけだが全く悪びれることもなく、最後に彼女の顎をつかみ、その顔を右に左に傾かせた。やはり、見覚えはない。目を開けないとはっきりとはしないが、この顔は見たことがないと思った。

国内の貴族の顔は全員覚えている。その奥方の顔もだ。だが、彼女はその誰とも似ていない。となると、豪商や地方名士の娘かもしれない。国の南部には、貿易で財産を築いた商人も多い。南の離島には、その島の昔からの名士な金持ちも多い。それらすべてを把握は出来ていない。

「さあ、起きろ」

彼女の身元推理には行き詰まった。ラザラスは彼女の鼻を軽くつまんで、わざと息苦しくしてやる。彼女はほんの少しだけ身じろぎ、すぐに目を覚ました。眠りはかなり浅くなっていたのだろう。目は、青だった。長いまつ毛に縁どられ、大きくてくっきりした目だ。

「……あ……」

ふっくらとした唇が動き、声にならない声を上げる。ハート形の小さな顔に相応しい、少し小さめな唇。だが、ぽってりとして肉感的だ。目を閉じていても美しかったが、今はさらに美しく魅力的だった。人の美醜にこだわりの全くないラザラスでさえ、彼女の美しさにはしばし見とれた。

そして、彼女の青い瞳がラザラスを映し、そこで視点が固定された。

「……天国？」

それで、彼女が意識を失う前、死を覚悟していたことがわかった。

「いいや、違うよ」

ラザラスが答えてやると、彼女はびくりと体を震わせた。

「ここ、は」

「マルタナ王国の島の一つだ」

「マルタナ……」

「君は砂浜にうちあげられていた。海に落ちたのか？」

　こくりと、彼女は小さく頷いた。

「君の名前と出身は？　家族が心配しているんじゃないか？」

　ぴくりと、彼女の右手が動く。そして、足が動き、小さくシーツを蹴るようにした。

「まだ動かないほうがいい」

「私……生きてる」

「…………」

「死ぬはずだったのに」

　彼女の目から涙があふれ、目尻から枕へと流れ落ちていく。その表情からも、口ぶりからも、彼女が今生きていることを喜んでいないのは明白で、ラザラスは嫌悪のため息を押し殺さなければならなかった。もっとも、今の彼女にラザラスの様子を気にするような余裕はなく、あからさまにしたところで知られなかっただろうが。

　しばらく、彼女は静かに泣き続けた。そして、泣いたことでわずかに取り戻した体力を使い果たしたのか、また深い眠りに落ちていった。

「……話を聞くのは、もう少し元気になってからだな」

　その時、玄関の扉をたたく音が聞こえてきた。かなり大きくて、重い音だ。

「ラザラス様！　ラザラス様はご在宅ですか！」

そして、大きな野太い声。体格のいい男の声だとすぐわかる。

ラザラスは彼女が目を覚ますのではないかと思ったが、ぴくりともしなかった。

「あいてるよ」

そう声をかけると、玄関の扉が開く音がした。開いたままの寝室の扉の外に、人の気配を感じる。

ラザラスは振り返らず、ベッドの彼女に視線は向けたまま声をかけた。

「うるさいよ、ベルダン」

「申し訳ありません。これが地声ですので」

ちっとも申し訳なさそうに言うベルダンにため息をつき、ラザラスは指先で彼を近くへと呼び寄せる。

「……こちらの女性は？」

「今朝、浜辺で拾った。うちあげられててね。さっきちょっと目を覚ましたけど、また落ちた」

「海難者ですか」

「事故、遭難の報告きてる？」

「いえ、ありません」

衣擦れの音がして横に目をやると、ベルダンが膝をついて椅子に座っているラザラスと視線を合わせてきた。

「何か気になることでも？」

見た目は力自慢で武骨な軍人そのものなのだが、ベルダンはそれだけの軍人ではない。また、ラザラスに対する忠誠は強く、主君が何かを気にしていることを察していた。

「彼女は王城に連れて帰る」

「身元の知れない者を、王城にですか」

「気になるんだ」

ラザラスは立ち上がり、彼女の体を毛布でくるむ。抱き上げて運ぼうとして、怖い顔をしたベルダンに止められる。

「おやめください」

「心配しなくても、まだ体力がなくて動けないよ。医者に診せたいし」

「陛下」

休暇中はそう呼ぶなと言ってあるのに、わざとそう呼んでくるベルダンをラザラスは横目で睨む。

「彼女は、死ぬはずだったと言ったんだ。だから、死なせたくないだけ。わかるだろ」

「……では、私が」

と、腕を差し出してきたベルダンに、ラザラスは少しだけ迷ったが、彼女を任せることにした。

家の外には、ベルダンの部下たちが複数いるのだろうし、女性を抱えて出ていけば、どんな噂をされるかは火を見るより明らかだ。それが煩わしく思えた。

「休みの間、変わったことはなかった?」

サイドボードの上に置いてあった、貝で出来たブレスレットを取り上げ腕にはめる。休暇中、村の子供たちからプレゼントされたものだ。それ以外のものはここに置いていく。

「フェリックスは書類の山を作っているようですが、軍のほうは特に何も。平和ボケが始まる前に、演習を入れようかと考えています」

「いいじゃないか、平和ボケ」

「休暇は終わりですよ、陛下」

「一生休暇がいいなぁ」

そうぼやいて玄関を開けると、前庭に待機していた男たちが、一斉にぴしりと揃って頭を下げる。近衛軍副団長ベルダンの部下たちである。勿論、揃いも揃って優秀な軍人ばかりだ。揃って挨拶しただけでも、只者ではないオーラがあふれている。

休暇は終わったと、ラザラスは小さく息をついた。


五日後。

休暇の間に溜まっていた書類との格闘も、一段落つこうとしていた。未決済の箱に積み上げられていた書類の最後の一枚を決済の箱に移し替え、ラザラスは万歳をして椅子に深く寄り掛かった。

「終わった！」

「そのようですね」

「お、わ、った！」

くーと伸びをするラザラスに、フェリックスは笑いを隠さなかった。

「お疲れ様でした」

「ああ、疲れた！」

「休暇中も、一日数時間でもやっておけば、ここまで溜まらないんですがねえ」

「それじゃ、休暇にならないよ、フェイ」

フェイことフェリックスは、ラザラスの幼馴染で、今は補佐官として政務を支えてくれている。ラザラスの執務室は、フェリックス抜きでは回らない。年齢はラザラスと同じ二十四歳。若すぎると批判を受けることもあったが、仕事ぶりで黙らせてきた。とても有能な男だ。ちなみに、ラザラスを若すぎる王だと批判した面々も、ラザラスとフェリックスは実力で黙らせてきた。二人の絆は固い。

「仕事が一段落したところで、セルマー様が面会を求めていますが、お会いになりますか？」

「セルマーが？」

「あなたが拾ってきた女性のことですよ」

セルマーはこの城の医師であり薬師だ。ラザラスの主治医でもある。その彼に、海で拾った彼女を預け、忙しさに忘れていたラザラスである。すぐに会うと、セルマーを執務室に呼び寄せた。

「どうやら、あの子は、自分が死ななければならないと考えているようです」

やってきたセルマーは、沈んだ顔をして、そう話し出した。

「名前も出身も、家族のことも、自分のことは一切話そうとはしません。それどころか、衝動的に自殺をしようとするので、目が離せません」

自殺という言葉に、ラザラスもフェリックスも、はっきりと不快感を示した。

「あの子が自殺を図って海に入ったのは、間違いないでしょう」

「セルマー」

自殺を繰り返す主治医に、ラザラスは顔をしかめて首を横に振る。

「私が見たところ、あの子は何かから逃げるために死を選んだわけではないようです」

「追い詰められて、正常な思考を失っているとか？」

「それもありません。あの子はとても冷静で、頭がいい。ただ、抑圧されているという点は、当たっているかもしれません」

いつも冷静で思慮深いセルマーらしくなく口調は投げやりで、表情には怒りに似たものがある。ラザラスは彼女の近況よりも、そんなセルマーの様子のほうが気になった。

「申し訳ありません。少し感情的になっている自覚はあるのですが」

「彼女に特別な気持ちがあるとか？」

「やめてください、娘のような年齢ですよ」

とはいえ、セルマーは四十になったばかりで、独身で、城内での地位も高い。くすんだ灰色の髪を短く切り、青い瞳は深い知性を感じさせる。整った顔立ちをしているセルマーが結婚していないのは、相手がいないからではなく、本人にその気がないだけなのだが。

「誤解です、陛下。私は……苛立っているのでしょう」

イライラしているセルマーだって、とても珍しい。

ラザラスはとても興味深くセルマーを見ていたのだが、ふとセルマーの目に真摯な光がともり、自分へと向けられたので、少しだけ面白がっていたのを切り替えた。

「あの子に会ってもらえませんか、陛下」

「……理由は？」

「私の知る限り、この世で最も器の大きな方はあなただからです」

「？」

セルマーが何を言いたかったのか、ラザラスには今一つわからなかった。ただ、セルマーは彼女を見ているとイライラするらしいと推察され、何かわかったようなフェリックスが会ったほうがいいと言い出すので、ラザラスは肩をすくめる。

「いいけど、ちょっと遠乗りに出てからな」

「陛下、あの子を拾ってきたのはあなたですよね」

「セルマーを苛立たせるほどの女性に会うためには、まず気晴らしが必要さ」

そう嘯いて、ラザラスは長い書類仕事で凝り固まってしまった体で、大きく伸びをした。


それでもその夕刻、ラザラスは彼女に会いに、王城の地下へ向かった。

体調はよくなっているらしいのだが、諸々の理由で目が離せないため、セルマーの仕事部屋の隣室で寝泊まりしているらしい。本当なら、重病人が使う部屋だ。だが、訪ねてみると、その部屋はからっぽだった。ラザラスを案内してくれたセルマー付きの女中が青い顔をする。どうしようと慌てるのに、大丈夫だからと下がらせる。とはいえ、ラザラスにも彼女の居場所に心当たりなどない。

死にたがっているという相手だ。高いところから探していくべきなのかもしれないと思わないでもなかったが、ラザラスはそんな気持ちになれなかった。自分が助けた命だが、どうしても死にたいというのなら仕方がない。セルマーがすでに言葉を尽くして、彼女の自殺を阻止しようとしてくれたのだろうし。それ以上にどんな言葉が必要だろう。

ただ、彼女は死ぬはずだったと言った。それがラザラスにはずっと引っかかっていた。死にたかったではなく、死にたいでもない。生きててよかったでもなく。死ぬはずだったという言葉には、義務とか責任とか使命とか、そんなものを感じる。

自分から死を選ぶ、そんな選択をラザラスは認めない。望んで死ぬなど、あり得ない。だが、忠義や大義のために死を選ぶというのは、わからなくもない。国王である限り、自分がそういう選択をしなければならないときも来るかもしれないと、常に考えているから。

ラザラスは自然と、この時間なら最も美しい光景が見えるところへ足が向いていた。沈む夕日がよく見える、西の塔にある見張り台。するとそこには、先客がいた。

「こんなところにいたのか」

長い階段を上ったところにある、少し広めの見張り台の隅っこに、彼女は膝を抱えて座っていた。ラザラスに声をかけられ、はっと顔を上げる。五日前より顔色はよかった。

「俺のこと、覚えている？」

「……いいえ」

「君を浜辺で助けた男だ」

膝を抱えたまま、彼女は小さく頭を下げた。

「ありがとうございました」

と、泣きそうな顔で、ちっともありがたがってない口調で、そう言われた。

ラザラスはため息をつき、彼女の隣に腰を下ろす。彼女はびくついて、離れようとお尻をずらしたが、気にしないことにした。

「フランシスって呼ばれてるんだって？」

彼女を拾ったのが、フランシーヌという島だったので、そこから名付けられたのだろう。男性に多い名前だが、女性に皆無というわけではない。頑なに自分のことを話そうとしない彼女に、セルマーが付けたと聞いている。

「自分の名前を言う気はないのかな？　一応、恩人なんだけど」

「……ごめんなさい」

「事情を説明する気も？」

「ごめんなさい」

「家族に連絡しなくても？」

「……家族は、いません。みんな、死んでしまって」

「そうか」

彼女は喪服を着ていた。家族を亡くしたばかりなのかもしれない。

「一人になって、生きていく意味を失ったから、後を追おうとした？」

答えなかったが、違うような気がした。

「君は、死ぬはずだったと言ったんだ。覚えている？」

「……いいえ」

「どういう意味？」

フランシスは答えない。嘘を言って誤魔化そうとしないのは、まだ潔いが。きちんと向き合っているようでいて、すべては許さない。少しだけ、彼女にイライラしているセルマーの気持ちがわかるような気がした。ラザラスは立ち上がると、西の端っこに移動して壁に寄り掛かり、今まさに沈みゆく夕日を見つめた。

「この城では、一年前、自殺があったんだ」

思っていたよりもすんなりと口から出てきたことに、ラザラスは少しばかり驚いていた。

「大切な友人だった。だが、彼が自殺を考えていたなんて、全く気付かなかった。これっぽっちも」

一年という時間だろう。もし、彼女を拾ったのがもう半年早かったら、こんな風に穏やかに話を出来た自信はない。

「遺書らしい遺書もなく、未だに彼がなぜ自殺したのか、よくわからない。俺は気付けなかった自分を責めたし、何も言ってくれなかった彼には、……悲しみと怒りを感じた。彼は幸せそうだったし、家族にも友人にも恵まれていたと思う。それなのに、何の相談もなく、何の前兆もなく、彼はいきなり死を選んだ。それが、彼の家族や友人を悲しませ、苦しませている。一年たった今でもね。それが腹立たしくもある」

「……このお城の人たちが、自殺と聞くと顔をしかめる理由がわかりました」

ラザラスが振り返ると、フランシスは少しだけ顔を上げてラザラスを見ていた。きゅっと唇をかみ、大きな青い瞳を潤ませている。

「この城で、死のうとするのはやめてもらえるかな」

「………」

「俺を含め、みんなが一年前のことを思い出して、せっかく薄れてきている痛みを鮮明にさせる」

「ごめんなさい」

「どうしても死にたいなら、別のところでするんだね」

「はい」

素直に頷いたので、ラザラスは長いため息をつく。これは、城を出て死ぬつもりだ。

「もう死んだことにしたら？」

意味がわからないという目で、ラザラスを見上げてくる。

「君は、この国の人じゃない。そうだろう？」

今日の午後、彼女に対する調査報告の一報が届いた。現在、国内で行方不明になっている貴族の子女はいないこと。自殺を図ったという子女もなし。銀髪に青い瞳の貴族の娘と豪商の娘は何人かいたが、いずれも所在が明らかだった。

この国の最南端となると、今もまだラザラスの支配が行き届いてない島もある。そういった離島出身者の可能性もないわけではない。マルタナより南部の国から流れてきた可能性も、かなり低いがある。国南部を航行していた船から彼女が飛び降りて自殺を図った可能性も捨てきれない。そうなれば、どこの国出身かは、ますますわからない。

「死なきゃならない事情があるなら、死んだことにすればいい。この国で一から生きればいい。だろう？」

「でも、それは」

「故郷にはもう戻れない。昔の名前も名乗れない。友達にも会えない。でも、死ぬ予定だったんだから、それはもう覚悟してただろう？」

「…………」

「王城で働けばいいさ。新しい名前も、もうあるしな。フランシス」

ラザラスを見上げる大きな青い瞳から、涙がぶわりとあふれてきた。それでも、フランシスはラザラスを見つめるのをやめない。ただ、息遣いだけが、苦しそうにあえぐように変化していく。見ているほうが苦しくなりそうで、ラザラスは彼女の前に膝をつくと、親指の先で涙をぬぐってやった。

「そ、そんなこと、許されるんでしょうか」

大きな青の瞳から、次から次へと涙がこぼれ落ちてくる。

「私、死なないと、死なないと」

「だから、死んだことにしろって言ってるだろ」

「それ、ずるくないですか？」

フランシスは真剣に言っているのだが、ラザラスは吹き出すのを我慢しなければならなかった。

「私は、罪人かもしれません。償えない罪を犯し、死刑になったのかも。そんな風に思ったりしませんか？」

「まあ、多少は」

正直に答えると、彼女はきゅっと口をつぐんでしまった。少しばかり正直に言いすぎてしまった。こんな風に切り返されるとは思ってなくて、意表を突かれてしまったのだ。セルマーの言うとおり、フランシスは賢い。

「君が生きているかもと、考えそうな人はいるの？」

「いいえ、多分、いないと」

「死体があがってなくても？」

「……助かりっこない高さだったので」

なるほど。フランシスは度胸もあるらしい。

「追手が来ないなら、問題ないだろ。この国で、新しい人生を送ればいい」

フランシスの目が揺れる。思いもよらぬ抜け道を提示されて、心が揺れたのだろう。だが、それを隠すようにきゅっと口を閉ざし、うつむいてしまった。まだ、押しが足りないらしい。

「今現在、この国はどことも正式な国交を結んでいない。民間レベルで細々とした交易があるぐらいだ。君を差し出せと要求されたとしても、受け入れる義理も義務もない」

「でも、でも、この国の王様は、マルタナの国王陛下は、私のような女がこの国で生きることをお許しになるでしょうか」

これで、彼女がマルタナの国民でないのは決定的だと、ラザラスは思った。マルタナの民ならば、それがどんな辺境の南の小島に住んでいたとしても、この国の王が二十代の若すぎる男で、輝くような金髪の絶世の美男子だということを知っている。王都以外でならともかく、この王城の中で、未だかつてラザラスは国王以外の者に見られたことはなかった。

「許すよ」

「でも、」

「俺がマルタナの国王だから。この国にようこそ、フランシス」

ラザラスの言葉を理解すると、フランシスは夕日以上に顔を赤く染めた。そして、その次には、音が聞こえたかと思うほど、さーっと青ざめると、ぐらりと体を揺らめかせる。

慌てて抱き留めたラザラスの腕の中、フランシスは意識を完全に失っていた。

翌日。

ラザラスはフランシスのその後が気になって、朝食をすませるとすぐに、セルマーのところに出かけていった。地下にあるセルマーの仕事部屋からは、何やらにぎやかな声が聞こえてくる。

「セルマー？」

軽くノックをして、ラザラスは扉を開ける。すると、ナイフを持ったフランシスと、その手をつかんでいるセルマーが何事か言い合いをしている姿を見てラザラスは驚いた。

そこにあったリンゴを手に取ると、フランシスの持つナイフに向けて投げる。リンゴはナイフの刃に突き刺さり、投げられたリンゴの勢いのまま、フランシスの手からナイフを跳ね飛ばした。

「何をしている」

フランシスがまた自殺を図ったのかと、ラザラスは声を荒げたのだが。

「陛下！　いいところに、助かりました」

セルマーはにこにこ笑顔。フランシスはまだ昨日のショックが残っているのか、ラザラスの顔を見るとすぐにうつむいた。よくわからないが、自殺という感じではなさそうだった。

「ナイフなんて持ち出して、危ないじゃないか」

とりあえず、リンゴの刺さったナイフを床から拾い上げておく。

「聞いてくださいよ、陛下。フランシスが髪を切るって言いだしたんです」

「髪？」

ラザラスの視線を受けて、フランシスはようやくラザラスに顔を向けた。国王だと知らされたラザラスとの距離をとりかねているのだろう。戸惑いが伝わってくる。

だが、昨日のような虚無感は薄れていた。何もかもを閉ざして拒否していたような、そんな感じはない。そして、ラザラスと目が合うと、フランシスは小さく息をのんで丁寧に腰を折って挨拶をした。そして、そのままずっと黙っている。

「もしかして、俺が許可しないと口を開かないつもりかな？」

自分より身分の高い貴人に、先に話しかけるのは失礼になる。そういうマナーがあるのは知っているが、マルタナの王宮でそれが守られることはほとんどない。初対面の田舎から出てきた貴族には、ラザラスも自分から話しかけるよう気にかけているが、それぐらいのものだ。

見惚れるような美しい礼をとっていたフランシスは、おずおずと顔を上げる。そして、促すラザラスの視線に小さく頷くと、ようやく口を開いた。

「陛下、私、髪を切りたいんです」

「急にどうしたんだ」

「仕事をしたいんです。ずっとこちらでお世話になるわけにもいきません」

「前向きになったじゃないか」

「この髪は働くには長すぎます。ですから、邪魔にならない程度に切りたいんです。でも、セルマー様が」

「切るなんて、勿体(もったい)ないでしょう！　こんな綺麗な髪を切るなんて！」

事情を理解して、ラザラスはちょっぴりあきれた。

「諦(あきら)めろ、セルマー。彼女の髪なんだから、彼女の自由だろ」

「また、あなたはそういうことを！」

「気にするな、フランシス。セルマーは俺が髪を切るのにもうるさいんだ」

「美しいものを守りたいだけです！」

「うるさいだろ？」

セルマーが怒り、ラザラスがそれを全く気にしていない様子に、フランシスは困ったように首をかしげる。そして、口元に薄らとだが笑みを浮かべた。フランシスが笑みと言えるような表情を浮かべたのは、これが初めてだった。愛想笑いだったのかもしれないが、それでもずっと死にたいと言っていたフランシスには特大の変化だ。

ラザラスとセルマーは無言で目と目を合わせる。セルマーの目が、『さすが陛下』と言ってるのに、ラザラスは小さく肩をすくめる。フランシスの笑みを引き出したのは、ラザラス一人の手柄というわけではないだろう。

「そもそも、どうして働きたいと？　死ぬのはやめたということでいいのか？」

「……はい」

途端、フランシスは顔をこわばらせたが、小さく頷く。

「責めてるわけじゃない。よかったと思っているが、心境の変化について聞いておきたいと思ったんだ」

「ま、まだ、迷ってはいます。ですが、死んだこととして、新しい人生を送ればいいという陛下の言葉に、……心揺さぶられました」

フランシスは一言一言、言葉を選びながらそう言った。

「私が死んだことを悲しんでくれる人が二人だけいます。その二人が、私が生きていると知ったら、きっと陛下と同じことを言ってくれるだろうと思ったんです」

まだ、過去をすべて過去にしたという感じではなかった。生きてもいいと心から思っていないことも、透けて見えた。だが、それでも前を向こうとしていた。うつむきながらも、一歩を踏み出そうとしていた。昨日までのフランシスを思えば、それはすごく大きな一歩だ。

「働きたいというのを反対は出来ませんね。ですが、ナイフで切り落とすというのには反対ですよ」

セルマーがほほ笑みながらそう言うと、フランシスは小さく頷いた。

結局、セルマーの主張により、フランシスはきちんと髪を切って、切った髪を売ることになった。美しいものは、捨てるのではなく再利用。そして、今現在無一文のフランシスに、少しだが手持ちが出来る。

いつもきっちりまとめている髪をほどくと、銀色の滝のような髪は膝のあたりまであった。

「すごいな」

思わずつぶやいたラザラスに、セルマーがため息をつく。

「勿体ないでしょう？」

セルマーはラザラスが黄金色の髪を切ることにも難色を示す。ラザラスの髪は肩あたりで切ってあるが、もっと長くさせたいセルマーともっと短くしたいラザラスの妥協点だ。

「だが、仕事をするには邪魔だろうな」

この長さは、日頃からきちんと手入れをしなければならないだろう。髪をとかすだけでも時間がかかる。使用人がいる令嬢でないと、維持出来ない長さだ。この髪を切るということは、以前の自分と決別するという意味もあるのだろう。

「これだけ伸ばすのには、かなりの時間がかかっているはずです。やはり、勿体ない」

「まあ、確かに。本当にいいのか、フランシス？」

「はい」

フランシスには迷いがない。セルマーは泣く泣く、フランシスの髪先を散らばらないようにくくり、肩の下あたりでそっと切り落とした。この国の女性の中では短めになるだろうが、髪を複雑な形に結い上げるのでなければ、十分な長さだ。

セルマーは、この髪は売っておきますからと、フランシスに金貨を一枚差し出した。

「金貨、ですか？」

銀色の髪は珍しいが、希少価値があるというほどのものではない。金貨一枚では多すぎることぐらい、相場を知らないフランシスにも想像がついたのだろう。戸惑って、セルマーを見上げる。

「これからのあなたの人生への、餞（はなむけ）の意味もこもってますから。受け取ってください」

「ありがとうございます」

フランシスはあまり物おじしない。外見はどこぞの深窓のお嬢様で風が吹けば倒れてしまいそうなのに、強風にも倒されないだろうと思わせる芯の強さを感じさせる。生きると決めたら、まず働くとなるのもかなり逞しい。長い髪をばっさり切るのも潔くていい。応援したくなる女性だと、ラザラスは感じていた。

こうなったらもうついでだからと、ラザラスは城内を取り仕切る女官長（にょかんちょう）のもとにフランシスを連れていくことにした。誰かに命じるより、自分が引き合わせたほうが話も早い。フランシスには特殊な事情もあることだしと思ったのだが。

「こんなところにおいででしたか、陛下。フェリックス様が探していましたよ。執務室にお戻りください」

と、顔を見るなり、女官長に叱られてしまった。

「すぐに戻るよ。それより、アンナに任せたい娘を連れてきたんだ」

ラザラスに促され、フランシスはおずおずと前に出てくると、女官長の前で丁寧に腰を折った。

「初めまして、女官長様。フランシスと申します」

完璧で優雅な挨拶だった。やっぱりどこかの貴族令嬢だろうなあと、ラザラスは心にとめる。

「初めまして。女官長のアンナです。陛下がお生まれになる前から、このお城で働いています」

アンナも、フランシスが非凡な女性であることをすぐ見抜いたらしい。挨拶を返すと、ラザラスに事情説明を求める鋭い視線を送ってきた。

「フランシスは、海で事故にあったらしくてね。事故以前の記憶がないんだ」

「記憶がない？」

「言葉とか社会常識とか、そういう記憶はちゃんとある。でも、自分が何者なのかとか、どこの出身なのかとか、そういう個人的な記憶が抜け落ちているんだ。セルマーの見立てだと、記憶はちょっとしたことで戻るかもしれないし、一生戻らないかもしれないそうだ」

「それは気の毒に」

「浜辺にうちあげられているのを俺が拾った。だから、俺が身元保証人になるよ」

「最近、セルマー様の病室に泊まっていたのは、この娘でしたか」

さすが女官長。情報通である。

「そう。記憶がなくて混乱して、怖がっていたりしてね」

「まあ、当然でしょう」

「でも、ようやく落ち着いて、自分の境遇を受け入れたんだ。それで、仕事がしたいってなって」

「それはよいことかもしれませんが、記憶がないのでは、仕事といいましても」

「そうなんだよね。それにこの子、多分だけど、いいとこのお嬢さんだったみたいなんだ」

ラザラスに促されて、アンナはフランシスの手に触る。きちんと整えられた爪や、柔らかな手の平に、アンナも頷いた。

「肉体労働をしたことがない手ですね」

「だよね」

「あの！」

それまでじっと二人の話を聞いていたフランシスは、そこで声を上げた。

「私、体は丈夫です。たくさん歩けますし、重い物も持てます。仕事を覚えるまでは、あの、ご迷惑をおかけしてしまうかもしれませんが、頑張りますので、どうぞ使ってください」

どうしたものかと、アンナがラザラスを見る。

「礼儀作法は完璧っぽい」

「そんな感じがしますね」

「多分、エストラ語もいける」

と、ラザラスはエストラ語でフランシスに話しかけた。

フランシスは驚いたように目をぱちぱちしながらも、流暢なエストラ語で返事をした。

「ほらね」

「驚きました」

エストラ語は、大昔にこのマルタナ王国や海王の国ダナオスを含む、広大な土地と海を支配していたエストラ王国で使われていた言語だ。エストラ王国は高度な文化を誇り、エストラ語の書物が今もたくさん残っている。研究者を目指す者、宗教家、高度な教養が必要とされる貴族など、今もエストラ語を話せる者は多い。多いとは言っても、勿論、使用人で話せる者などいない。

「母上の話し相手はどうかと思うんだ」

「ですが、陛下」

「エストラ語の本を読んでほしいって、ずいぶん前から言われてる。でも、なかなか時間が作れなくて。彼女なら適任だ」

視線で本当にいいのかとアンナが聞いてくるのに、ラザラスは頷いて見せた。身元のわからないフランシスを王の母親のそば近くに置くのはどうかという、アンナの警戒心は当然だ。自殺に失敗して流れ着き、マルタナ国王の知識もなかったフランシスに、ラザラスやマルタナ王家に下心がないということはラザラスには明白だったが、アンナに説明することは出来ない。

「勿論、最初から一人では無理だろう。仕事を教えながら、徐々にということでいいと思う」

「陛下がそれでよろしいのであれば」

「それで頼むよ、アンナ」

「かしこまりました」

他にも細々したことを女官長アンナに頼み、ラザラスはフランシスをアンナに預けて、自分は執務室に戻ることにした。昨日で仕事の山は片付いたけれど、今日は今日の仕事が待っている。小走りに執務室に戻ると、補佐官フェリックスが少し怒った顔で先に仕事を始めていた。

「今朝はごゆっくりですね、陛下」

嫌味も、まあ、まだまだ軽めだ。

「あの娘をちゃんと就職させてきたぞ」

ラザラスは今朝のフランシスとあったことを、一通りフェリックスに話して聞かせた。話題には出さないが、フェリックスもフランシスの処遇について気にしていたのをちゃんとわかっていたから。

「エストラ語ですか」

予想どおり、フェリックスはそこを気にしていた。

「どの程度話せるかまではわからなかったが、エストラ語の本を読んでほしいと言われて出来ないとは言わなかった」

「豪商の娘という線は消えましたね。貴族の娘か、どこかの大学の研究者か。神殿関係の娘の可能性もありますよね」

「マルタナの貴族で、該当する娘はいなかったんだよな？」

「いませんでしたね」

「もしかして、ガイから連絡が来てたり……、しないよな」

フェリックスが首を横に振るのを見て、ラザラスはため息をつく。

「神殿関係なら、ガイに聞けばすぐなんですけどね」

「どこにいるんだか」

神官長ガイは、常に国内を放浪している。ガイと連絡を取りたければ、各地の神殿にガイへの伝言を残す他にない。

「外国の貴族も探ってみますか。エストラ語なら、まずはダナオスと北のユクタスあたりから」

そのどちらとも国交はない。探るのには時間がかかるだろう。特に、海王の国ダナオスとは、昔から絶縁状態にある。民間交易すら細々で、定期連絡船などあるわけもない。一番近い国だというのに、情報はなかなか入ってこないのだ。

「今、レオンがダナオスに入っていますから。連絡して、情報を集めてもらいましょう」

「レオンのやつ、まだダナオスにいるのか。長くないか？」

「長いですね。久しぶりなので、寄りたいところもあるのでしょう」

「いいけど。あいつ目立つし、捕まったりしないよな」

「と、思いますけどね」

レオンはラザラスの腹心の部下だが、彼が生まれたのはここマルタナではなく、海王の国ダナオスだ。彼の父がダナオスを追放され、レオンも一緒にこのマルタナにやってきた。レオンがまだ十代だった頃だ。現在、情報収集のためにダナオスに潜入しているのだが、懐かしい故郷で羽を伸ばしすぎていないのか、ラザラスはちょっとだけ気になった。

「レオンからの手紙が届きましたよ。見ますか？」

「見る」

ダナオスに着いてからすぐに書いたものらしい。報告書というものではなく、久しぶりのダナオスについて、レオンの感じたこと気になったことがつらつらと書き連ねてあった。港町が荒れている、水害が多くなっている、神殿が一部破壊されている、聖職者の腐敗、などなど。

ダナオスは海王の守護のもと発展してきたとされる国だが、最近は自然災害が多く荒廃が進んでいる。王家は海王の守護を失ったのだと、声高に非難する者までいるという。海王への信仰心が篤いレオンにとっては、故郷の荒廃がとても心に痛いのだろう。

「海王の国だなんて堂々と言うのは、今やダナオスの民ぐらいでしょうね」

マルタナの民は、海王の国と少々の侮蔑を込めて呼ぶ。海王の守護などありはしないのにと。今では、ただダナオス王国と呼ぶものがほとんどだ。

「そういえば、ダナオス王の一人娘が銀色の髪に青い瞳だったような」

「先月亡くなった国王の、一人娘か」

「そうです。世継ぎの姫ですよ。城の奥深く隠されるようにして育てられたそうですが、絶世の美女という話です」

「それは面白い」

公に顔を出さないのに、絶世の美女だという噂だけ流れる。流されているというべきだろう。

「一応、聞いておくが。その世継ぎの姫が自殺したという話はないのか？」

「ありませんね。あればさすがに聞こえてくるでしょう」

「戴冠（たいかん）してから、宰相（さいしょう）の息子と結婚だったよな、確か」

「そのとおりです。女王とは名ばかり、宰相の傀儡（かいらい）だという噂です。ちなみに、戴冠式の招待状は届いていませんよ」

「来ても行くか」

とても嫌そうに吐き捨てたラザラスに、フェリックスは声を上げて笑う。彼の額を小突いて、ラザラスも笑った。笑いながら、執務室でこんな風に笑うのは久しぶりなのではないかと思った。もしかしたら、一年ぶりぐらいかも。

（時間とは、なんてありがたい）

死者の時間はそこで止まるが、生者の時間は続いていく。続いていく時間の中で、どれほど凄惨な時間もいつかは遠い過去となるのだ。

（フランシスの死ななければならなかった過去も、いつか遠くなるといい）

ふとそんなことを思い、フランシスの見せた小さな笑顔まで思い出してしまったラザラスは、意識して顔をしかめる。身元不明の女官と国王が親しくなるのは、色々と面倒なのだ。

フランシスのことは処理済みとして、これ以上の思考と拡散していきそうな感情をラザラスはストップさせた。

第二章　嵐の予感

朝の光に目を覚ましたフランシスは、まだ見慣れない天井をまずじっと見つめた。そして、ここが自分に与えられた部屋だということを思い出す。体調に少し不安があること、精神的に深く疲労しているのでと、フランシスには個室を与えるようラザラスは女官長(にょかんちょう)に言ってくれた。おかげで、狭いながらも落ち着ける部屋をあてがってもらえた。

そっと起き上がると、寝不足のせいか少し体が重かった。だが、動けないほどではない。

なかなか寝付けなかったが、眠った後は朝まで眠ることが出来た。涙が止まらなくて朝まで眠れないということもなく、夜中にうなされて起きることもなく朝まで眠れたのは、この城に来てから初めてのことだ。

「生きると、決めたのだから」

フランシスは水差しの水で顔を洗い、昨日渡されたお仕着せの女官の服に着替えた。シンプルな青いワンピースに、白いエプロンをつける。レース編みの白い襟がアクセントになっていて、どうやら役職によってレースの種類や大きさが違うようだった。女官長のアンナは豪華なレースをつけていたが、見習いのフランシスのレースは簡素なものだ。

短くした髪には暖炉で集めた灰を指でまぶして、銀色の輝きをおさえる。勿論(もちろん)、目立たないためにだ。輝かしい銀色ではなく平凡な白っぽい銀髪にしてから、頭の高い位置でお団子にまとめた。

「メイが見たら何て言うかしら」

幼馴染の大好きなメイ。彼女はいつも髪をきちんとお団子にまとめていた。メイの真似をしたのだ。

ラザラスに、自殺が周囲を苦しめると言われ、すぐ頭に浮かんだのはメイとダンス教師シビルの顔だった。あの二人には使命を託したというのに、自分はこうして生き残ってしまった。新しい人生を楽しもうなんて、ひどく自分勝手だと思う。だが同時に、あの二人なら、新しい人生を楽しめと言ってくれそうな気がした。王女エヴァンゼリンはやれるだけのことをした。もう十分だと。

前へ進もう。今は真っ暗闇でも、進むうちに道も開けてくるかもしれない。

フランシスは小さくて曇った鏡の中に映る自分をカチリと爪ではじくと、新たなる一歩を踏み出した。


女官の生活は、何もかもが新鮮で驚きの連続だった。まず、簡素な朝食に驚く。だが、食に何のこだわりもないフランシスには、使用人用の大きなテーブルで小さな丸椅子に腰かけ、テーブルマナーなどほとんど存在しない空間で、大皿に盛られた卵料理とベーコンのかけら、かたいパンを流し込むだけの食事はとても効率的に思えて気に入った。

職場であるマルタナの王城は、低い山の頂上付近をすべて敷地にする、とても広いところだ。塔の上まであがれば海が見えるそうだが、三階の窓から見える景色は広々とした草原と活気のある城下町。全体的に高さのある建物は少なく、広い敷地に大きな建物がいくつもある。開放的な感じがした。

エヴァンゼリン王女が住んでいたダナオス王城は、海に向かって突出した断崖絶壁に建ち、たくさんの塔を持つ鋭角的な城だったので、マルタナ王城とは全く印象が違う。

　マルタナ王城の敷地内には、有力貴族たちの屋敷から地位の高い官吏の私邸、近衛軍の施設、女官の寮まで、多くの建物がある。ちょっとした町だ。フランシスは昨日、とりあえず女官の寮と食堂を案内してもらっただけで、一人で歩き回れば迷ってしまう自信があった。

「あなたがフランシスね？」

　窓から外をぼんやり見ていると、横から不意に声をかけられた。

　慌てて居住まいを正し、頭を下げる。

「はい。フランシスと申します。申し訳ありません。ぼんやりしていて」

「いいのよ」

　指導してくれる先輩女官を待つようにと言われていたのだ。

「私はフィアナ。王太后様付きの女官です。よろしくね」

「よろしくお願いします」

　フィアナは小柄な年上の女性で、優しそうな笑顔がとても可愛らしかった。

「まあ、背が高いのね。スタイルがよくて羨ましいわ」

「いえ、その、やせっぽちで」

「確かに、もうちょっと食べたほうがいいかも。大丈夫よ、ここの食事はとても美味しいから」

　そう言って、にこにこしている。つられてフランシスも笑顔になった。

「フランシスの事情は、女官長様からもセルマー様からも聞いています。私は産婆だった母とセルマー様から、医学や薬学を学んでいます。体調に変化があったときは、遠慮なく相談してね」

「ありがとうございます」

「記憶喪失と言っても、個人的なこと以外は結構覚えているんですって？」

「はい、あの、思い出そうとして思い出せなかったことでも、ふとした拍子に口をついていたり」

記憶喪失という設定は、ラザラスとフランシスが相談して決めた。新たな人生を生きようとするフランシスの事情と、万が一封じたはずの過去が追ってきたとき、ラザラスに迷惑をかけないためにだ。

「聞いたわ。ご家族を亡くされているって」

家族に連絡しようと言ったラザラスに、家族はもういないと意識が混濁した状態のフランシスが答えたということになっている。

「そうみたいです。家族のことを思い出そうとしても思い出せないんですが」

「陛下があなたを見つけた時、喪服姿だったって」

「そうみたいです」

「陛下に助けてもらったのも、覚えていないの？」

「意識がはっきりした時には、もうこのお城でセルマー様のお世話になっていたので」

「まあ！　勿体(もったい)ないわ、陛下に抱き起こしてもらったことを覚えていないなんて！」

そこなのかと、フランシスは目を見張る。

「まあ！　まあ！　まあ！　フランシスったら、それがどれだけ特別なことかわかってないわ！」

フィアナは両手をぎゅっと組んで頬を紅潮させ、フランシスに一歩近づいてくる。

「陛下はね、それはもう素敵な方でしょ。国中の女はね、陛下に夢中なんだから！　だというのに、陛下はいつも素っ気ないの。同じ女子でもうっとりするほどの美女に言い寄られても、侯爵家の姫君との縁談も屈強な女戦士の強引な求愛も、才色兼備の女性官吏の艶っぽい目つきだって、全部全部、無視！　なんだから。そんな陛下が女の子を連れ帰ったと聞いて、事情がわからなかった最初はもう、物凄い騒ぎだったのよ？」

　どうりで。朝食の席で、周囲の視線を感じたのは気のせいではなかったらしい。

「物を知らなくて申し訳ありません。陛下に助けてもらって、私は幸運だったんですね」

「本当にね。物凄く幸運よ。でも、私にとってもラッキーなの。王太后様は、ずっとエストラ語の本を読んでほしいっておっしゃっていて」

　ふと、フィアナが口を閉ざした。視線がフランシスを通り越し、フランシスの背後にある窓へと向かっている。

「え」

「陛下だわ、ベルダン様と」

　フィアナは窓辺に駆け寄ると、高い位置の窓枠から身を乗り出すようにして外を見る。

「フィアナ様、危ないです」

「私に様はつけなくていいのよ。それより、大変、行かなきゃ」

「え？」

　フィアナは目をキラキラさせてフランシスを振り返る。そして、がしっとフランシスの手を取ると、本当に慌てた様子で走り出した。

「え、あ、あの、フィアナ、王太后様のところには」

　フィアナは階段を駆け下り、渡り廊下からそのまま外へと駆け出している。どう考えても、職場である王太后の離宮に向かってはいない。

「大丈夫よ。王太后様の朝食はちょっと遅い時間なの。まだまだお食事中よ」

「でも、給仕とか」

「女官は給仕しないの。それは女中の仕事だから」


フィアナに連れられて来たのは、軍の訓練場と思われる広場だった。広場の周囲には多くの軍人が集まっていて、誰もが訓練の手を休め、広場の中央に立つ二人を見ている。

一人はラザラス。もう一人、とても体の大きな軍人は、ベルダンだ。

「フランシスを助けてくれたのは陛下だけど、ここまで運んでくれたのはベルダン様なの。後でお礼を言いに行きましょうね」

「はい、教えてくださってありがとうございます」

「ベルダン様はとても怖そうな方だけど、女子供にはとても優しい方なの。主人の上司なのよ」

主人って、フィアナは結婚しているのかと聞きたかったが、今のフィアナは目をキラキラさせてラザラスを見るのに忙しく、フランシスの質問に答える余裕はなさそうだ。

「何が始まるんですか？」

「陛下とベルダン様の訓練。打ち合い。なかなか見られるものじゃないのよ？　陛下は面倒だって嫌がられるから」

「はあ」

「ベルダン様は陛下が大好きなの。あ、勿論、軍人なら誰でも陛下が大好きだし、尊敬してるんだけどね。ベルダン様は追っかけって言ってもいいぐらい。陛下のお仕事が一段落したらしくて、ベルダン様は陛下を引っ張り出そうと追いかけ回してたのよ」

「はあ」

「やだ、どうしよう、嬉(うれ)しい、始まるわ」

広場の中央、ラザラスとベルダンが剣を構えて向き合った。二人とも、防具は最小限のものしかつけていない。なのに、手にしている剣は、歯をつぶしてあるとはいえ重みのある長剣だ。当たれば、痣(あざ)だけではすまないのではないだろうか。

じっと動かないラザラスの周りを、どう猛な顔つきのベルダンが剣を揺らめかせながらゆっくりと歩く。間合いをはかっているのだろう。短く気合の声を上げ、ベルダンが上段からラザラスに斬りつける。それを、ラザラスは最小限の動きで軽やかによけて見せた。わっと、周囲から声が上がる。

ベルダンの剣さばきはすさまじい。速くキレがある。空気を切るブンという音が、何度かフランシスのもとまで聞こえてきたほどだ。その素早い剣さばきを、ラザラスは紙一重のところでよけている。上体をそらすだけ、首を傾けるだけでよけていたが、ベルダンの剣の振りが次第に大きくなって、それだけではよけられなくなる。すると、右へ左へ軽やかに飛び、ひらりと宙を舞うように後方へとんぼ返りをする。その動きに、大きな歓声が上がった。

「すごい……」

「でしょでしょ、陛下、素敵！」

ベルダンは大男だ。ラザラスだって、標準より背が高く体つきもがっちりしているが、ベルダンは彼より一回りは大きい。普通に力比べをすれば、ベルダンの勝ちだろう。

しかも、ベルダンは力が強いだけではない。体が大きすぎると俊敏さに欠けることが多々あるが、ベルダンには当てはまらない。剣さばきは素早く、体の動きだってキレがある。並みの軍人ではない。

「ベルダン様もです」

「近衛軍副団長だもの。すごい人よ」

「納得です」

そのベルダンが顔を真っ赤にして吠えた。

「陛下！　逃げ回るのもいい加減に」

「逃げるとか人聞きの悪いことを言うな」

対するラザラスには余裕がある。笑いながら、長剣をくるりと回す。

「お前みたいな力自慢と真正面から戦おうなんて、馬鹿のすることだ」

「訓練になりません！」

「なってるさ。勝つための訓練だろ？」

ベルダンはむうっと気合を入れなおすと、今度は今までよりもずっと抑えた動きで剣を突こうとしてきた。それを見越していたラザラスは、また上体をひねるだけで、その剣先をさけてみせる。ベルダンが愚鈍ではなく、ラザラスの動きが俊敏すぎるのだ。

昔、エヴァンゼリンは城の中庭で訓練をしている騎士たちをよく見ていた。ダンス室の大きな窓から、とてもよく見えたのだ。ダンス教師だったシビルは、一緒に見学しながら色々と解説をしてくれた。今のは突きが甘かった、振りが大きすぎた、右ががら空きだなどと、身振り手振りも交えて。

本当は剣を持ちたかった。訓練して、強くなりたかった。自分の身は自分で守れるようになりたかったのだ。子供の頃、そば近くで護衛してくれていた騎士に剣を教えてほしいとせがんだこともある。だが、すぐ宰相に知られて、その騎士は遠ざけられてしまった。自分では剣を持てなかったけれど、どれほどの使い手かは見ればわかると思う。

（どんな剣を使うんだろう）

かわすだけで、ラザラスはまだ一度も剣を使っていない。

（使ってみせて）

「ばててきたか？」

と聞くラザラスも、額の汗をぬぐっている。

「まだまだ！」

だが、そう答えるベルダンのほうが、何倍も消耗しているのは明らかだった。

「行くぞっ」

かわすだけだったラザラスが、剣を持ち直し逆に切り込んだ。がちんと、鉄と鉄がぶつかる重い音が響く。そして、広場を取り囲む軍人たちが歓声を上げる。いつの間にか、その数は倍に膨れ上がっていた。

ラザラスの剣は素早いだけではなく、とても柔軟だった。相手に合わせて、いくらでも動きを変える。変幻自在の自由な剣だ。すぐに、今度はベルダンが防戦一方になる。次々と繰り出されるラザラスの剣を、受け止めるだけで精一杯。二人の息もぴったりと合っていて、どれほど素早い突きもベルダンはしっかり受け止める。まるで、二人でダンスをしているかのように、美しい動きだった。

だが、その美しい流れがふと止まってしまう。ラザラスの剣がぴたりと止まったのだ。頭で考え見て判断してというレベルを超え、直感で剣を受け止めていたベルダンは、ラザラスの動きが突然止まったことで自分の動きも止まってしまう。もしかしたら、剣の打ち合いに集中しすぎて、半分気が遠くなっていたのかもしれない。そんな状態のベルダンは、不意に飛んできたラザラスの右足をよけることが出来なかった。

どかんと、ベルダンの腹にしっかり入ったラザラスの右足に、ベルダンは悶絶する。そしてそのまま、膝をついてしまった。

「勝ち～」

ふうと、大きく息をつき、ラザラスは剣をおろした。まさかの展開に声を失っていた軍人たちは、その間の抜けたラザラスの勝利宣言に我を取り戻し、こぶしを上げて雄たけびを上げた。

フランシスも自分が息をつめて勝負に見入っていたことに気が付いて、大きく息をつく。すごい試合だった。あらゆる意味で、すごかった。こんな試合は、生まれて初めて見た。

（全然、違う）

軍人たちがラザラスとベルダンに駆け寄って、口々に二人を称えている。ラザラスも弾けるような、満面の笑みを浮かべて、軍人たちと次々にハイタッチをしている。起き上がってきたベルダンが有無を言わせずという迫力でラザラスを抱きしめて、ラザラスは逃れようとじたばたしながら声を上げて笑う。

ベルダンのほうが、間違いなくラザラスより年上だろう。抱きしめながらラザラスの頭を大きな手でぐりぐりしているベルダンの顔には、負けて悔しいというより、出来のいい弟を誇らしく思う兄のような表情が浮かんでいた。

「いいもの見れたでしょ？」

「はい」

「さーて。私たちも仕事に行きましょう！　今日はいいことありそうじゃない？」

こっちよと、フィアナは今度こそ王太后の離宮に案内してくれるようだ。だが、フランシスはすぐに気持ちを切り替えられなかった。

軍人たちに囲まれているラザラス。熱狂と興奮、尊敬と敬愛と、そんな熱の中央にいるラザラスをもう一度見つめてから、フランシスはフィアナの後を追った。


現国王ラザラスの母、王太后ジェネヴィエーブは、生まれつきあまり丈夫ではなく、ほとんど部屋から出ることなく生活をしている。ラザラスのような美形の息子がいるのが納得な、素晴らしい美女で、前王にどうしてもと乞われて王妃となった。だがやはり体の弱さはどうしようもなく、子供は第一子のラザラスを命がけで出産したあと再び懐妊することもなかった。しかも、夫である前王は事故で若くして亡くなり、あまりにも早く寡婦となってしまう。今はもう公の席に出ることもなく、王城の奥にある離宮で限られた女官に世話をされ、静かに余生を過ごしている。

ということを、フランシスはフィアナから早口で説明された。フィアナも本当はもっと時間をかけて説明するはずだったのだが、訓練場で試合を観戦してしまったため、時間がなくなってしまったのだ。勿論、情報は全然足りない。だが、時間に遅れるのは、もっといただけない。

「陛下との親子の仲は良好なのですか？」

重要なポイントを質問しておく。

「ええ、悪くはないわ。特別にいいわけでもないけれど。なにしろ、陛下はとてもお忙しくて、滅多に顔を出されないし。王太后様は、外の世界にほとんど関心がないから」

「王太后様の前でタブーな話題などは？」

「特にないと思うわ」

時間切れである。フランシスは覚悟を決めて、フィアナの後に続いて王太后の部屋に入ることになった。遅めの朝食をすませた王太后は日当たりのいい窓辺の肘掛け椅子に座り、外の緑を眺めていた。フィアナたちに気が付いて、ゆっくりと首をめぐらせ、その美しい顔に笑みを浮かべる。

「おはようございます、王太后様」

「おはよう、フィアナ」

驚くほど、ラザラスによく似ている美女だった。ただ、ラザラスは力に満ちあふれ、まるで太陽のように輝いているのに対し、王太后はどこか儚げで柔らかく温かい、陽だまりのような美女だった。

その美女がフランシスの姿を認め、にっこりとほほ笑んだ。

「あなたがラスの話していた新しい女官ね。エストラ語が話せるって？」

「フランシスと申します。王太后様にエストラ語の本をお読みするようにと言いつかりました。よろしくお願いいたします」

フランシスは精一杯丁寧に腰を折って挨拶をする。

「よろしくね、フランシス。早速だけど、読んでほしい本があるのよ」

王太后はふんわりとした笑みを浮かべ、フランシスを見上げる。ラザラスの母親なのだから四十にはなっているだろうに、まるで少女のような笑顔だった。

その後、フランシスは午前中に一時間ほど本を読み、午後も一時間、本を読んだ。

外の世界に関心がないとはどういうことだろうと思っていたのだが、一日でその意味がよくわかってしまった。王太后は彼女のインナースペースで生きていて、外にはまるで関心も興味もない。フランシスが何者でどんな人物なのか、まるで興味はなく、ただ自分の読みたかった本を読んでくれる女官というだけなのだ。

夕刻、仕事を終えたフランシスは、女官長に一日の報告をするために彼女の部屋を訪れる。見習いの間は、毎日報告するようにと命じられていた。

「王太后様からは、とても満足とのお言葉を頂いています。ご苦労様でしたね、フランシス」

「ありがとうございます」

「さあ、聞きたいことが山ほどあるでしょ」

「……いいんですか？」

「城内の者が知っていることは、何でも教えます。色々と聞きまわられるよりいいですから」

と、女官長のアンナは悪戯（いたずら）っぽくほほ笑んだ。

「では、あの……王太后様はエストラ語を読み書き出来ないのですか？」

「お出来になりません」

「では、あの本を王太后様に読んで差し上げたのは」

「亡くなられた前国王様、王太后様の旦那様です」

なるほどと、フランシスは深く頷（うなず）いてしまった。

「王太后様と前国王様は、それはもう深く愛し合っておられました。大恋愛結婚でしたしね。王太后様にとって、エストラ語の本は、亡き旦那様を偲ぶ大切なものなのです」

「大恋愛結婚ですか」

「そうですよ。王太后様は貴族出身ではありません。小さな離島に住んでいた、ごく普通の家のお生まれでした。お二人は一目ぼれ同士だったそうで、前国王様は王太后様と結婚するために、ご両親とも大喧嘩して……と言っても差し支えないでしょうね、とにかく大騒ぎでしたから。ですが、前国王様も男のご兄弟はなく、最後には周囲が折れました。王太后様を侯爵家の養女にしてから結婚するということで、両者妥協をしたのです」

フランシスの常識では、とても考えられない婚姻だった。少なくとも、海王の国ダナオスではあり得ないことだ。身分の差は絶対だった。貴族とそうでない者は何もかもが違っていて、交わることは決してなかった。貴族内にだって明確な序列があって、それを崩すような行為は禁じられていた。

マルタナはずいぶん自由だと感じていたが、改めて強くそう感じた。

「王太后様にとって、前国王様はすべてでした。王太后様の中で、時間はそのときのまま止まってしまっているのかもしれません」

「前国王様はどうして亡くなられたのですか？」

「海での事故です。船が突然の嵐に巻き込まれました」

「その時、陛下はおいくつだったのですか？」

「十六でした」

当時を思い出しているのか、アンナは悲しげな痛々しげな顔になった。

「十六で即位なさって、摂政も宰相も置かず、勿論、周囲の助けを借りながらですが、陛下はこの国を治めてこられました。即位当時は、多くの貴族が声高に不満や文句を言っていたものです」

「陛下はどうやって、そういった人々を黙らせたのですか？」

とても熱心に聞いてくるフランシスに、アンナはほほ笑んだ。

「詳しく話してあげたいけれど、どうやら時間切れです。これから夕食の時間ですからね。私は行かなくては」

「はい。お引き止めしてしまって、申し訳ありませんでした」

「この国の歴史に興味があるのなら、セルマー様に教えていただくのがいいでしょう」

アンナは、フランシスの恩人でもある、薬師の名前をあげた。

「歴史書も書かれていたはずです。詳しく教えてくださいますよ」

「はい。ありがとうございます」

アンナは足早に夕食の準備や、夜への備えに忙しい城の中へと戻っていった。

フランシスやフィアナの仕事は、日中、王太后の話し相手と体調管理なので、朝夕は仕事がない。

女官といっても、かなり自由だった。それなら裏方の仕事を手伝いたいと思ったのだが、見習い期間中は禁止されているので、夕方からは何もすることがない。

セルマーの仕事も時間は縛られない。行ってみようと、フランシスは地下へと向かった。


「やあやあ、フランシス。女官生活はどうだい？　うまくいっている？」

暇にしていたらしいセルマーは、笑顔でフランシスを迎え入れてくれた。

「こんばんは、セルマー様。初日はなんとか無事に終わりました」

「王太后様付きの女官だなんて、女官の中でもハイレベルだよ。よかったじゃないか」

「ありがとうございます」

セルマーは仕事をしながら、夕食をつまんでいたらしい。どんな用途に使うのかわからない薬草やら液体の瓶詰が乱立している間に、パンやチーズが転がっている。大きな皿には肉料理と野菜の煮込み料理が盛られていて、どうやら城の厨房から差し入れられたものらしい。セルマーはそれをフランシスに勧めながら、自分はチーズとワイン、肉を少しだけで満足の様子だった。

ありがたくご相伴にあずかりながら、フランシスは先ほどの女官長との会話をセルマーに説明した。

「フランシスが知りたいのは、この国の歴史？　それともラザラス陛下？」

「……どっちもです」

「ふーん？」

セルマーは何やら意味ありげな視線をフランシスに向けてきたが、フランシスはあえてそれを無視した。ラザラスが男女問わず大勢からの熱い視線を集めていることは、今日一日でよくわかった。朝の訓練にはフランシスも胸躍らせたが、フィアナのように黄色の悲鳴を上げるような気持ちにはなれなかった。

「マルタナが元は海王の国ダナオスの一部だったことは知っている？」

「はい。独立戦争から、百年ぐらいでしょうか」

海王の国ダナオスから独立すると言い出したマルタナは、それを許さなかったダナオスとの間で戦争をした。結果として、マルタナがダナオスを追い払って独立を勝ち取った。それ以来、両国の間に国交はない。

「元々が海王の国だから、マルタナにも海王信仰はしっかりある。神殿もあるし神官もいる。ダナオスのそれほど力も権威もないけれど、深く人々の心の根っこに住み着いているのは同じだろうね。こうなんていうか」

「原始的恐怖、みたいな？」

「そのとおり。で、国王が海で亡くなった。どうなると思う？」

「それは……、国民は不安になりますね」

さらに言うなら、その国王は前例や慣例を無視して、一目ぼれした女性と強引な結婚をしている。自由でおおらかなマルタナでも、すべての人々に受け入れられたとは思えない。しかも、その王妃は病弱で、子供を一人しか産めなかった。

「王家への不信につながったのですね？」

「きっかけの一つだけどね。ラザラス陛下は、そのとばっちりを受けた。若すぎて人々の不安を鎮めることが出来ず、内戦になったんだ」

「即位してすぐにですか」

「二年後。陛下が十八の時だ。ラザラス陛下が即位する前から、マルタナの南部諸島ではマルタナからの独立を目指す貴族たちが力を持ち始めていて、小競り合いが続いていたんだ。南部諸島は、これ幸いと挙兵した。海軍を王都に向けて進軍させたんだ」

「十八で、ですか。摂政もいなかったって」

「ラザラス陛下は摂政を置かなかった。普通なら、母親とか親戚がなるだろうけど、王太后は政治のド素人で興味もないし、前国王は妹が一人だけで、嫁ぎ先は神殿。神殿は政治に不介入が原則。優秀な貴族が周りを固めていたけれど、誰か一人を選んで権力を持たせることを躊躇したんだろうね。それに、陛下は必要を感じなかったんだろうな」

と、セルマーは楽しそうに笑う。

「ラザラス陛下はとてつもなく頭のいい人だ。若いというだけで陛下を甘く見る大人たちを、楽しそうに手玉に取っていた。若くて直情的で愚かな国王を演じて、楽しんでいるようなときもあったよ。あの方は、周囲のどの大人よりも老獪でしたたかで聡明だったんだ」

そう語るセルマーは、ラザラスへの崇拝を隠さない。

「内戦になった頃、官吏たちはまだまだラザラス陛下の本性を見抜けていなかったけど、軍の連中は早くからラザラス陛下に心からの忠誠を誓っていた。近衛ががっちり陛下の周囲を守っていたから王都近辺で内乱はなかったけれど、南部諸島の海軍をとめることは出来なかった。南部諸島の海軍はかなり強力で、海軍と数では互角だった。戦えば、海軍も王都も無傷ではいられなかったはずだ」

「戦わなかったんですね？」

「そのとおり。何が起きたと思う？」

セルマーはにやにやしている。早く正解を披露したいという顔だ。

「わかりません、教えてください」

「嵐が起きたんだ」

セルマーは声を上げて笑う。

「すごいだろ。嵐がやってきて、南部諸島の軍艦を残らず沈めていった。一隻残らずね」

「…………」

「しかも、王都の海軍は無傷だった。陛下は完全な勝利を得たというわけさ」

フランシスは熱いため息をついた。それは恐ろしいほどドラマティックだっただろう。そしてきっと、物凄い熱狂だったに違いない。

人々はこう感じただろう。ラザラス王には海王の加護がある。この国は海王に守られていると。王家への不信も不安もすべて消え失せ、逆にラザラス王へ服従する気持ちを何倍も強めたに違いない。

「すごいですね」

「すごかったよ。それはもう、すごかった」

「陛下は、南部諸島に攻め入ったんですか？」

「攻めることはしなかったけど、海軍を南部に向かわせた。南部諸島も海軍を失ったんじゃ、抵抗も出来ない。すぐに負けを認めて、改めて臣下の礼をとったよ」

「以後、ラザラス陛下はマルタナを平和に統治されているというわけですね」

それだけの信仰に近い崇拝があれば、統治もたやすいだろう。フランシスはそう思ったのだが、セルマーはそんなわけないと、また笑った。

「内戦というほどの大きな反乱はその南部諸島との海戦だけだったけれど、それからも色々あったよ。マルタナはね、豊かになってきているんだ。南部諸島が大人しくなったおかげで、南部との交易も盛んになっている。豊かになれば、それに伴って問題も起きてくる」

それは何でしょうという顔で見られたので、フランシスはちょっと考えて、思いついたことを言ってみた。

「貧富の差が大きくなってくる？　商人が豊かになって力を持ち、貴族の支配力が弱まる？　交易が盛んになるなら、法の整備もしないと。街道も整備して、国中に富を分配しなければ」

「そうそう、そんな感じで、ラザラス陛下はとても忙しい。既得権益を守りたい貴族たちと、頭の固い官吏たちに毎日のようにやいやい言われ。最近、各都市の有力者を集めて新たな議会を作ったんだけど、これがもうまとまらなくてねえ。その上、地方貴族同士の小競り合いはちょいちょい起こるし。平和に統治なんて言ったら、ラザラス陛下に睨まれるよ、絶対」

「すみません。なんとなく、陛下ってのんびりしている感じだから」

普段のラザラスはどこかおっとりとして、つかみどころのない人だ。国王がそんな感じだからか、この国にも自由でおおらかな空気が流れていると、フランシスは感じていたのだが。

「のんびりかぁ。なるほどね、そう見えるよね」

「違うんですか？」

「簡単に本気にならないって言ったらいいかな。いつも力半分で生きてるっていうか。悪い意味でとらないでほしいけど」

そう言われて思い出したのは、今朝の剣の試合だった。最初、ラザラスは余裕たっぷりにベルダンをよけているだけだった。ひらりひらりと、遊んでいるのかとさえ思ったぐらいに。でも、途中から、剣を振り出してからのラザラスは別人のようだった。あの速くて鋭い剣さばき。近くで見たら、恐ろしくて立ちすくんでしまったかもしれない。

それなのに、ベルダンを倒した途端、ラザラスはまたいつものゆるい感じに戻ってしまった。

「能ある鷹は爪を隠す、みたいな」

昔からの格言を口にしたセルマーに、フランシスは小さく頷いて見せる。

「わかります」

「のんびりしているように見えても、あれは猫じゃなくて虎だからね。不用意に毛皮をなでようなんて考えたら駄目だよ。昼寝をしているように見えて、ちゃんと薄目を開けているから」

「いえ。なでませんから」

にやりとして、セルマーは顔を近づけ声をひそめる。

「いいことを教えてあげよう」

「はい？」

「陛下にはね、今、婚約者も恋人もいないよ」

「はい？」

「でも勿論、国中の女性がライバルみたいなもんだから。頑張ってね」

「いえ。頑張りませんから」

ここは乗りよく、頑張りますと笑顔で言うべきだっただろうか。だが、フランシスはそんな気持ちになれなかった。

「フランシスは、婚約者がいたの？」

答えなかったが、それが答えたようなものだろう。

「結婚はしてないんだよね？」

「してません」

「今度はちゃんと、好きな人が出来るといいね」

セルマーが自分のことを貴族の子女だと思っていることは知っている。貴族なら、家のために政略結婚するのが義務であり、恋愛結婚などは夢のまた夢だ。だから、身分から自由になった今、フランシスには恋愛が許されており、恋愛を楽しむべきだとセルマーが言ってくれているのはわかるけれど。

　正直、恋愛とかそういう気持ちにはなれなかった。あまりに遠い言葉だ。縁遠くて、実感もない。

だが、ラザラスのことには、とても強く関心がある。今までに会ったことのあるどんな人とも違っていて、誰よりも輝いていて、知りたいと思ってしまう。だけど、そこに恋愛感情なんてない。

「この国では、身元不明の女官と国王陛下の恋愛が許されるんですか？」

「頭ごなしに否定はされないだろうね」

　フランシスは驚いて目を見張る。勿論、あり得ないという答えを予想して聞いたのだ。だから、ありえませんよと答えるつもりだったのに。

「この国は貴族がとても少ないんだよ。特に、先祖代々の貴族は一握りだ。マルタナの国王陛下はどんな名門でも問題があれば爵位をはく奪するし、逆に功績があれば爵位を与えている。子爵は今や一人もいないし、男爵はほとんどが一代限り。ちなみに、私は商家の出身」

　これにはフランシスも驚いた。王城の中に部屋を貰っていて、これだけ博識なセルマーが貴族ではないなんて、海王の国ダナオスでは考えられないことだ。

「先代の国王陛下も平民の女性と強引に結婚したし、過去には愛した女性の家族ごと貴族にしてしまったなんて前例もある。君が思っているより、この国の身分格差は緩い。独立してからは特に、うるさいマナーだのエチケットだの、片っ端から廃止されてるしね」

「今日一日で、陛下がとても人気者だということも、王城内の風通しがよいこともわかりました。ですが」

セルマーはフランシスの顔の前に手を上げて、それ以上の言葉をとめた。そして、苦笑をもらす。

「ここはマルタナだ。気楽に生きていけばいい。フランシスには何の使命も責任もない。仕事をして恋をして、やりたいことをやればいい」

どうやら、セルマーはラザラスとの恋愛をすすめていたわけではなく、フランシスに年頃の女性らしい生活を楽しむように言ってくれていたらしい。

「ありがとうございます」

まだそこまでの気持ちにはなれなかったが、フランシスは頷いておいた。


一週間後。

フランシスは王太后からのリクエストで、王宮の図書室へと向かっていた。王太后が読んでほしがった本が、王太后の私室の本棚になかったのだ。きっと王宮の図書室だろうと、フランシスがお使いを言いつかったのだが。

(ちゃんとたどり着けるかしら)

広い王城の敷地内でも中心部奥に位置する王宮は、賓客(ひんきゃく)をもてなす豪華なホール、謁見(えっけん)の間など華やかな場所と、大勢の官吏が働く政治の中心部としての機能、そして国王の居住区域などがある。セルマーの部屋は王宮の地下にあり、フランシスはそこには出入り自由なのだが、それ以外の場所には足を踏み入れたことすらない。だが、図書室は王宮のかなり奥まった場所にある。教えられたとはいえ、道順が合っているか不安でたまらない。

さらに、見慣れない女官が歩いていると、近衛の軍人や官吏たちがじろじろと不審者を見るような視線を送ってくる。何度か呼び止められもして、人とすれ違うたびに緊張した。

（ああ、これは迷ってしまったかも）

突き当たりを右に行くはずの廊下なのに、右に行く廊下はない。左にしか行けない。

（誰かに聞かなければ）

左に曲がった先、大きな両開きの扉の左右に近衛の軍人が二人立っている。なんだか物々しい雰囲気だが、道を聞けるのはあの二人しかいない。少し躊躇したが、仕方がないと割り切って、フランシスは扉の内側にいる誰かを護衛しているに違いない近衛兵に向かって歩み寄っていった。

「女官殿、ここはあなたが来るようなところではありません」

近衛兵は誰もが礼儀正しくて、基本的に親切だった。

「お仕事中、申し訳ありません。王太后様のご用事で、図書室に行きたいのですが、迷ってしまったのです」

扉の前に行くと、中で大勢の人が何か言い合いをしているような声や気配が伝わってきた。すると不意に、扉が中から開かれる。途端に大勢の人の声が、わっと聞こえてきた。扉の内側は、とても広い部屋だった。ぐるりと半円を描くようにテーブルが設置され、たくさんの人々が椅子に座り、立っている人もいたが、口々に何かを議論していた。

「ここで何をしている」

部屋から出てきた官吏が、フランシスを認めて顔をしかめる。

「も、申し訳ありません」

「王太后様付きの女官です。道に迷ったらしく」

親切にも、近衛兵がフランシスの言い訳をしてくれた。おかげでフランシスは、こっそりと室内の様子をのぞくことが出来た。

半円になったテーブルからちょっと離れた場所に直線的なデザインのテーブルがあり、官吏が座っている。そして、官吏の一番奥、豪華な肘掛け付きの椅子にラザラスが座っていた。

（ここは、議会ね）

都市の有力者を集めた議会が出来たが、全くまとまらないとセルマーが教えてくれた。今日もそうらしく、議員たちはそれぞれに自分の意見を述べるのに忙しく、誰も人の話を聞いていない。いや、よく見ると、興奮状態の数名の議員がまるで喧嘩のような言い合いをしていて、それをその他の議員がつまらなそうに眺めている。もしかしたら、言い合いをしているのは、この中でも有力者なのかもしれない。誰もが遠慮している雰囲気がある。

そのうちの一人が、ふと口を閉ざした。ぎょっとした顔で一点を見つめている。そして、その視線を追った他の面々も、同じようにぎくりとして口を閉ざした。彼らの視線の先には、いつの間にか立ち上がっていたラザラスがいた。

「ここはマルタナの発展のため、マルタナの民を豊かにするために知恵を出し合う場だと、説明したはずだ。だが、お前たちの町を豊かにするための陳情しか、ここでは聞いていない。お前たちはここに何をしに来た」

ラザラスの表情は厳しい。いつもの飄々（ひょうひょう）としたそれではない。そして、張りのある強い声は、広い室内に響き渡る。この室内でラザラスが最も若いだろうが、誰よりも威圧感があり他者を従わせるオーラをまとっていた。

「お前たちに用はない。帰れ」

しんと、室内は静まり返った。誰もぴくりともしない中、ラザラスは衣擦れの音だけを立てて足早に歩きだす。すると、室内側で扉の左右に立って護衛をしていた近衛兵が、中途半端に開いていた扉を大きく開く。そして、ラザラスを迎えるために、扉の左右に控えた。

ここからラザラスは出ていくのだとフランシスは悟って、慌てて廊下の隅っこに控える。ほどなくして、ラザラスが扉まで来たのがわかった。その圧倒的な気配で。フランシスは腰をかがめ、頭を下げる。視界の中をラザラスのブーツが大股で通り過ぎていった。

女官としての生活が始まってから、ラザラスとは一度も会っていない。助けてもらった恩人とはいえ、国王と女官だ。それが当たり前。だが、フランシスのほうはよくラザラスの姿を遠くから見ていた。

初日の剣の試合。それからも、軍人と一緒にいるのをよく見かけた。早朝、馬で遠乗りに出かけていく後ろ姿も見送った。官吏たちに囲まれて、中庭で笑っていたのも見たし。夕方、見回りの兵士と一緒に城壁の上を歩いているのも見た。ラザラスは視界の隅っこにでも入れれば、決して無視出来ない存在感のある人だったから。

仲良くなった女官たちから、ラザラスの噂話もたくさん聞いた。誰もが、うっとりとラザラスのことを話す。セルマーのところにも何度かお邪魔して、この国のこと、ラザラスのことをたくさん聞いた。でも、彼の気配を直接感じられるほど近くに来たのは、今日が初めてだった。

「あなたがフランシスですね？」

不意に声をかけられて、フランシスは驚いて顔を上げた。目の前には、見知らぬ男が立っていた。

まだ若い、黒髪で深い知性を感じさせる穏やかな緑の目をした、綺麗で線の細い男性だった。

「は、はい。初めまして。フランシスです。陛下に助けていただいて、今は王太后様の女官をしております」

慌てて腰をかがめ、彼に挨拶をする。身なりも、物腰も、彼が貴族だというのは間違いない。

「初めまして。僕は、フェリックス。陛下の補佐官をしています」

補佐官フェリックスの噂も、たくさん聞いていた。ラザラスの幼馴染で、側近中の側近。物凄く有能な人だと。

「あなたのことは陛下に聞いてますよ。記憶喪失のこともね。今日はどうしてここに?」

「王太后様に図書室から本を取ってくるように言いつかったのですが、道に迷ってしまいました」

「ああ、なるほど。図書室はわかりにくいんですよね。案内しましょう」

「とんでもございません。道を教えていただければ」

「いいんですよ。どうせしばらく休憩です」

気が付けば、廊下には誰もいなくなっていた。扉を守っていた近衛兵も、ラザラスの後に付いて行ったのだろう。そのラザラスの姿も、もうとっくに見えなくなっていた。そして、扉の向こう、議会は、扉が閉ざされていてもわかるほど、物凄くうるさかった。何を言っているのか全くわからないが、先ほどよりうるさいのは間違いない。

「陛下も遠乗りに出かけてしまったでしょう。執務室にいると、しばらく面倒なんで、図書室まで同行させてください」

「はい。ありがとうございます」

そのうち、気を取り直した議員たちが議会再開を求めて押し寄せてくるのは、想像に難(かた)くない。

「今日はもうおしまいにします」

と、ふんわりほほ笑んだフェリックスは、女官たちが騒ぎ立てるのが納得な美男子だった。ラザラスとは雰囲気の違う、穏やかで優しげな一緒にいて安心出来るような人だ。

「エストラ語の本を取りに行くのですか？」

「はい。王太后様の部屋にある本は、読み終わってしまったので」

促(うなが)されて、フランシスは渡されていた本のリストをフェリックスに見せた。

「王太后様らしいのかな。これ全部、物語ですね」

「そうなんです」

エストラ語の本は多くが技術書だったり哲学書だったりの学術書なのだが、物語もちゃんと存在する。女性や子供向きのものまで残されている。

「エストラ語の本を翻訳しながら、王太后様に読んでいると聞いています。大変でしょう。気疲れしそうだ」

「いえ、そんなことは。ただ、初めて読む本だと、もたついてしまうことがあるので、先に一度読んでおきたくて」

それで、複数冊の本のリストを貰ったのだ。昔、城に軟禁状態だった時、楽しみといえばダンスの練習と図書室での読書だった。勉強をしたいという要望は却下されたが、図書室の本を読むことは禁じられなかった。だから、本棚の端から端まで、ほとんどすべてを読みつくしたのだが、王太后が好むような物語の本だけは、あまり読んでいない。読んでも楽しめなかった。

「女官の生活はどうですか？　つらくはないですか？」

　フェリックスの視線はとても優しい。フランシスを本気で気遣ってくれているのがわかった。

「つらいだなんて、そんなことはありません。お部屋も一人部屋を頂いてしまいましたし、食事はとても美味しいし、お城で働く方は皆さん明るくて気さくで、とてもよくしていただいています。陛下のおかげだと、いつも感謝しています」

「陛下に気を遣わなくても大丈夫ですよ」

「いいえ、補佐官様。普通なら、私のように素性がわからないものを、王城の中で働かそうなんてしないと思います。それも、王太后様のそば近くでなんて」

「エストラ語がわかる人は、貴重ですから」

「それでも、ご自分の母上のそばに、私のような者を置いてくださるなんて。陛下はとても度量の広い方です」

「うーん、確かに、せこい男ではないですけどね」

　首をひねり、フェリックスは苦笑交じりにそう答えた。

「陛下は、あなたが王城で生き生きと生活していることに、満足しているんだと思いますよ」

「……私が？」

「あなたは今やマルタナの民でしょう？　すべての民の幸福のためにあるのだと、陛下はよくおっしゃいますから」

「マルタナの民は幸せですね」

「なかなかいい国王でしょう？　僕たちの自慢なんです」

「はい、とても」

なぜか、胸の奥が重苦しくてたまらなかった。せりあがってくる涙をこらえるのに必死で、なぜ自分が泣きそうになっているのか、考えることも出来なかった。


図書室から本を借りて、そのうちの一冊を少し読み進めていると、夕方という時間になっていた。

フランシスは日課となっている女官長への報告へ向かう。

「ご苦労様、フランシス。今日はフェリックス様とお会いしたそうね」

女官長のアンナは恐ろしいほどに耳が早い。

「はい。道に迷ってしまった私を、ご親切に、図書室まで案内してくださいました」

「噂は聞いていると思うけれど、フェリックス様は陛下の補佐官をされています。陛下の幼馴染でもあるんですよ」

机で書き物をしていたアンナは、そう言って顔を上げる。フランシスを向いて、優しくほほ笑んだ。

「図書室でエバンのお手伝いもしたそうですね」

「いえ、お手伝いというほどのことは」

「そう？　エバンからは、お褒めの言葉と、今後もぜひというお話を頂いています」

「……光栄なことです」

アンナはちょっと困ったような顔でフランシスを見つめる。

「あなたは図書室で働いてみたいとは思わないの？」

「それは、私の希望ではどうにもならないことではないでしょうか」

「希望でどうにかなるのなら、あなたはどうしたいの、フランシス」

　重ねて聞かれて、フランシスは返答を躊躇した。アンナがどんなつもりで聞いてくるのか、よくわからなかった。フランシスは見習いであって、他の女官よりも行動の自由は制限されている。今のところ、王太后の用事のみしかしていない。身元保証のないフランシスなのだから、それは当然だと思っている。そして、フランシスの身元は永遠に保証されない。王城で自由な行動を許される時はこないのだ。

「フランシス」

　アンナに呼ばれて、フランシスは顔を上げる。自分の考えに沈み、質問に答えなければならないのを失念していた。

「働いてみたいです」

「そう、よかったわ。フェリックス様が陛下にお伺いしてくださるそうです」

「フェリックス様が」

「フェリックス様から聞いてくださるなら、お許しが出るかもしれませんよ」

　にこにことアンナが頷く。

「フェリックス様は陛下の腹心と言われる方です。子供の頃から陛下と机を並べて勉学に励まれ、それはもう大変な努力をされて、若くして即位された陛下の補佐官になった方です。任じられた時は、やっかみ交じりに色々言われもしましたが、実力でそんなものを一蹴(いっしゅう)した優秀な方です。陛下への忠誠心も、陛下からの信頼も、とても篤(あつ)い方ですから、きっと働けることになるでしょう」

　フェリックスはラザラスと同い年に見えた。周囲は、若い国王には老練な補佐官や宰相をつけたかったに違いない。それをはねのけて、フェリックスを任じたラザラスも、その期待に応えたフェリックスも、強い絆で結ばれていることは間違いないだろう。

「陛下には頼もしい腹心の方が大勢いらっしゃるのですね」

「そうですね。セルマー様も、今ではああして地下にこもって好きな研究をされていますが、数年前までは陛下の執務室に詰めて政務のお手伝いをされていたんですよ」

アンナは時間があるときはいつも、フランシスに王城内のお約束や常識、知識を与えようとしてくれる。

「近衛団長のレオン様は今は不在ですが、軍事面における陛下の右腕といえる方です。副団長のベルダン様は、陛下の親衛隊長という感じでしょうか。事が起きたときは、軍の指揮よりも陛下の護衛を優先させる方です。神官長のガイ様は、運がよければそのうちに王城にいらっしゃったのをお見かけ出来るかもしれません」

「神官長。あの、勿論、海王信仰の神殿なんですよね？」

「勿論です。王城の敷地内にも神殿はありますよ」

「知りませんでした」

驚いているフランシスに、アンナは苦笑を浮かべていた。この国の人々は信心深くない。神殿に行くのは結婚などの決まったときだけで、あまり生活に密着していない感じだった。

セルマーからも、神官長の話を聞いたことがない。海王の国と違って、王家と神殿には強いつながりがないのだろうと勝手に思い込んでいたが、アンナがラザラスの側近として神官長の名前をあげたのだから、そんなことはないのかもしれない。

「神官長はどんな方なのですか？」

「お若い方です。十九だったかと思います。いつも国内を旅されていて、一所にはいらっしゃらない方なんです。なんというか、こういう言い方は不敬ですが、やんちゃな弟君という感じの方です」

同い年だと、フランシスは心の中でつぶやく。

「小さなときから、陛下やフェリックス様の後を追いかけ回して、年上の陛下にまとわりついては困らせていた印象なんです。幼馴染ですね。勿論、今は神官たちに敬愛される素晴らしい神官長になりなんですけどね」

そこで、時間切れとなった。女官長は夕食や夜の支度で忙しくなりだした城内へと戻っていく。フランシスは読書の続きをしようと部屋へ向かう。

途中、廊下を忙しそうに歩いていく人々とすれ違う。議論しながら歩く官吏たち、仕事を終えたのか、笑って話をしている近衛兵たち。だが、フランシスに声をかける人は誰もいない。見習いでごく限られた場所と人の中で働いているフランシスには、働いて一週間では知り合いが出来ようもなかった。昨日までは、それを疑問に思うこともなかった。なのになぜか、今、フランシスはひどい孤独を感じていた。

◆

「あなたはどちらのご出身なの？」

いきなりそう聞かれて、フランシスは読み途中の本から顔を上げた。

目の前には、王太后ジェネヴィエーブ。小首をかしげ、フランシスの目をじっと覗き込んでいる。

「私、ですか」

「ええ、そう」

王太后のもとで本を読み始めて、今日で十日ほどだろうか。読書以外のことが話題に出たのは初めてだった。それどころか、フランシス個人のことについて聞かれたのが初めてだ。なぜなのかわからないが、突然、王太后から個人認識されたようだった。

「申し訳ありません。私がどこの出身なのかは、わからないのです」

「あら、どうして?」

「記憶喪失なのです。島に流れ着いていたのを陛下に拾っていただきました。それ以前の記憶が何もないのです」

フランシスの事情について、フィアナかラザラスから事前に説明はあったはずだ。だが、王太后は興味がなく、覚えていないのだろう。

「それはお気の毒に。それで、あなたはいつも寂しそうなのね」

「え」

「自分の根っこを失うのは、とてもつらくて寂しいことだわ。それなのに、あなたはこうして仕事までしているのね。強いと思うわ」

「女官長をはじめ、皆さんよくしてくださるので。陛下も、この国で新しい人生を一から始めればいいとおっしゃってくださって」

「ラスらしいわね」

と、王太后は苦笑を浮かべる。

「過去をすべて捨てて、新しい人生を仕切りなおすなんて、私にはきっと出来ないわ。失った過去にすがりついて、泣き暮らすだけ。ラスは強いのよね。そして、それが出来ているあなたも強い人だわ」

王太后と会話をするのが初めてだったし、それがこんな個人的な内容になるとは思ってもみなかった。ちょっと離れたところにいるフィアナも、戸惑いの表情を隠せないでいる。

「そんなに悲しそうな顔をしないで」

ほっそりとした指先が手に触れて、フランシスはとても驚いた。

膝の上のフランシスの手の甲に、王太后が優しく手を置いてくれていた。

「記憶になくても過去は消えないし、今の自分を形作るのは過去の積み重ねよ。あなたはちゃんと生きてきた人だわ。今のあなたを見ていればわかるもの。だから、過去を否定しないで、捨てないで受け入れて。それが新しい自分を生きる近道じゃないかしら」

「でも、私、」

一度、人生に失敗しているとは、言えなかった。

「大丈夫。あなたなら、望む自分にもなれるから」

そっと王太后の手が離れていく。慈悲深いまなざしに、フランシスは一度も会ったことのない母のことを思った。もし、母が今のフランシスに声をかけてくれるなら、ダナオスは忘れて、新しい人生を楽しめと言ってくれるだろうか。

（ああ、違うわ）

不意にフランシスは気が付いてしまった。今、自分が欲しい言葉はそれではない。

マルタナに漂着してラザラスに助けられ、この王城で働いて、この国とこの国の王を知って、自分の中に蓄積されてきている思いは、その言葉では満たされない。

「フランシス」

そっと肩に手が触れて、フランシスはぴくりと体をすくませる。

気が付くと、フィアナが心配そうな顔でフランシスを覗き込んでいた。そして、手にしていたハンカチで、フランシスの頬を押さえてくれる。いつの間にか、涙が頬を伝っていた。

「今日はもうおしまいにしましょう」

王太后の声に、フランシスは頷くことしか出来なかった。


「ここに居たのか」

声に顔を上げると、ラザラスが階段を上ってくるところが見えた。夕日の綺麗な見張り台。以前もここでラザラスに会った。やはり、こんな夕日の沈もうかという時間だった。

「アンナが探していた。報告に来ないと、心配していたぞ」

見張り台に立ったラザラスは、夕日を背負って輝いていた。黄金色の髪は光の塊のようになり、長身で逞しい体躯は光に縁どられ。なんて美しい輝かしい人だろうと、そう感じた。

なぜ、こんな輝かしい人が自分を探しに来るのだろうと、フランシスはぼんやりとした頭で考える。

新しい人生をと言って、フランシスの背中を押してくれて以来だ。それ以来、個人的な話どころか、王城内で会うことだってなかったのに。なんでよりによって、こんなときに。

「フランシス?」

以前のように見張り台の隅っこで膝を抱えているフランシスの顔を、ラザラスは覗き込むようにする。彼の綺麗な緑の瞳に自分が映り、フランシスは息が苦しくなった。それでなくても苦しかったのに。ますます苦しくなって、自分を抑えきれなくなる。

「……なり、たかった」

ぼろりと、大きな涙の粒が、頬を転がり落ちていった。もう涙は涸れ果てたと思っていたのに。まだいくらでも落ちてくる。

「なに?」

「私、なりたかった」

「何に?」

「あなたみたいに、なりたかったです」

ラザラスが驚いたように目を見張るのがわかった。それでもう、どうにでもなれという気持ちになってしまった。

「……男に生まれたかった」

ラザラスも自分も、ただ一人の子供。同じ世継ぎでありながら、男の彼は将来を期待され、女の自分は誰と結婚するかということだけを期待された。

「あなたのように強くなりたかった。剣を使えるように、戦えるようになりたかった。誰にも侮られず騎士たちの忠誠を受け、軍の先頭に立ちたかった」

自分で言っていて情けない。でも、涙も言葉も、もう止まらない。吐き出してしまわないと、もう胸の中に溜めておけなくて、苦しくて息が出来ない。

「あなたのように、賢くなりたかった。どんな老獪な政治家とも、対等に渡り合える知恵と立場が欲しかった。どんな窮地に追いやられても、負けない賢さが欲しかった。仲間も友人も欲しかった。一緒に戦ってくれる味方が欲しかった。そんなの、私に才能も知恵もなかったからだって、わかっているけど。私にはあなたのような魅力がないからだって、よくわかっているけれど。でも、でも、あなたが妬ましくてたまらない」

ラザラスの周囲には自然と人が集まる。誰もがきらきらした目で彼を見つめる。笑顔があふれている。あんな風に誰かに見られたことなんて、一度もない。自慢の国王だなんて、そんな風に思われたことだって一度もない。でも、ラザラスは違う。

無力なエヴァンゼリン王女には、死ぬことでしか宰相の専横を止められなかった。それしか出来なかった。でも、ラザラスだったらどうだっただろうか。彼なら、議会を操ることが出来たのではないだろうか。騎士たちの忠誠と信頼をつかんで、宰相を追い出すことだって出来たかもしれない。そして、海王の国の民たちは今よりずっと幸せになれた。ラザラスが、世継ぎの王子だったなら。

ひょいと、不意に抱え上げられて、フランシスは小さな悲鳴を上げる。だがすぐに、ラザラスの腕の中に立たされて、優しく抱きしめられた。

「全部、吐き出してしまえ」

大きな手で背中をさすられ、耳元でそうつぶやかれた。

「あなたが大嫌い」

「そうか」

「大嫌い」

　でも、こうして抱きしめられていると、心から安心出来る。この世に何も怖いものなどないと、根拠もなく思える。

　ラザラスの体温、胸の鼓動、力強い腕の力、香水と混じった彼の香り。そのすべてが心地よく、フランシスはラザラスの背中に腕を回してすがりつく。涙の止まらない目を、ラザラスの胸に押し当てれば、気持ちも次第に落ち着いていくのが感じられた。

「……ごめんなさい。大嫌いなんて言って」

　ラザラスは何も悪くないのに。

「八つ当たりです。ただの。ごめんなさい」

「いいよ」

　優しい声だった。顔を上げると、驚くほど近くでラザラスの宝石みたいな瞳が輝いていた。

「ああ、ほら。日没だ」

　二人の視線が絡まったのはほんの一瞬で、ラザラスはすぐに空へと目を向けた。

　フランシスが顔を上げると、真っ赤な夕日が地平線の向こうに沈んでいくのが見えた。この見張り台で、一日の中で一番美しい光景。

　ラザラスは背後の壁に寄り掛かると、フランシスの体も引き寄せる。フランシスはラザラスの逞しい胸にもたれながら、美しい夕日を見つめた。泣きすぎて疲れたのか、溜まっていたものを吐き出したせいか、ラザラスの腕の中にいるからか、くったりと力が抜けて心が凪いでいるのを感じた。

「君は君なりに戦ったんだろう？　精一杯、やれることはすべて」

小さく頷く。

「それで駄目だったのなら、仕方がないさ。後悔することはない」

「それは……無理、です」

ラザラスが小さく笑うと、胸が上下して心地よかった。

「それなら、後悔するだけして、過去を受け入れるしかない。なかったことにするより、それで君が前に進めるのなら、そのほうがいい」

まるで、王太后との会話を聞いていたような話の流れに、フランシスは顔を上げてラザラスの目を見つめる。

「母上から、君に優しくするようにという、謎の伝言が届いた」

ラザラスは口元に笑みを浮かべ、一度ちらりとフランシスと目と目を合わせてくれる。そんな伝言を受けたから、ラザラスはフランシスを探してくれたのだろう。

フランシスを気にかけてくれた王太后の気持ちが、とても嬉しかった。寂しそうだと、そう言ってくれた王太后の優しさを思い出すと、フランシスはまた涙が止まらなくなる。

「君はとても優秀だと、アンナから報告を受けている。セルマーも、君がとても勉強熱心で弟子に欲しいぐらいだと言っていたし。母にも気に入られている。君を知る人で、君を悪く言う人は誰もいない。君に人間的魅力がないとは思わない。君の努力が足りなかったとも思わない。どれだけ努力しても、そして誰がやっても、うまくいかないことはある。君は少し運がなかっただけ。よく頑張ったさ。精一杯やった。もう十分なんだ」

どうして、ラザラスは欲しい言葉がわかるのだろう。

　この王城で働くようになって、ラザラスという人の魅力を知り始めて、彼を崇拝する人々を見て、フランシスは自分とラザラスを比較せずにはいられなくなった。正確には、ダナオスのエヴァンゼリン王女とマルタナのラザラス国王の比較だ。

　ラザラスの国王としての高い能力を見せつけられて、自分の不甲斐なさに落ち込み、有能な側近に囲まれていることに愚かにも嫉妬した。よい国王だと自慢する人々には、エヴァンゼリン王女はそんな風に言われたことがないと深く絶望もした。

　でも、それでも、エヴァンゼリンだって精一杯努力したのだ。勿論、ラザラスのように賢くないから、議会や近衛騎士たちを味方につけることは出来なかった。宰相を退けることだって出来なかった。結果は出なかったけれど、それでも、努力は怠らなかった。

　そんなこと誰にも言えないし、主張することも弁解することも出来ないけれど、誰かにわかってもらいたかった。頑張ったねと、そう言ってほしかったのだ。

　あさましいだろうか。子供っぽいだろうか。王女として生まれてきたのだから、それはやって当然なのだと怒られるだろうか。冷静なところでは、そうわかっていたけれど。でも、孤独とあいまって、その気持ちはフランシスの中で膨れ上がり、爆発してしまった。

「あんまり泣くと、目が溶けるぞ」

　いつの間にか、ラザラスの大きな手が、なだめるようにフランシスの頭をなでていた。そして、背中にあった手が、ぐっとフランシスの体を引き寄せる。ラザラスの息遣いを近くに感じた次の瞬間、フランシスはこめかみにキスをされていた。キスといっても本当に唇が触れただけだったが、それでもフランシスにはとんでもない驚きで、必死で悲鳴を飲み込まなければならなかった。

だが、目を見開いて顔を上げたフランシスを見つめ返すラザラスの瞳は、いつものように凪いで穏やかだった。特別な感情は、一切見えなかった。

「ようやく泣き止んだ」

ちらりとラザラスの口の端が上がり、フランシスは自分が真っ赤になるのを自覚した。

「剣は習えばいい。習いたいんだろ？」

「はい！　教えてくれますか？」

「俺？　それは無理だな。近衛の誰かに頼もう」

勢いでお願いしてしまったけれど、当然のごとく却下される。残念だったけれど仕方がない。ラザラスの忙しさは、この城で一番なのに間違いない。フランシスの剣の相手など、する時間はかけらもない。でも、ラザラスに剣を教えてほしかった。あの素晴らしい、舞うような剣を。

「他には何をしたい？」

「……いいんですか？」

「君は何をしたい？　どうなりたいと思っているんだ？」

ラザラスの宝石のような目にまっすぐに見つめられ、フランシスは息をのむ。その美しさと、この美しさの前で考えなしの答えなど口に出せないと思えて。

「強くなりたいです。大切な人を守れるぐらいに」

驚いたように、ラザラスが目を見張ったが、自分の中の思いを集めるのに必死なフランシスは気付かない。

「でも今は、まず自分一人でも生きていけるようにならないと。剣を教えてもらって、セルマー様にもっと色々教えていただいて、女官の仕事も頑張って。いつか、陛下の庇護下でなくても、ちゃんと生きていけるようになりたいです」

「俺はマルタナの民の幸せのためにいるんだがな」

「はい、私もこの国の民となって、幸せにしていただいています。だから、もっと強くなって、陛下に恩返しがしたいです。陛下の幸せのために、力になれれば」

恐れ多いことですがと、フランシスは最後は真っ赤になってうつむいてしまいながら、そう口の中でもごもごとつぶやいた。だって、国王の大変さとか孤独とか、世継ぎの王女をしていたことのあるフランシスには多少なりとも理解出来る。玉座の豪華さやきらびやかさ、権威や権力に目がくらみ、そこに座る者の気持ちをわかる者は少ない。フランシスはその大変さを分かち合う立場にないけれど、ラザラスの幸せを願っていたいと思えた。

エヴァンゼリン王女としてダナオスの民を幸せに出来なかったからかもしれない。生まれてからずっと、国民のためにあれ、国民の幸せのために生きよと教育されてきたフランシスには、新しい人生を手に入れたからといって、今度は自分のためだけに生きるなどという選択は出来なかった。それこそ、全く別の自分になど、なれるはずがないのだ。

「暗くなってきた」

ラザラスがフランシスを抱えたまま、壁にもたれていた体を起こす。

当然、フランシスはぎゅっとラザラスの胸に顔を埋めるようになり、密着した体に驚き慌てて離れようと一歩下がる。正気に返り、急に恥ずかしくなったというのもあり、もう一歩下がろうとしたのだが、ラザラスに手をぎゅっと握りしめられた。

「真っ暗になる前に下りよう。足元が悪いから気を付けて」

「はい」

気が付けば、周囲はかなり暗くなっていた。すぐ近くにいるラザラスの顔も、頬が白く見えるぐらいで、表情もよくわからなくなっていた。

そんな中、ラザラスはフランシスの手を引いて階段へと向かう。この見張り台への階段は、ところどころ欠けていて、見えないと危険なのだ。フランシスはラザラスのエスコートをありがたくうけ、慎重に階段を下りていく。

「フィアナの夫が、ベルダンの部下なんだ」

「はい？」

「剣の稽古。ベルダンに話しておこう。彼の稽古は厳しいと思うが」

「大丈夫です。私、頑張ります」

「そうだな。君なら大丈夫だろう。頑張れよ」

「はい」

少し闇に慣れた目が、ラザラスがこちらを見てくれているのを確認した。

視線を感じたのか、ラザラスはずっと夜目がきくのか、やはりすぐにそらされてしまったけれど、それでもとても嬉しかった。

（私、好きなんだわ）

その考えが不意に胸の内に落ちてきて、頬を熱く燃やし、体中に染みわたっていく。どくどくと鼓動を強く感じ、ラザラスと触れている手の平から、体中の感覚が鮮やかになっていく。

ダナオスの王城から飛び降りてからずっと、半死半生のまま漂うように生きてきたフランシスの心は、ようやく息を吹き返した。

◆

仕事を終え、昼食に向かっていたフランシスはふと足を止めた。廊下の窓の向こう、かなり距離があるけれど、中庭の奥にある東屋(あずまや)でラザラスと官吏が何か話をしていた。仕事の話だろう。遠目にも、ラザラスが厳しい表情をしているのがわかった。

「フランシスったら、最近、陛下に夢中よね」

ぎょっとして振り返ると、フィアナがにこにこして立っていた。

「そ、そんなことは」

「いいじゃない、隠さなくても」

フィアナはフランシスと並んで、窓からラザラスの姿を見つめる。

「だって、陛下は素敵だもの。うっとりしちゃう」

「フィアナ、旦那様いらっしゃるのに」

「そうよ、それ、大切」

にっこりと、フィアナはぴんと伸ばした指の先をフランシスに向けた。

「陛下は私たちの恋のお相手にはならないってことよ。フランシスったら、わかってる？」

「え、あ、あの、」

「あんまりわかってない感じだから、心配なの」

「えーっと、大丈夫です、多分」

自信がなくて、曖昧(あいまい)な笑みを浮かべて誤魔化(ごまか)したフランシスを、フィアナは心配そうに見ていた。

「多分じゃ、だめ」

フィアナはきっと表情を厳しくすると、フランシスの手を引いて女官たちの食堂に連れていく。

そして、食堂にいた他の女官たちを集めて、フランシスの周囲を囲ませた。

「みんな。フランシスが新人病にかかっているから。よろしくなのよ」

「それは大変！　フランシスなら大丈夫かしらって思ってたのに」

「やっぱり、それだけ強力なのよ、陛下の魅力って」

「女官なら誰もが通る道よね」

次々に話し出す先輩たちに、フランシスは口を挟む隙(すき)もない。

「フランシスいい？　陛下はね、ああ見えて、かーなーりお堅い人なのよ。女官と遊んじゃうとか、ないの」

「即位されて、今年でえーっと、八年？　その間、一切ないから」

「ただ、それなら貴族のご令嬢とはどうかっていうと、それもないから、女官も夢見ちゃうのよね」

「前国王様がお決めになっていた婚約も、ご自分で破棄されちゃったし」

「婚約者、いたんですね？」

つい気になって、フランシスは口を挟んでしまった。

「そりゃ、いたわよ。侯爵家のご令嬢。でも、即位されてすぐに破棄されたのよ」

「その後、官吏も貴族も、山のように縁談を持ち込んでるけど、一切、拒否なさってる」

「陛下も二十四だし、そろそろでしょうって、周囲もうるさいんだけど」

「どうして結婚されないんですか？」

女官たちは顔を見合わせる。誰が話すのか視線で相談し、諦めたフィアナが重い口を開いた。

「やっぱり、ご両親の結婚があまり幸せではなかったからだって、言われているの」

「でも、大恋愛結婚だって聞いてますけど」

「大恋愛だったと思うわよ。でも王太后様は苦労されたから」

「恋愛はともかく、結婚となると、周囲にも認めてもらって祝福されてするのが、一番幸せよね」

「陛下がね、結婚するなら相手をちゃんと守ってあげないとって、言われたんですって。ケビンが聞いたんだけど」

と、フィアナが旦那様の名前をあげる。

「今の王太后様を見ていると、陛下が結婚に色々考えちゃう気持ちもわかるのよね」

「無責任なこと出来ないって感じ？」

「この国で、陛下以上に甲斐性のある男性はいないと思うんだけどね」

全員で頷き合う。だがすぐ、話が少々脱線したことに気が付く。

「だからね、陛下は身分差のある女官は、絶対に選ばないから」

「陛下のことは、鑑賞専門でね」

「遠くから見てうっとり。声を聴けて幸せ、ぐらいにね」

みんな、とても優しい。言葉を選びながら、フランシスに諦めるように諭してくれている。

「えっとですね、私、今、とても幸せなんです」

その気持ちが嬉しかったので、誠実に自分の気持ちを説明することにした。

「記憶喪失ですけど、私、男性をこんなに好きになったの、初めてだと思うんです。えっと、恋をするっていうことが、こんなに自分を変えるってこと、初めて知ったんです」

「フランシスったら、初恋？」

「初恋なのね！」

「はい」

頬をバラ色に染めてこっくり頷く、フランシスのあまりに可愛らしい様子に、先輩女官たちは胸がきゅんとしてしまった。

王太后付き女官見習いのフランシスとは、他の女官たちはあまり接点がない。だが、真面目で素直で、挨拶の綺麗なフランシスのことは、誰もが好感を持って見守っていた。食堂で一緒になれば、態度は万事控えめで、それでいて所作は綺麗で、記憶喪失のせいか笑顔は少なめで、ちょっと庇護欲なんて掻き立てられたりして。そんなフランシスが、数日前から妙にそわそわうきうきしているのが、とても可愛らしくて気になっていたのだ。

「毎朝起きると幸せで、陛下の姿をちらっとでも見れたら、もうすごく幸せで、こうして皆さんと陛下の話をしているだけでも、胸がどきどきして。一日中、そわそわしてて」

「わかるー！」

「わかるわ、その気持ち！」

こくこくと、みんなで頷き合う。

「でも、皆さんに言われたとおり、この恋が実らないことはよく理解しているんです。身分違いだし、私は素性もわからないし。叶えようとは思っていないので。ただ、もう少し、この幸福感と切なさを味わっておきたいかな、と」

「そっかそっか。フランシスの気持ち、聞けてよかったよ」

「そうだね。それなら、私たちが色々言っちゃうのはよくないよ」

「フランシスはわかって初恋満喫してるんだから、私たちはお手伝いすべきじゃない？」

「言えてる！　なんかさ、いい思い出欲しいよね」

どうやら、フランシスのような新人病という名のラザラス恋煩いになった女官は、その思いに踏ん切りをつけるために何かしらの思い出を作るらしい。ラザラスに声をかけてもらう、ラザラスの御用を言いつかる、狭い場所で二人きりになる、などなど。特別な、個人的な思い出。フランシスもそういう記憶を一つ持つといいと、アドバイスされた。


夕刻。

仕事を終えて、アンナへの簡単な報告をすませた後、フランシスはあの見張り台にのぼった。実は、ラザラスに八つ当たりをしてしまった日から一週間、毎日のように通っている。もしかしたら、ラザラスも来るのではないかと淡い期待をして。勿論、ラザラスは一度も来ていないけれど。

あの日は、とんでもないことをしてしまったと、時間がたつにつれて、どんどん恥ずかしくなってきていた。ラザラスにとっては、本当にただのとばっちりというか言いがかりというか、八つ当たりをぶつけられて迷惑だったに違いない。でも、泣きじゃくるフランシスを抱きしめて、慰めてくれた。

剣を習えばいいと言ってくれた。まっすぐに、フランシスだけを見つめてくれた。

あの日のことを思い出すと、熱いため息しか出ない。そして、体中がちくちくするような感じがする。また、彼にしっかりと抱きしめられたい。体温と鼓動を感じたい。そんな風に思うのは、はしたないのかもしれない。でも、そうしたくてたまらない。

(初恋かぁ)

こんな風に男性のことを想ったことはない。軟禁状態のエヴァンゼリン王女の周囲に、同年代の男性などいなかったし。婚約者とは、年に一度程度会うだけの関係だった。

(少しだけ、フランシスとしての生活を楽しんでもいいかな)

こうしてただ想っているだけ、初恋を満喫しているだけなら、誰にも迷惑はかからない。

今日も、夕日が沈んでいく。

フランシスは美しい光景から、北へと目を向けた。マルタナの北には、故郷がある。海王の国ダナオス。かの国では今、何が起こっているのだろうか。エヴァンゼリン王女の葬儀を終え、叔父(おじ)が新国王として戴冠(たいかん)しただろうか。宰相を王城から追い払うことが出来ただろうか。メイとシビルは、無事でいてくれるだろうか。

マルタナはダナオスと近くて遠い国。情報があまりにも入ってこない。フランシスは何度も情報通のセルマーに探りを入れているのだが、ダナオスの最新情報は何も伝わってきていなかった。

ダナオスのことを考えると、ラザラスへのきらきらした思いは、すうっと冷めていく。フランシスは日没まで見届けることなく、その日は見張り台を下りていった。

翌日。

フランシスは朝から、先輩女官フィアナの旦那様で近衛に所属しているケビンと会っていた。ラザラスは約束を守ってくれていて、あの翌日にはケビンのほうから声をかけてもらっていた。

最初は、フランシスのような女官が剣を習いたいなんて、何かの冗談だと思っていたらしい。だが、本当にフランシスが本気だと知ると、迷いながらも自ら稽古をつけようと言ってくれた。ケビンは優秀な軍人で当然忙しいだろうに、そう言ってくれて本当にありがたかった。

「なかなか筋がいいなあ。すぐに使えるようになるよ」

近衛の訓練場の片隅を借りて、朝の早い時間、少しだけだが稽古をつけてもらっている。勿論、まだまだ基本動作だけだが。

「重い剣なのに、しっかり持つね」

「結構、力持ちなんですよ、私」

「姿勢もいいしなあ」

ケビンに褒められるたび、とても嬉しくなる。そして、毎日、何時間でもダンスの練習に付き合ってくれたシビルのことを思い出す。シビルのダンス練習は、いつもかなり厳しかった。へとへとになって、起き上がれなくなることだってあった。だが、そうやって鍛えてもらったから、フランシスは城の奥で朽ち果てることなく、今は異国で剣を握っていられる。

シビルが知ったら、きっと喜んでくれるだろう。シビルの恩に報いるためにも、しっかり強くならねばと気合も入った。

「二人とも、今日もお疲れ様」

稽古が終わると、離れて見ていたフィアナがやってきて三人で雑談になる。冷たい水を飲みながらのこの時間を、フランシスは楽しみにしていた。ケビンとフィアナ夫婦はとても仲が良くて明るくて、会話に交ぜてもらえるのが嬉しいのだ。

「そういえば、今夜、楽団が演奏にくるそうだよ」

「まあ、ケビン、本当？」

「朝、その時の警備に関してベルダン様から指示されたんで、間違いないよ」

「久しぶりじゃない！　ケビンは警備に配置されたの？」

「されてないから、久々に踊ろうか、フィアナ」

「嬉しい！　フランシスも、フランシスもよ。ダンス、好きなんでしょ？」

「はい、でも」

ダンスは一人じゃ踊れない。フィアナのように決まった相手もいないし。新参者のフランシスのことを、まだ周囲は遠巻きに見ていることは感じていた。

「近衛の誰か、紹介しようか？」

ケビンは親切で声をかけてくれるのがわかっていたが、フランシスは頷けなかった。

「大丈夫よ、フランシス。ちゃんとケビンを貸し出しするから」

フランシスが現在ラザラスに初恋中なのを知っているフィアナは、他の男性をフランシスに紹介しようとはしなかった。

「ありがとうございます。フィアナがたっぷりダンスを楽しんでからでいいので、お願いします」

「ケビン、頑張ってね！」

「美女二人のお願いじゃ、断れないな」

と、三人で声を上げて笑った。


そして、夜。

いつもと違って、城内がうきうきと浮かれている感じがした。国中を回っている楽団の一つが、王城の庭で演奏を披露し、最後には無礼講でダンスになるらしい。

以前はよく来ていたらしいが、今夜は久しぶりなのだそうだ。その理由を誰も口にはしなかったが、一年前にあったという自殺のせいだろうと察せられた。フランシスには想像しか出来ないが、今は明るい王城の雰囲気も一年前は暗く沈み込んでいたのだろう。その闇が一年かけてようやく薄れてきて、以前の明るさを取り戻しつつある。だから、誰もがとても楽しそうなのだ。

夕食はいつもより早い時間に振る舞われ、厨房や給仕の者たちも演奏を聞きに外に出てきていた。フランシスも、フィアナとケビンに引っ張られて早々に庭に出た。それでも、もう一番後ろの席しか空いていなかったが。

楽団の準備も整い、さあ後は音を出すだけという状態になってから、ラザラスが補佐官を従えて姿を見せた。全員が立ち上がって国王を迎える。一番前の端っこにベンチが一つ空いていて、そこにラザラスは補佐官フェリックスと一緒に腰を下ろす。そうして、全員が着席した。

「始めよう」

ラザラスがそう言うと、楽団長が前に進み出て簡単な口上を述べる。そして、演奏が始まった。

昔、エヴァンゼリン王女だった頃、城内に楽団が招かれて演奏会が開かれた。数少ない娯楽の一つで、大好きだった。その時に聞いた楽団よりも、申し訳ないが、ずいぶんと下手だった。音が外れることもあるし、楽器の数が少ないせいだろう、音が弱かった。でも、夜空の下、外で聞く演奏は何にも代えがたかった。

大きな松明がいくつもともされ、ぱちぱちと音を立てている。その松明が燃える匂いと、虫よけのためにたかれている草の匂い。夜の匂い。遮る物のない野外で、音はどこまでも拡散していく。でも、楽団との距離が近くて、そんなこと気にならない。

そして、顔を上げて右斜め前を見れば、ラザラスの横顔がよく見えた。ラザラスを見れば、自然と胸がどきどきする。そばに行きたい、話をしたい、目を見たいと思ってしまう。フランシスの身分では叶わない望みだと、わかっているけれど、それでも、ラザラスのそばに行きたいと願ってしまう。恋をするというのは理屈ではないのだと、ようやくわかった気がする。それとも、最近、王太后に恋愛小説ばかり読まされているから、影響されているのだろうか。

演奏が終わると、大きな拍手もそこそこに観客たちは移動を始めた。一番後ろだったフランシスのベンチは移動しなかったが、中央部のベンチは端っこに動かされ、真ん中はダンススペースに早変わりだ。ラザラスが端っこに座るなんてどうしてだろうと思っていたが、そういうことだったのだとようやくわかった。

最初の曲はワルツだった。楽団が演奏を始めると、いくつものカップルが我先にと中央に集まってきて踊りだす。ほとんどのカップルが城の使用人たち。女官服のままの女性もたくさんいた。フィアナとケビンのように、近衛兵と女官のカップルも多い。そして、貴族のカップルも数は少ないけれどいる。城で働いている貴族たちだろう。これは本当に無礼講なのだと、フランシスは内心、とても驚いていた。故郷の城では、使用人と貴族が一緒に踊るなんてことはあり得ない。

ダンスが始まると、ベンチに残っている人はワイングラスを出してきて、乾杯を始めている。演奏を聴きながら、ダンスしている仲間たちをからかいながら、楽しくお酒を飲むらしい。

そして、フランシスといえば、ベンチにぽつんと一人だった。まだ、ここで仕事を始めて一か月もたたない見習い女官には、ダンスに誘ってくれる男性の知り合いなどいない。だが、不思議とあまり寂しさも孤独も感じなかった。友達も知り合いも、これから作ればいいのだ。慌てることはない。今はラザラスの姿を見ているだけで、心が満たされる。むしろ、その邪魔をしてほしくないぐらいだ。

「踊っていただけますか？」

そんなことを考えていたところに、目の前に手を差しだされ、本当に驚いた。

「補佐官様……」

しかも、ラザラスの補佐官フェリックスだ。爵位を聞くのを忘れていたが、貴族なのは間違いない。無礼講とはいえども、貴族と使用人のカップルは踊っていなかった。

「あの、本気ですか？」

思わず、小声で聞いてしまった。

「もうしばらくすれば、貴族も使用人もなくなりますよ」

「でも、どうして私なんかと」

「駄目ですか？　ダンスは好きだと聞いたのですが」

フェリックスにそんな話をしたことはない。フィアナにはしたし、先輩女官たちにも話した覚えがある。今朝、ケビンも知ったはずだ。女官長アンナには、毎日一日の報告をしているし、はっきり聞いたことはないが、フィアナもそうらしい。そして、女官長の報告先は、ラザラスだ。

「陛下に、相手をしてやれって、言われたんですね？」

指摘しても、フェリックスの表情は動かない。肯定も否定もしないが、否定しない時点で肯定しているも同然だとフランシスは思った。

「ですが、補佐官様が私などと踊れば、悪目立ちしてしまいます。陛下には、お心遣いありがとうございますと、お伝えください」

ダンスが大好きなのに踊る相手がいないことを、ラザラスは気にかけてくれただけだ。それだけなのに、なぜこんなにショックなんだろう。胸が締め付けられるように痛くて、涙が出そうなのはどうしてなんだろう。

視線を感じて振り返る。こちらを見ていたラザラスと目と目が合った。

（どうしよう）

目が離せない。だって、あの日以来、初めてラザラスと目が合ったのだから。

フェリックスがちゃんと誘えているのか、気にしてくれているのだろう。二人が踊りださないので、どうしたのかと思っているのだ。ラザラスにとっては、それだけのこと。フランシスが誰と踊ろうが、ラザラスにとってはどうでもいいこと。そんなことわかっていたけれど、こうして目の前に突きつけられると平静ではいられない。

（もしかしたら、陛下は私の浮ついた初恋に気が付いていて、わざとこうしている？）

思いつきだったその考えは、すぐにとても正しいと思えてきた。あの見張り台の夜のことを、特別に考えるな、何かを期待するなという意思表示。思い上がるなと、フランシスごときが恋の相手になどなるわけがないと、そういうラザラスの意思表示だ。

わきまえていると思っていたし、自分が頭の中だけで楽しむだけだと思っていたけれど、ラザラスにはお見通しだったのだ。それぐらい、物欲しげに期待して見ていたのかもしれない。

（アンナ様が陛下に報告した可能性だって）

フランシスの初恋の話は、一部の女官には知られている。それが女官長アンナの耳に入り、ラザラスに報告されている可能性はかなり高い。浮かれてそんな基本的なことさえ忘れていたらしい。

フランシスは自分の表情筋に号令をかけて、ラザラスに笑顔を作って見せた。それから目をそらし、立ち上がる。

「失礼します」

こちらも困っている様子のフェリックスに、きちんと挨拶をすると、フランシスは演奏会場から逃げ出した。フェリックスに背を向けた途端、頬に涙がこぼれるのがわかったけれど、頬をぬぐう仕草を見とがめられても困るから、フランシスはただひたすら早足で会場から遠ざかった。

「振られましたね、補佐官殿」

「セルマー様」

ちらりとセルマーを視界に入れたが、フェリックスはラザラスから視線を外すことが出来なかった。

フランシスが背を向けた瞬間、ラザラスは思わずという感じに立ち上がった。そして、フランシスが早足で去っていくその後ろ姿を、食い入るように見つめていた。どこか、切ないような苦しいような、そんな表情で。

「追いかけないかな」

「無理でしょうね。我らが国王陛下は、一筋縄ではいかない」

　ラザラスは、もう腰を下ろさなかった。そのまま王宮へと歩き出す。演奏会が無礼講になると、ラザラスが姿を消すのはいつものことなので、誰もそれを不審には思わない。

　一人なのが気になったが、すぐに近衛兵が二人彼のそばに付き従うのが見えて、フェリックスは安心した。安心して、セルマーに向き直る。

「彼女は何者です？」

「報告はすべてあげていますよ」

「あなたの予想を聞かせてください、国王の主治医殿」

「予想と言われてもね、補佐官殿」

「只者（ただもの）じゃないですね、彼女。あなたはもうわかっていたのでしょうけれど」

「気に入りましたか」

「ええ」

　フェリックスが誘いに来たというだけで、ラザラスの指示をすぐに見抜いて見せた。

　普通の女性なら、フェリックスの誘いに喜んで乗ったのではないだろうか。ラザラスより落ちるかもしれないが、フェリックスも十分に魅力的な若い独身貴族だ。女官がダンス出来るような相手ではない。だが、フランシスはフェリックスの誘いに舞い上がるようなこともなく、ラザラスがフェリックスにダンスを誘わせたことに、ただ傷ついていた。

　それは、彼女がラザラスを愛しているからだ。そして、彼女は傷ついていることを一生懸命隠そう

としていた。フェリックスに対しても、自分のようなものが相手を出来ないという姿勢を崩さなかった。背を向けて去っていく時も、フェリックスやラザラスに媚びるような態度は皆無だった。追いかけてきてほしいなんて、ちらとも思わせない。むしろ一人にしてほしいと、彼女の背中は訴えていた。ラザラスを愛しながらも、ラザラスとどうかなろうと考えているわけではない。ちゃんと、わきまえている。彼女の背中はそう語っていた。

「賢くて、強い女性ですね」

「それは報告書に書いたはずです」

「あんな顔をする陛下を、初めて見ました」

「ですねえ。彼女が、この国の女性だったら話が早かったんですが」

ため息をつくセルマーに、フェリックスは問いかける。

「セルマー様は、彼女とたくさん話をしていますよね。どこ出身だと想像しているんですか?」

「陛下は南方を探っているそうだけど」

「今の潮の流れを考えると、その可能性が高いんですよ」

「私は、北のほうじゃないかと思っています。ダナオスかユクタス。多分、ダナオスじゃないかな」

「ダナオス（海王の国）」

国交もない元敵国。元宗主国。その国の貴族となれば、ラザラスの花嫁として大歓迎は出来ない。

「僕としては、なんの問題もない相手と祝福されて結婚して、普通に幸せになって、子供をたくさん作ってくれるといいなあと思っているんですよ」

つぶやいて、フェリックスはため息をついた。

「まだ、陛下がフランシスを選ぶとは決まってませんよ」

「そうですけど……」

　女性には冷淡なぐらいのラザラスが、あんな目で女性を見るのを初めて見た。

「彼女がダナオス出身だとも、決まっていない。ダナオスにはレオンが行っているんですよね？」

「はい。彼女のことについても、情報収集するように伝えてあります。ただ、帰国が延びていて」

「何かあったんですか？」

「どうやら、あったようです。心配ないとは言ってきているんですが」

　レオンから二通目の手紙は、帰国が延びることが簡単に書いてあっただけで、理由もよくわからなかった。帰国したらすぐに報告するとあるだけで、かなり慌てていたことしかわからない。

「ガイにも連絡を取ろうとしているんですが、相変わらず彼は捕まらないので困ってます」

　フェリックスが再びため息をつくと、セルマーは同情の目を向けてきた。

「彼を捕まえようと思って捕まえられたことなど、ないと思いますよ」

「ですよね」

「そのくせ、本当の本当に彼が必要となったときには、連絡などしていなくても帰ってくるんですよねぇ。不思議な人です」

「同感です」

　二曲目になって、女官と下級貴族の官吏のカップルが踊りだしていた。マルタナでは、それほど貴族と平民の垣根は高くない。代々続く名門貴族は一握りだし、褒章として与えられる一代のみの貴族ばかり増えるせいもある。王族はそれでも別格なのだが、先代が平民の妃を迎えたのだ。ラザラスがそれに倣(なら)っても、先代のときほど反発はないだろう。

「男女のことは、当人同士の問題ですよ。周囲が下手に介入すれば、後悔することになります」

「そうですよね。陛下は自分でこうと決めたら、やり遂げる方だし」

フェリックスはため息をつく。どれほどの障害があっても、ラザラスなら何とかするだろう。だが、補佐官としても幼馴染としても、出来れば穏やかな幸せを選択してほしいなと思うわけで。

「嵐の予感だ」

「いいじゃないですか。こういう嵐なら、大歓迎だなあ」

とうとうこの王城にも、恋の嵐が巻き起こるかな！　セルマーはそう言って、声を上げて笑う。

楽しそうなセルマーにつられて、フェリックスも笑ってしまったけれど。大嵐になってしまいそうで、心から笑うことは出来なかった。

第三章　補佐官様の多忙な一日

　翌朝。マルタナ王国の国王補佐官フェリックスは、最近、執務室に向かうのに寄り道をしている。近衛の訓練場を見渡すことが出来る渡り廊下を通るために、少しばかり遠回りをするのだ。この時間、ちょっとした見ものがある。

「おや」

　今朝は渡り廊下に先客がいた。近衛の副団長、ベルダンである。難しい顔で両腕を組みながら、じっと訓練場を見下ろしていた。

「おはようございます、副団長」

「おはようございます、補佐官殿」

　ちらりとフェリックスを見たが、すぐに視線は訓練場へと戻った。

「ここからだと、こっちが見ていることを向こうに気付かれないんですよ」

　同じ理由で、ベルダンもここからの見学を選択したのだろう。だが、ベルダンはフェリックスを無視した。この偉丈夫はラザラスを盲目的なまでに愛しているが、そのおこぼれをフェリックスにくれたことはない。フェリックスはちょっと肩をすくめて諦めると、ベルダンの隣に立って、訓練場を見下ろした。

訓練場の隅っこでは、フランシスとケビンが剣の稽古をしている。稽古といっても、ごくごく初歩的な型の反復練習だ。平たく言えば、素振り。剣をぶつけ合うこともなく、黙々と反復練習をしている。だが、フランシスはとても真剣に取り組んでいる。そして、着実に成果が見えてきている。

「女性で、あの重い剣をあそこまで振れるなんて、大したものですね」

体幹の筋肉がしっかりついていないと、逆に剣に振り回されることになる。もしくは、一度二度振っただけで、体中の筋肉が悲鳴を上げるだろう。

「しかも、初日より速くなってますよね」

「…………」

「わざと彼女にあんな重い剣を持たせたでしょ？」

「遊びやノリで剣を使いたいなどと言ってもらっては困る」

無視されるかと思ったが、意外にもきちんと答えが返ってきた。

「重すぎる剣で、つまらない反復練習をさせて、さっさと音を上げさせようってことですか」

「それでやめるのなら、その程度だったということだ」

「やめるどころか、ですね。しかも彼女、結構スジがよくありません？」

「……そのようだな」

そう感じているのはベルダンだけではないようで、訓練場で彼女の稽古を見学する近衛軍人は日々増えてきているように思う。まだまだ遠巻きに見ているだけだが、誰かがフランシスに話しかけるのは時間の問題だろう。

黙っていれば、銀色の髪に青い瞳、白い肌のフランシスは、まるで作り物の人形のように美しくて近寄りがたく話しかけにくい。だが、ちょっと話せば、意外な気さくさに驚くだろう。さっぱりとしていて負けず嫌いな感じもするし、性格はどちらかというと男性的なのも軍人たちに好印象なのは間違いない。おまけに、剣を習いたいという情熱は本物だし、黙々と初歩からきちんとやっているのも好感度大に間違いない。

「おお」

稽古を終えて、ケビンと話していたフランシスに、近衛軍人が二人、連れ立って話しかけるのを見てしまったフェリックスは、思わずそんな感じに声を上げてしまった。

「予想より早い」

「美人だからな」

「美人ですねえ、中身もかなりの美人ですよ」

「楽しみだ」

そう言って、軽く頭を下げて挨拶としたベルダンは、大股で廊下の向こうへと歩いていってしまった。明日はどんな稽古になるのか、これは絶対に見に来なければと、フェリックスもにやにやしながら執務室へと向かう。そうだ。なんなら、ラザラスも誘ってあげようと思っていたのだが。

フェリックスの仕事場は、国王の執務室に続く部屋だ。その部屋を通らないと、国王の執務室には入れない造りになっている。今朝もその前室で働いている数名の官吏に挨拶した後、すでに来ているというラザラスに会いに執務室の扉を開ける。

ラザラスが執務室に来るのは、大抵(たいてい)の場合、フェリックスより遅い。朝、遠乗りに出かけるのが日課だし、その後、ベルダンに引っ張られて近衛の訓練に顔を出すことも珍しくないからだ。だが、もしかしたら、今日は日課の遠乗りにも出かけなかったのかもしれない。だとすれば、この時間にベルダンが渡り廊下にいたのも納得だ。

「おはようございます、陛下」

「今朝は、」

「視察に出てくる」

フェリックスの言葉を遮り、ラザラスはそう宣言した。相談ではなく、宣言である。もう決まりな口調に、フェリックスは絶句する。

「し、視察って、何をですか、どこにですか」

「議会で有益な意見を聞けるかと少しは期待していたが、無理そうだ。俺が自分の目で見てくる」

「本気で言ってますか？」

「ああ」

今現在、議会で議論されているのは、新しく作る街道を国のどこに通すかということだ。勿論、自分の町を通過してもらえれば、交易は盛んになり人の交流も増えるし、町の発展につながる。そのため、どこが効果的かという議論ではなく、エゴのぶつかり合いになってしまい、先日とうとうラザラスは議会を見限った。

「でもまあ、お国自慢をたっぷり聞けたから、判断材料の一つにはなった。議員連中には、約束の報酬を払って城から追い出しとけ」

「ちょっ、本気で言ってます？」

「ああ」

大きな執務机の端にお尻をのせ、書類を読みながら話していたラザラスは、ようやく顔を上げた。

書類を執務机に放り投げると、つまらなそうな顔でフェリックスを見、腕を組む。

「あの議会に付き合うのは、もうこれ以上、一時間でもいやだね」

「ですが、陛下。議員たちは議会の再開を求めて、押しかけてきているんですよ」

議会解散宣言の翌日から、議員たちは個別にあの手この手で議会再開を求めてきている。ラザラスも建設的な意見が出れば考えようという姿勢だったのだが、そんな意見は一度も来ていない。

「だから、さっさと出かけることにする。ベルダンに随行を選んでおくようにもう話した」

ベルダンがあそこにいた理由は、それだったらしい。

「ぐるっと見てくる。しばらく留守にする。後は任せた」

「しばらくって、どれぐらいですか！」

「十日ぐらいか？」

「十日も！」

ラザラスが十日も王城を留守にしたら、どんな不都合が考えられるのか、フェリックスの頭の中を様々な考えがぐるぐる回りだす。

「長すぎますよっ」

「今は特に問題もない」

「レオンが帰ってきてませんし」

「賭けてもいいが、レオンはあと十日ぐらいじゃ帰ってこないぞ。ダナオスに何かあるな。女か？」

「フランシスの件だって、中途半端じゃないですか」

「身元がわかるまで、見習い期間は終われないさ。他に何かあるか？」

細かいことは色々あるが、言っても一刀両断されるのはわかりきっている。それぐらいのことを、フェリックス一人で片付けられないと思われるのもしゃくだ。

「……忘れてました」

「何を？」

「夕べ、フランシスにあなたへ伝言を頼まれたんでした」

ぴくりと、ラザラスの口元がこわばったのを見て、フェリックスはちょっぴり気分がよくなった。

「お心遣い、ありがとうございます、とのことです。あなたがダンスに誘わせたことは、すぐに見抜かれましたよ」

今まで、そうやってラザラスが退けてきた女性はたくさんいる。積極的すぎたり、調子にのりすぎる女性に対して、ラザラスはわりと容赦なかった。そうしないと、後から後から寄ってくる女性たちに対処出来なかったということもある。だから、フェリックスも、ラザラスを批判したことはなかったし、ラザラスの援護射撃をしたこともあった。仕方のないことだと思っていた。

フランシスについても、ラザラスが初恋だと話していると、女官長から報告を受けていた。初恋をこじらせて、ラザラスに夢を見すぎてしつこく追い回す女性は今までに何人もいて、フランシスもそういう一人なのだろうと、深く考えずダンスに誘うことを了解してしまったのだ。

「僕の見た限り、フランシスはちゃんと自分の立場をわきまえているようでしたが？」

だが、昨夜のフランシスは、それまでのどんな女性とも違っていた。彼女の気持ちを察して、フェリックスの胸が痛んだぐらいには。

「必要でした?」

「……ああ」

だというのなら、それはフランシスではなく、ラザラス側の事情なのではないだろうか。もしくは、フランシスを勘違いさせてしまいそうな特別な何かが、二人の間にあったのかもしれない。

「彼女のこと、結構、気に入ってますよね?」

ラザラスは書類に視線を向けるふりで無視をする。頬に落ちかかってきた金色の髪を無造作にかきあげる仕草が、無駄に色っぽい。同性から見ても、いやになるほどいい男だ。恋人の一人や二人いたっていいのにと思う。

「結婚とか、そんなの気にせず、恋愛を楽しんだっていいと思いますけど?」

「そんなこと言うのは、お前ぐらいだろ」

確かに、今の王宮には、ラザラスが選ぶのならもう誰でもいいから結婚して世継ぎを作ってくれという空気が、ないわけでもない。

「女官とはごめんだ」

「まあ、それはわかりますけど」

女官とは絶対に付き合わない、手を出さないという実績があるから、ラザラスは女官から付きまとわれずにすんでいる。フランシスとそうなってしまえば、今後、城での生活に色々と支障をきたしそうだ。

「まさか、このタイミングでの視察は、フランシスと距離を置くためとかそういう」

「違う」

　いささか食い気味に否定されて、フェリックスは内心うなった。議会とのこともあるから、全部が全部そのためというわけではないだろう。だが、これ幸いと思っているふしがある。これは、気に入っているというより、気にしていると言うべきだろう。

　ラザラスが女性や恋愛、結婚に対して距離を置くようになったのは、いつ頃からだろうか。十代の頃はベルダンなどに連れていかれて、結構、悪い遊びも楽しんでいた。言い寄ってくる女性で気に入ったのがいれば、それなりに相手もしていた。ラザラスは何にでも器用な男で、女性関係も適当にうまく遊ぶのを楽しんでいた。楽しみすぎたのか、二十代になってから飽きたと言って、ベルダンたちの誘いにも乗らなくなった。政治が面白くなってきたとも話していた。

　周囲は、ラザラスに結婚の意思がないのではと心配しだしたが、本人は全くの無視だ。三十までに結婚したいと思う女が現れなければ、適当に見繕う。とは、フェリックスが聞き出したラザラスの本心だ。彼も、世継ぎを残すという義務を忘れているわけではないので、安心して結婚話を持って押し寄せてくる人々からラザラスを守っているわけだが。ストイックに仕事ばかりされていると、それはそれで友人として少し心配になる。

「留守中、フランシスの行動範囲を広げさせてもかまいませんか?」

「どういう意味だ」

「実は、図書室のエバンから、フランシスに仕事を手伝ってもらえないかと申し出が来ています」

　ラザラスは嫌そうな顔になるが、フェリックスはめげない。

「フランシスはエストラ語だけではなく、本にもとても詳しいんです。この前、彼女と一緒に図書室に行ったので、僕も知ってます。その時、古い本の分類に困っていたエバンの仕事を手伝いまして、エバンはフランシスの深い知識にとても感銘を受けていました」

「まあ、少しなら」

「ありがとうございます。それから、フィアナたち女官から、フランシスが王太后様に読んでいるエストラ語の本の翻訳をしてほしいという要望が来ています。これは、女官長からも特にと、言われています。なんでも、フランシスの読んでいる小説がとても面白いそうで、横で聞いているフィアナがもう一度読みたい、みんなにも読ませてあげたいと周囲に話したことから始まったそうで」

「……好きにしろ」

「ありがとうございます。それから」

「まだあるのか」

苛ついているラザラスに、フェリックスはにっこりとほほ笑んで見せる。

「まだまだありますよ。ケビンからは、フランシスに乗馬を教えてあげたいと言ってきています。今、陛下の命令で、彼女は城壁の外に出られませんが、遠乗りに連れて行ってもいいかと、城壁の外に出る許可を求めています」

「乗馬はいいが、城壁の外はだめだ」

「わかりました。それから、女官長からは、フランシスに内々の仕事を手伝わせてもいいかと言ってきています。調理や掃除は全く出来ないそうですが、刺繍や裁縫の腕はそれはもう見事なものなんだそうです」

「好きにしろ」

「ありがとうございます。それから、あなたの留守中に、近衛からいくつか申し出があるでしょう。フランシスの稽古時間の延長やら何やら。許可してもいいですね？」

フランシスというのは、不思議な魅力の持ち主だ。いかにも儚げでたおやかな外見なのに、芯はとても強くて賢い。とんでもなく難しいことを当たり前のようにやってしまうが、本人はそれを特別だなんて感じていない。むしろ、当たり前のこと、生きるために仕事をしたり、人とおしゃべりしたり、誰かを助けたり役に立ったりすることに、とても喜びを感じている。

だが、いつも楽しそうなのに、ふとしたときに表情に暗い影がさす。そんなフランシスを見ると放っておけなくなると、女官長は報告してきている。この短期間で、彼女はたくさんの人々の心をつかんできた。十日もたてば、もっと増えるだろう。いつかは、彼女の崇拝者だって現れるに違いない。

「いいですね？」

答えないラザラスに、フェリックスはそう促した。

「……城壁の向こうには出さないように」

「わかりました。徹底するように、伝えます」

ラザラスが何かを思いきるように、きゅっと口元を引き締めるのを、フェリックスはしっかり目撃した。

自分が留守の間、城でフランシスが人間関係を広げ、友好関係を深めていることを、やきもき妄想して気にしていればいいのだ。昨夜、ラザラスにうっかり協力してフランシスを泣かせてしまったフェリックスの、これはちょっとした意趣返し。

「補佐官様、外に議員たちが来ておりますが」

扉の向こうから、フェリックスの部下の官吏の声が聞こえてきた。ラザラスと目と目が合う。

「追い返せ」

「かしこまりました」

議員連中も、ラザラスを甘く見すぎたのだ。大きな声で主張していればその意見が通るなんて、どうして思ったのだろう。在位八年になる今、ラザラスを若いからと侮る者など、この国にはもういないと思っていた。

（まだまだ、僕も認識が甘いなあ）

ため息をつくと、フェリックスは朝から面倒な仕事を片付けるために執務室を出た。


夕方。

ようやく時間をひねり出すことに成功したフェリックスは、女官長アンナの部屋を訪問した。フランシスと話をしようと考えると、やはりアンナを介して話すのが一番よいと思えたのだ。

「エバンから話を貰ったのはずいぶん前だったのに、陛下にお話しするのが遅くなって、申し訳ありませんでした」

アンナにお茶をいれてもらい、今日一日の忙しさにため息をついたフェリックスを、アンナは理解ある優しいまなざしで見つめてくれていた。

「いいんですよ、補佐官様。お忙しかったのでしょう」

「忙しいんですよー。陛下はまた視察に行ってしまったし」

「フェリックス様は働きすぎですよ」

　その時、扉をノックする音がする。アンナが入室を許可すると、扉を開けたのはフランシスだった。フランシスはフェリックスがいるのを見て、ぎくりと体を硬直させた。

「いいのですよ、お入りなさい、フランシス」

「こんばんは、フランシス」

　怯えたような顔をさせてしまったのは、昨夜のことが原因に決まっている。フェリックスは精一杯愛想のいい笑顔を浮かべてみせた。

「補佐官様、アンナ様、こんばんは」

　フランシスは深く頭を下げた。

「補佐官様がいい知らせを持ってきてくれましたよ」

「フランシス、あなたの仕事を増やしたいと思います。って女官長、これって、フランシスにとっていい話なんですか？」

　フェリックスはあえて明るくおどけた口調でそう言う。アンナもニコニコ頷いた。

「いい話ですよ。フランシスはやりたいと言っているのですから」

「働き者で素晴らしいことですね。陛下が、エバンの手伝いをすることを許可してくださいました」

「ありがとうございます！」

　ぴょこんと顔を上げたフランシスは、ぱっと笑顔になった。

「それから、エストラ語の翻訳のこと、これも許可が出ました」

「ありがとうございます。フィアナが喜びます」

「女官たちもですよ。実は、私もです」

「女官長様」

きらきらの笑顔を女官長に向け、嬉しそうに顔をくしゃっとするフランシスはとても愛らしい。仕事を増やされて本気で喜んでいるし、翻訳だなんて面倒なことも、仲間たちのために進んで引き受けている。エストラ語が出来るような知識階級の女性で、女官たちに恋愛小説を喜んで翻訳しようなんて思う人が他にいるだろうか。女官長が娘を見るような顔でフランシスを見るのも、なんだかちょっとわかる気がした。

「内向きの仕事に参加することも許可です。よかったですね」

「まあ、それはとてもありがたいことです」

「ありがとうございます、補佐官様」

「刺繍が得意なんですってね。好きなんですか？」

フェリックスがそう聞くと、フランシスは困ったように小首をかしげる。

「実は、刺繍が大好きというわけではないんです。このお城の裁縫室って、いつもにぎやかなおしゃべりが絶えなくて、それが楽しそうで」

なるほど。女性は手仕事をしながら、盛んにおしゃべりをする。

「動機が不純で申し訳ありません。でも、おしゃべりの輪に私も入れてもらえたらって」

「フランシスの刺繍の腕は大したものですよ。裁縫室の強力な戦力になるのは間違いありません」

女官長がそうフォローを入れる。勿論、フェリックスもにっこりと頷く。おしゃべりに入りたいなんて、フランシスは可愛すぎる。

「ケビンに乗馬を習うのも許可が出ましたよ。ただし、城壁の外には出ないようにとのことです」

フランシスに許可を出す役目が自分でよかったと、フェリックスは心底思った。乗馬の許可はフランシスにとって特別なものだったようで、目をうるうるに潤ませ、今日一番の笑顔を見せてくれた。

「ありがとうございます、補佐官様。陛下にお礼を申し上げたいのですが、可能でしょうか？」

昨日の今日で、ラザラスには会いたくないだろうに、そんな律儀なことを言うフランシスにフェリックスの胸がぎゅうっと痛む。

（いい子だ！　いい子すぎる！）

「お礼はいいですよ。僕から言っておきましたし」

「ですが」

「それに、陛下は朝から出かけて行ってしまいました。しばらく、お帰りにならないそうです」

「え」

「視察だそうですよ。護衛を数人だけ連れて、馬でふらっと行ってしまいました。陛下が城を出ていくのは、珍しいことじゃないんです。誰かの報告を受けるより、自分で見て決めたいんですよね。まあ、国王がふらっと視察に行けるなんて、マルタナも平和になったものです」

「その分、留守番役のフェリックス様が大変ですね」

「わかってもらえます？　最近、陛下、何でも僕に押し付けてますよね」

あわれっぽく嘆いて見せると、女官長はうんうんと頷いてくれている。

「フェリックス様が完璧に留守番をするので、陛下もあてにされているんでしょう」

「完璧だなんて、とんでもない！　いつも女官長のお力をあてにさせていただいてます」

「微力ですが、お手伝いいたします」

「ありがとうございます」

ぺこりと頭を下げ、フェリックスはフランシスに視線を向ける。目と目が合うと、にっこりほほ笑む。おずおずとながらほほ笑み返してくれたフランシスに、さっきまでの怯えはなくなっていた。

「女官長、フランシスと二人きりで話したいことがあるのですが」

だからもう大丈夫かなと思って切り出したのだが、甘かったらしい。フランシスはびくりと体を震わせて、表情がかたまってしまう。それはごく微妙な反応だったが、補佐官も女官長もそれを見逃すほど鈍くてはやっていけない。

「補佐官様？」

じろりと睨んでくる女官長に、フェリックスは困ったなと指先でこめかみを押さえた。

「その、なんでしょう、フランシスを傷つけるつもりはないんですが」

「怯えているようですが」

「なので、その釈明をですね。少しだけ、この部屋を使わせてください」

アンナには昨夜のことは話したくない。どうやら、昨夜、フェリックスがフランシスをダンスに誘ったことは周囲に知られていないようだし、知られたら間違いなく噂になるだろう。このままそっと、なかったことにしておきたい。それはきっと、フランシスも同じだろう。

「私は大丈夫です、アンナ様」

という、フェリックスの気遣いはちゃんと通じたらしい。フランシスのほうからそう言ってくれた。

「いいのですか、フランシス」

「はい」

フランシスが頷くと、女官長は念を押すようにフェリックスに視線を向けてから、部屋を出て行った。王城は夕方の忙しい時間帯だ。女官長はしばらく部屋に帰ってこれないだろう。ようやくフランシスと二人きりになれて、フェリックスはほっとする。

「やれやれ。君は女官長のお気に入りですね。怖かった。……まずは、座ろうか」

だが、ほっとしているのはフェリックスだけだった。フランシスはきゅっと唇をかみ、視線は床に向けている。さっきまでの笑顔で忘れそうになっていたが、本当ならフランシスから逃げられていてもおかしくないことをやらかしたのだから、当然というものだ。

フェリックスは急いでフランシスの後ろに丸椅子を持っていく。ちょっぴり戸惑いながらも、フランシスは大人しく椅子に座ってくれた。

「昨日は君を驚かせてしまって、ごめん」

回りくどくいくよりと、まずはまっすぐ謝ると、フランシスは驚いたように顔を上げてくれた。

「いえ、私が悪いんです。私が馬鹿みたいに浮かれていたから」

「でも、陛下が君に勘違いさせるようなことをしたり言ったりしたんじゃないの？」

「そんなことはありません」

「でも、浮かれてしまうようなことがあったんでしょ？」

ラザラスとの間に何があったのか、それを探ろうという意図はフェリックスにはない。ただ、羞恥や後悔で胸をいっぱいにしているフランシスの様子に、事情を少しでも知って、彼女を励ましたり助言してあげたりしたくなったのだ。

「陛下は、私に新しい人生をくださいました。過去を後悔するばかりの私に、精一杯やったのだから、と、よくやったと、そう慰めてくださいました。それで私、嬉しくて少し浮かれてしまったのです」

「陛下は結構、君を特別扱いしてると思うよ」

「私が自殺しようとしたからだと思います」

「………」

「一年前に、お友達が自殺したと話してくれました。とても悔やんでることも。だから、もうこのお城で自殺者は絶対に出さないって」

フェリックスは椅子の背もたれに寄り掛かり、ため息をついた。

「弟なんだよ」

すとんと口からこぼれ落ちて、フェリックスが一番驚いた。だが、フランシスも目がこぼれ落ちそうになるぐらい見開いて、唖然（あぜん）としている。そして、すぐに顔をこわばらせ、申し訳なさでいっぱいになる。どうやら、ラザラスに続き、自分もフランシスを困らせてしまったらしい。フェリックスは口元にほほ笑みを浮かべると、大丈夫だよと頷いて見せる。

「一年前、城の塔から飛び降り自殺したんだ。遺書もなくて、自殺の理由がわからない。事故じゃないか、他殺じゃないかって、調査もしたぐらいでね。……理由がわからないと、もしかして自分が何か悪かったんじゃないか、悩んでるってサインを見逃してしまったんじゃないか、彼の苦しみに気付いてあげられなかったんじゃないかって、自分を責めてしまうんだ。僕や家族は勿論、幼馴染（おさななじみ）の陛下もずっとふさぎ込んでた。弟も王城で働いていたから、王城全体もこうどんよりしちゃってね。でも一年たって、こうして君に事情を話せるぐらいには昇華出来たみたいだ」

「申し訳ありません。私、話すべきじゃ」

「いいんだよ。自分でも驚くぐらい、平静に話せてるんだ」

フランシスは恐縮しきりだが、本当にフェリックスは気にならなかった。むしろ、こうして話してしまえて、すっきりしたぐらいで。

もしかしたら、ラザラスもそうだったのかもしれない。同じく自殺しようとしたフランシスを救い、さらに自殺しようとするのをやめさせ、前向きに生きることに助力することで、気持ちの折り合いをつけようとしたのかもしれない。

(それで思っていたより接近してしまって、今頃、焦ってる？　物理的に距離をとろうとして、視察に逃げた？)

「補佐官様？」

フランシスに声をかけられ、うっかり考え込んでしまったことに気が付く。

「あ、ごめん。陛下の気持ちを僕だって全部わかるわけじゃないし、色々憶測で物を言うと君を混乱させるだけだから」

「？」

「ただ、昨夜のことは、陛下も後悔していた。まずいやり方だったと僕も思う。いつもはもっと上手にやるんだけど。それだけ、余裕がなかったということだと思うんだよね」

「補佐官様、よくわかりません。それにもう」

昨夜のことに触れた途端、フランシスの顔がこわばる。

「わかってる。わかってるんだけど」

　下手な介入は後悔だよなぁと、フェリックスは口の中でつぶやく。それに、フランシスに下手に期待させてしまっても可哀相だ。ぐるぐる考えていると、フランシスからおずおずと声をかけられた。

「あの、とても出すぎたお願いなのですが」

「僕にお願い？　何でも言ってみて」

「よかったらですけど、また機会があったら、ダンスに誘ってもらえますか？」

　勿論、フェリックスが言ってたような、貴族も平民も無礼講で踊るような場があったらと、フランシスは強調した。

「喜んで！　必ず誘うよ」

　おねだりでも職場での融通でもなく、こんな可愛らしいお願いなんて、フェリックスでなくても男なら誰でも喜んで！　だろう。しかも、フランシスが話を変えるためにこのお願いをしたこともわかってしまって、ますます可愛く思えてしまった。

「ありがとうございます。実は私、男性と踊ったことはまだ一度もないんです」

「そうなんだ。ダンス好きなんだろ？」

「はい。ダンス教師が女性で、毎日、彼女と踊っていました。でも、練習だけで、実は本番を経験したことがないんです」

「君の一番になれるなんて、光栄だな。これは機会を待つんじゃなくて、作らないと」

　そして、今度はラザラスにはフェリックスに命じられたからではなく、フランシスをダンスに誘うのだ。ああ、その前に、ラザラスにはフェリックスがフランシスと踊る初めての男になることを言っておかなければ。

　ラザラスが涼しい顔の下で歯噛(はが)みしているのを想像しながらダンスするほうが、きっと楽しい。

そして夜。

フェリックスはとっておきのワインを持って、地下のセルマーを訪ねた。

「おや、補佐官殿。陛下は視察に出かけたって？」

「そうなんですよ、セルマー様。仕事をちょっと手伝ってもらえませんか？」

弱音をこぼしてみたが、セルマーにはほほ笑まれただけで、流されてしまった。

セルマーは二人分のグラスを出し、つまみにとチーズも切ってくれた。そして、フェリックスの持ってきたワインで乾杯する。話は、ほとんどがラザラスのことだ。愚痴と称賛と、それに今夜はフランシスのことも入った。

セルマーの意見は昨夜と変わらず、当人同士に任せて静観する。今日一日ですっかりフランシスに肩入れしてしまったフェリックスとしては、少々不満だったが、セルマーの言うことが正しいことはわかっていた。

そして、持ってきたワインがなくなり、セルマーが所蔵していたワインを開けた頃、ようやくフェリックスはここに来た理由について、口を開くことが出来た。

「セルマー様は、どう思っているんですか？」

「どう？　とは？」

「フェンリルの自殺の理由です」

ぴたりと、セルマーがグラスを傾ける手を止めた。

「フェンリルは、弟は、セルマー様を慕っていました。官吏ではなく、セルマー様のように研究者になりたいと話していました。自殺前、弟が一番多く時間を過ごしていたのは、セルマー様だったと思います。セルマー様は弟がなぜ自殺をしたのか、どうお考えですか？」

フェリックスが、セルマーと自殺した弟のことを話すのは初めてのことだ。もっとも、この一年、フェリックスが自分から弟のことを口にすることはごくごく稀だったのだから、当然かもしれない。

セルマーはことりとグラスを置くと、ようやく目を上げて、フェリックスの目を見つめ返す。フェリックスのよく知る穏やかな青い瞳が、じっとフェリックスの目の奥まで見通すように見つめてくる。

ラザラス王太子の家庭教師に抜擢されたセルマーは、子供の頃は神童と呼ばれ、マルタナで一番の名門、王立マレバ大学に首席で入学、卒業時には百年に一人の天才と称賛された人だ。頭でっかちな人かと思うとそうでもなく、悪戯心も持ち合わせ、子供と本気で遊ぶのを楽しむ人でもあり、型に囚われない発想力で、ラザラスたちの思考をどこまでも広げて行ってくれた人でもある。天才に違いないラザラスはともかく、フェリックスと神官長ガイが若くして国の中枢で働けているのは、セルマーの指導なしでは考えられないと、フェリックスは考えている。

人より広い視野を持ち、兄弟の師でもあるセルマーが、弟フェンリルの自殺についてどう考えているのかフェリックスは知りたかった。

「理由を、フェンリルは誰にも話していないと思いますよ。私も相談されたことはありませんし、悩みを聞いたこともありません」

それは、フェリックスも知っている。何しろ、ラザラスはあの自殺のあと、関係者に話を聞いたり、目撃者を探したり、かなりな調査をしている。セルマーも含め、フェンリルから何か打ち明けられたり、相談された者はいなかったのはわかっている。

「セルマー様の予想というか、想像でもいいです。一年です。セルマー様の中でも、何かしら、フェンリルがなぜ死を選んだのか、その理由について結論が出ているでしょう。それを、どうぞ聞かせてください」

「想像に意味がありますか？」

「セルマー様の想像なら、意味があります。セルマー様は、僕たちの師ですから」

椅子の背もたれに寄り掛かり、セルマーはフェリックスとの距離をとった。ふうと息をつき、ちょっと困ったように短い灰色の髪をがしがしと指でかき回す。珍しい仕草だった。

「それはまた責任重大だ。それを聞いてどうしようというのです、フェリックス」

「僕の中で一つの区切りにしようかと」

「なるほど。なら、話しましょう。一年です。区切りは必要だと私も思います」

セルマーは少しの間、自分の中で考えをまとめ、ゆっくりと口を開いた。

「フェンリルは弱くて、繊細だった。この動乱の世の中を生きていくにはね」

「弱くて、繊細」

セルマーの言うとおり、双子の弟はよく言えば繊細で、悪く言ってしまうと弱い人間だった。安定志向が強く、腰を据えてじっくり考えることが好きだった。そんなフェンリルは、幼馴染たちの中で一人取り残されることが多かった。

何しろ、ラザラスの頭の回転は速く、行動も速い。フェリックスとガイはなんとかそれに付いていけたが、慎重なフェンリルはしんどかったのではと思う。セルマーがフォローしてくれていたのも、フェリックスは気が付いていた。

「それは生まれ持った資質というもので、どうしようもないことですよ」

「では、王城ではなく、もっと静かなところなら生きやすかったのでしょうか」

「フェリックス」

セルマーは家庭教師だった時、フェリックスが誤った解答を出してきたときのように名前を呼んだ。

「フェンリルは成人した男でした。自分の生き方は自分で決められました。王城がつらいなら、領地に帰ることだって出来ました。実際、政務は離れて、私のもとで学びたいと言っていたでしょう？」

「そう、でしたね」

大人になって、ラザラスが国王になり、フェリックスたちは政治を動かす立場になった。ラザラスの近くには、レオンやベルダンといった、とても有能な側近も集まってきた。そんな中、フェンリルは疲弊していた。政務から離れたいと言い出したことを、フェリックスはそう理解していた。

実際、フェンリルは政務を離れ、新しい生き方を模索していたところだった。彼が望んだ未来へと、第一歩を踏み出したところだった。

「幼馴染たちとは、幼い時からずっと同じ方向を向いて、切磋琢磨してきました。初めてフェンリルだけが離れていった。それでも、僕たちは走り続けるのに忙しくて、別の道を進み始めた弟にちゃんと寄り添ってあげられたのかどうか。あげられていなかったから自殺の理由もわからないのだと、そう後悔しているのでしょうね」

「それならば、私の責任が一番重い」

と、セルマーはあえてだろう、苦笑をもらした。

「あなたたちはもう大丈夫だろうと、私は補佐官を辞め、自分の勉強に戻った。久しぶりに勉学に集中するのはとても楽しくてね。フェンリルに寄り添えなかったのは、私ですよ」

「セルマー様のせいではありません」

「フェリックスのせいでもありませんよ」

フェンリルは望んだ道へと進んでいった。それは事実だけれど、フェンリルからすれば、道を変えた途端、幼馴染たちにもセルマーにも背を向けられたように感じたのだろうか。そんなつもりはなかったし、フェリックスもラザラスも出来る限りフェンリルのことを気にかけていた。会う回数や、会話の時間が減ったのは、一日の大半を仕事に費やしているフェリックスとラザラスにとって、どうしようもないことだった。

フェンリルは立ち止まり、別の道へと進んだが、フェリックスとラザラスは止まることなど許されなかった。一年前は、今よりもっと忙しかった。毎日が精一杯だった。

「衝動的なことだったんではないでしょうか」

ふうと息をつき、セルマーがそうつぶやいた。

「はっきり言えるのは、フェンリルはとても優しい子でした。自分の自殺のせいで、双子の兄を苦しませていると知れば、彼もまた苦しむでしょう」

「……はい」

フェリックスは意識して深く頷く。成人した大人だった弟を、すべて理解は出来ていなかっただろう。だが、セルマーの言ったように、兄が苦しんでいたら責任を感じて苦しむ、そういう弟だったのは間違いないと思えた。

セルマーが満足そうに頷き、グラスを手に取ってワインを飲む。

　そして、がらりと雰囲気を変えて話し出した。

「それにしても、昔の陛下は可愛かったですよねえ。天使みたいでしたよ。中身は悪魔のような悪ガキでしたが」

「子供の時は、やりたい放題のなんでもありでしたからね。でも、セルマー様もかなりなものでしたよ。ついに陛下に癇癪起こさせましたよね。あの時のことは一生忘れません」

「ははは。あの癇癪はすごかった」

　そのあとは、子供の頃のラザラスがどれほど可愛くて、どれほど手に負えなかったかという話に終始した。

　懐かしく楽しい話は尽きることなく、フェリックスはこの日を笑いで終わらせた。

第四章　半月分の距離

十五日後。

フランシスはエバンと一緒に本を抱えて、城の渡り廊下を歩いていた。エバンは城の図書室で働いている官吏で、本の管理を一手に引き受けている優秀な男性だ。一日中、図書室の奥にこもって本を読んでばかりいて、外に出てくることはほとんどない。日に焼けることもなく色白で、運動しないためかぽっちゃり体型で、物静かな人だ。

地下の住人セルマーとは同い年で、セルマーと同じく独身でもあり仲がいい。今日も、セルマーに依頼された本を探し出して地下に届けるのに、フランシスも手伝っている。

「おや？」

ふと、エバンが足を止める。彼の視線を追って、フランシスも中庭の中央に目を向けた。

「なんでしょう」

中庭の東屋(あずまや)で、数人の男性と二人の女官(にょかん)が何か話をしている。積極的なのは男性たちのほうで、二人の女官は逃げ腰に見えた。

「フィアナだわ」

女官の一人が先輩のフィアナであることに気が付いて、フランシスは眉をひそめる。

どうも様子がおかしい。フィアナともう一人の女官は嫌がって、この場から立ち去ろうとしているように見える。数人の男たちは、そんな彼女たちを強引に引き留めているようだ。しかも、東屋のテーブルの上には、ワイングラスと料理のお皿が見える。

「昼間から酔っているんでしょうか」

見れば見るほど、酔客に女官が絡(から)まれているように思える。

「彼らは、議員じゃないでしょうか」

「私もそう思います」

「昼間から城で酒盛りとは……」

二週間前、ラザラスに解散を命じられた議会。議員の多くは、故郷へと帰っていった。だが、一部の議員は閉会を不服として、城に居座っている。ラザラスが帰ってくるまで待たせてもらうと主張しているらしい。

「僕なら、陛下がお留守のうちに、急いで帰りますけどねえ」

エバンは心底あきれたという顔でため息をつく。

「エバン様、大変です」

とうとう議員たちは、フィアナともう一人の女官の腕を取って、自分たちの隣に座らせようと強硬手段に出ていた。フランシスはポケットから大判のハンカチを出すと廊下に広げ、その上に持っていた本を置く。エバンの持っていた本もそうすると、及び腰のエバンを急き(せ)立てるようにして、中庭の東屋へと歩き出した。

「な、何をしているのですか」

フランシスに前へと押し出されたエバンは、どもりながらもそう声を上げてくれた。

「こ、ここは、陛下の住まう城ですよ。に、女官は、陛下と国家にお仕えするのが仕事です。あ、あな、あなたがたの、しゃ、酌をするのが仕事では、ありませんっ」

エバンの言ったことは正論で一つも間違いないのだが、議員たちは怒りの表情を浮かべ、エバンのほうへとにじり寄ってきた。毎日、本に囲まれて幸せを感じているエバンである。剣呑な雰囲気で議員たちに囲まれることには、全く慣れていない。すぐに気圧され、じりじりと後ずさりを始める。だが、下がれば、後ろにいるフランシスに背中を押されてしまう。

「に、女官たちの、手を、は、放しなさい！」

やけくそ気味に叫んだが、議員たちに嘲笑されるだけで終わってしまう。フィアナともう一人の女官の腕をつかんだ議員たちは二人を放さず、ますます自分の体に引き付けて座るように引っ張っている。二人の女官の恐怖を訴える目が、エバンとその後ろにいるフランシスへと向けられる。

フランシスはもう、黙っていられなくなった。

「ご歓談中、失礼いたします、議員様がた」

エバンの横から前へ出ると、フランシスは優雅に膝を折って挨拶する。王太后の女官に相応しい、とても優雅で気品のある礼を、議員たちも無視出来なかった。

「このお城では、女官は給仕をいたしません。その教育も受けておりませんので、皆様に失礼があるかもしれません。急ぎ、給仕の者を呼びますので、その女官たちは下がらせていただけないでしょうか」

彼らの視線を集め、フランシスは綺麗な声に流れるような口ぶりで、そうお願いをした。

「給仕の者などいらぬ。お前たちがすればいい」

と、すでに酔いが回っているらしい議員たちは、笑いながらフランシスの手も取ろうとした。フランシスは最小限の動きでそれをかわすと、再度、膝を折った。

「どうぞ、お願いです、議員様がた」

「さあさあ、お高い女官様、こっちで酌をしろ」

もう一度、フランシスの手を取ろうとした議員を、フランシスはひらりとかわす。だが、至近距離まで迫られて、かわすだけでは逃げられなくなった。腕をつかもうと伸ばされた腕を、逆につかんで力一杯その体を遠くへと押す。フランシスの力では、体重のある議員の大きな体はちょっとふらついただけだったが、議員の怒りに火をつけるのには十分だった。

フィアナの悲鳴が中庭に響く。議員が怒りで顔を真っ赤にして、腰の剣へと手を伸ばしたのを見て、フランシスは密か(ひそ)に慌(あわ)てた。女官の格好をしている今、フランシスは勿論(もちろん)、帯剣していない。何より、剣を持っている相手に素手で立ち向かうほど、愚かではない。

「何をしている！」

助けを呼ぶためにフランシスも叫ぼうとした時、背後から大きな声が聞こえてきた。知っている声だった。無視出来ない、輝きのある声。目の前に剣を抜こうとしている男がいるのも忘れ、フランシスはぱっと振り返る。

渡り廊下から、こちらへと早足に近づいてくるのはラザラスだった。日差しに輝く黄金の髪は相変わらず。旅装の長いマントを邪魔そうに背中に押しやる仕草が、なんとも絵になっていた。フランシスはうっとり見とれかけたが、ラザラスがマントを払ったのは格好をつけるためではなく、腰にある長剣の柄を握るためだった。それに気付いて、慌てて議員に向き直る。

だが、心配は無用だった。議員のほうも突然のラザラスの登場に度肝を抜かれていて、唖然として口を開けていた。そして、ラザラスが剣に手をかけるのを見て慌てて剣から手を放し、戦意がないことを示すために両手を肩の高さに挙げた。

「何をしている」

だが、ラザラスのほうは剣の柄をつかんだまま、フランシスの前にいる議員と、東屋にいる議員たちをじろりと睨みつける。

「こ、この女官が生意気なことを申すので」

「女相手に剣を抜こうとしたわけか?」

「まさか! ちょっと驚かそうと思っただけで」

「フランシス、本当か?」

ラザラスに視線を向けられ、フランシスは頭を下げた。

「お騒がせして、申し訳ありません。フィアナに用事があったものですから」

フィアナは東屋の中で硬直していたのだが、フランシスに名前を呼ばれて、はっと息を吹き返した。急いで東屋を出て、フィアナともう一人の女官はフランシスに並ぶようにすると、フランシスに倣ってラザラスに頭を下げる。フランシスは安堵し、説明を付け加えた。

「陛下、議員様がたは、この城では女官が酌をしないことをご存じではなかったようです。ですがもう、おわかりになったかと」

「……そうか」

ラザラスは何か言いたげだったが、とりあえずという感じで頷く。ラザラスはそれをフランシスに受け取るように視線で促した。

「剣を外せ。城内での帯剣を禁じる」

睨まれた議員は慌てて剣帯を外し、ラザラスに差し出す。

「一緒に来い」

そして、そうフランシスに言って、ラザラスは議員たちに背を向ける。フランシスはフィアナたちと視線だけでお互いの無事を確認しあうと、ラザラスについていくために渡り廊下へと急いだ。渡り廊下では、近衛副団長のベルダンがラザラスを待っていた。

この半月、フランシスはよくベルダンに声をかけてもらっていた。剣と乗馬を教えてもらう機会があり、かなり厳しくしごかれてもめげなかったフランシスは、ベルダンに教え子として認めてもらえたらしい。非力なフランシスのためにと、フランシスに合った剣までプレゼントしてもらえた。おかげで、近衛の軍人たちとも良好な関係を築けている。

「ベルダン様」

ラザラスの後に続こうと歩き出すベルダンは、ちらりとフランシスにも視線を向けてくれた。

「この阿呆」

「すみません」

肩をすくめて小さくなる。頭の上でベルダンが苦笑する雰囲気が伝わってきて顔を上げたが、副団長はすでにラザラスの後ろを歩いていた。

ラザラスは王宮内をどんどん進み、奥へと向かっていく。すれ違う人も目に見えて減っていき、近衛兵が増えて警備が増していき。王宮内でも奥の奥にある、王族の私的居住空間に入ったことがわかった。勿論、フランシスは国王の私的空間に入ったことなどなかったし、王宮のこんな奥に入るのさえ初めてで、何度となく前を歩くベルダンに自分がついて行ってもいいのかと疑問の視線を投げかけたのだが、すべて無視されてしまった。

ラザラスは一度も立ち止まることなく、自分の私的な居間まで来る。そして、勿論、ノックをすることなく扉を開けると、中ではフェリックスが待っていた。

「おかえりなさいませ、陛下。予定より遅くて心配しましたよ」

城門からの連絡でラザラスの帰りを待ち構えていたフェリックスは、ラザラスの姿を認めてさっと立ち上がる。そして、予定より五日も長く帰ってこなかったというのに、ほとんど連絡もよこさなかった主人をじろりと睨んでおく。

「遅くなってすまない。留守中ご苦労だった。城内が何やら騒がしいようだが、報告を聞こうか」

「はい、力及ばず申し訳ありません。おや、フランシスでしたか」

「補佐官様」

フランシスは剣を持ったまま、優雅に礼をする。と、その剣をベルダンが取り上げた。

「女中を呼んで、茶をいれてくれ」

「かしこまりました」

「あ、その前に」

フェリックスに促され、旅行用の長いマントを脱ごうとしているラザラスのそばに急いで駆け寄る。

「お手伝いします」

「一人で出来る」

　フランシスはマントの留め具に指を伸ばしたが、触れる前にラザラスが一歩下がって先に留め具を外してしまった。嫌がられたと察して一歩下がったフランシスに、ラザラスが脱いだマントを差し出してくれた。その時に、一瞬、ラザラスと目と目が合ったが、フランシスは礼儀正しくそらせることに成功する。

（陛下の匂いだ）

　ラザラスからマントを受け取ると、抱きしめてもらったときに感じたラザラスの匂いがした。きっと頬は赤く染まっているだろうけれど、ラザラスを前にすればほとんどの女官はそうなるのだから、許されるような気がする。

　本当は、ずっとどきどきしている。中庭で彼の姿を見た時から、ずっと心臓が早鐘を打っている。

（でも大丈夫。ちゃんとわきまえた態度だよね）

　この半月、フランシスはしっかりきっちり反省をした。勿論、ラザラスに対する、おごり高ぶった態度や考えをだ。

　あんな風に抱きしめてもらって、願いをなんでも叶えてもらって、欲しい言葉をたくさん貰った。特別扱いしてもらったような気がして、頭の中がおかしくなってしまったに違いない。口では思いが叶うわけないと言って、遠くから見ているだけ初恋を楽しんでいるだけなんて言っていたけれど、心のどこかではきっと、ちょっぴり期待してしまっていたのだ。

　それを、ラザラスにはしっかり見抜かれていて。演奏会の夜、そんな自分のおごりを暴き立てられ、ばっさりと切り捨てられた。

だが、そんなフランシスに、ラザラスは寛大にも新しい仕事をくれた。さらに自由を増やしてくれた。

この半月、新しい仕事と新しい仲間たちに囲まれ、フランシスは落ち込んでいる時間もないぐらいだった。特に、ラザラスとの経緯を知っているフェリックスと、教え子認定してくれたベルダンに、よく声をかけてもらったのが嬉しかった。

だから、もう大丈夫だと思っていたのだけれど。やはり本物のラザラスの魅力はすさまじい。緊張のあまり、かなり態度がぎこちなくなってしまっているだろうが、なれなれしいよりもそれぐらいのほうがいいはずだと、自分で自分を慰めておく。

ラザラスはフランシスの手出しを許さない手際のよさで、旅行用の厚手の上着も脱ぎ落とし、同じく頑丈な造りのブーツも脱いだ。フランシスは上着を拾いあげ、女中を呼び出すベルの紐を引く。国王の居間からの呼び出しならすぐだろうと思っていたが、本当にすぐに扉にノックがあった。扉を開けて、女中にラザラスの脱いだ衣類を渡し、お茶の用意を依頼する。

そうして、依頼された仕事を終えてしまうと、この後、どうしたらいいのかちょっと迷う。ラザラスに呼ばれたからここにいるのだが、本来ならフランシスが来ていい場所ではない。仕事も終わったしと、フランシスは何やら難しそうな話をしている男たちに声をかけることはせず、扉の前で一礼だけして出ていこうとしたのだが。

「フランシス」

またもや、ラザラスに呼び止められてしまった。

「そこに座れ」

　と、ラザラスから右手にある、一人掛けの肘掛け椅子を示された。ラザラスの正面にはフェリックスが座り、左にはベルダンが座っている。その面々に交じってもいいのだろうかと思ったが、視線の合ったベルダンは黙って頷くし、フェリックスもにっこりとほほ笑んでくれた。

「フランシス、さっきは危ない目にあったそうで、申し訳ありません」

「いいえ、補佐官様のせいでは」

「僕のせいです。陛下のいない間、留守を任されていましたから。議員たちも追い出せって言われてたんですが、うまくいかなくて」

「南の連中は仕方がない」

　と、ベルダンが助けを出す。

「北と中央の連中は、慌てて帰っていった。陛下の留守をこれ幸いとな」

「留守中、城内の様子はどうだった？」

　そう聞くラザラスの視線は、まっすぐにフランシスを向いている。フェリックスではなく、ベルダンでもなく、自分に聞いているのだと確認してから、フランシスは恐る恐る口を開いた。

「陛下にあんなところをお見せしてしまいましたが、この半月はいつもどおり平和でした。一部の議員様が残っておられるのは知っていましたし、城下であまりよくない遊びをしていることは噂に聞いていましたが、城内では、昨日まではですけれど、お行儀はそれほど悪くなかったと思います」

　ラザラスは小さく笑う。

「あまり、よくない遊びね。行儀も、それほど、悪くなかったと」

「はい、陛下」

フェリックスもベルダンも苦笑するので、フランシスは小さく肩をすくめる。

「行儀が悪いことを知っていて、生意気なことを言って怒らせたのか？」

「申し訳ありません、陛下」

「いいから、事情を話すんだ」

「はい。議員様がたがフィアナたちに酌をさせようと、腕をつかみまして。強引に隣に座らせて、体を密着させていたので、見過ごせませんでした」

ラザラスはため息をつく。

「そういうときは、近衛を呼べ」

「最初は、エバン様に何とかしてもらおうとしたのですが。多勢に無勢だったので」

「エバンは近衛じゃない」

「剣を抜こうとした時は、私も助けを呼ぼうと思ったのですが」

「そうなる前に、近衛を呼べ」

「フランシスは喧嘩（けんか）っ早いんですよ、陛下」

あきれたような口調で、ベルダンが口を挟んだ。

「喧嘩？　誰かとしたのか？」

「いいえ、まだ。まだ、と言っておきますよ。フランシスは正義感っていうんですかね、それが強いんですよ。今日だって、フィアナが酔っ払いに絡まれてるのを見過ごせなかったわけですし。一昨日は女中の誰それを助けたとか？」

「聞いていますよ」

　と、フェリックス。

「何やら、陰湿ないじめを受けていた女中がいたとかで。フランシスがいじめをしていた女中たちに啖呵を切ってやりこめたとか何とか。痛快だったと、女官長は言ってましたけど」

「負けず嫌いで、フランシスと剣の稽古をしたくないと逃げ回る者もおります」

　ベルダンがそう言うと、フランシスは目を見張る。

「そうなんですか？　初耳です！」

「手加減するとムキになるだろうが。そのうちに、誰かと決闘でもするんじゃないかと、剣を教えてもいいものか心配になります」

「そんな！　教えてください！」

　ベルダンとフェリックスが声を上げて笑う。フランシスは顔を真っ赤にしたが、タイミングよく、そこにノックがあった。女中がお茶を持ってきてくれたのに違いない。

　慌てて扉まで受け取りに行ったフランシスは、一人笑わずに憮然とした顔をしたラザラスには気付かなかった。


　夕方、ラザラスはセルマーの地下部屋を訪れた。

「おかえりなさい、陛下」

　薬の調合をしていたセルマーは、顔を上げて笑顔でラザラスを迎えた。

「ただいま。仕事中か？」

「はい。これが出来上がるまで、ちょっと待っててください」

「ああ」

セルマーは、幼いラザラスの家庭教師をしていたことがある。その頃の気安さを、ラザラスが即位してからも変えずにいてくれている。

ラザラスは勝手知ったるセルマーの部屋でグラスを出してくると、セルマーが秘蔵しているワインの中から一本出してくる。それにセルマーが抗議のうめき声を上げても、ラザラスは笑って無視で、ワインを開けて勝手に飲みだした。

「今日の仕事はおしまいですか？」

「終わりだ終わり」

本当はまだ終わっていない。執務室の机の上には、フェリックスが作った書類の山が残っている。半月分だ。

「街道のルートは決まったのですか？」

「俺の中では」

「それにしては、浮かない顔ですね」

「…………」

「原因はフランシスでしょ？」

ラザラスは答えない。だが、答えないのが答えだと、セルマーは気にしなかった。

調合も細かくて大切なところになったので、ラザラスを放っておいて調合に集中する。出来上がった薬を一回分ずつ紙に包んでしまうと、棚からチーズを取り出す。つまみもなく黙々と飲んでいる主君のために、とっておきのチーズをスライスした。

「はい、どうぞ」

「ありがとう」

思っていたほど、ワインは減っていなかった。セルマーもグラスを出して、秘蔵のワインを注ぐ。

当たり年のワインだ。香りがとてもいい。むすっとした顔をした人には飲んでほしくない、とっておきなのだ。

「城内でも、近衛でも、フランシスはすっかり人気者ですよ。城外には出してもらえないので、城下町ではまだですけどね」

「だからどうした」

「何が気になりますか？」

「……別に何も」

「今日は中庭でフィアナに絡んでる議員に喧嘩を売ったとか？」

「危うく剣を抜かれそうになった。フィアナを助けようとしたのはいい。だが、なんで自分でやろうとするんだ」

「怒ってますね」

「あきれてるんだ！」

と、怒っている顔と口調で、ラザラスが怒鳴る。

「半月ぶりに帰ってくるなりフィアナの悲鳴が聞こえてきて、慌てて駆けつければ、剣を抜こうとする男の前にフランシスが丸腰で立っているんだぞ」

「まあ、フランシスらしいですね」

「それも腹が立つ」

「は？」

　怒っていないと言ったばかりのラザラスだったが、もう忘れたのか、怒った顔でセルマーの顔を指さした。

「お行儀悪いですよ」

「誰もかれもが、それがフランシスらしいと許すんだ。笑って、あきれて、でもどこか楽しそうにな。フランシスが怪我をしてもいいと言うのか」

「いいわけないでしょ。でも、フランシスならうまく切り抜けそうな気がするんですよね」

「何なんだ、その根拠のない自信は」

「彼女の賢さですかねえ。オーラかなぁ」

「馬鹿げてる」

　ラザラスは顔をしかめてセルマーを睨む。

「何がオーラだ。フランシスをここに運び込んで、まだどれほどだ？　あの頃のフランシスを忘れたわけじゃないよな」

「覚えてますよ」

「死のうとしていたんだぞ」

「ああ……、なるほど」

　セルマーはようやくラザラスが何を怒っているのか理解して、大きく息をついた。

フィアナを助けようとした行為は、無謀だと言えば無謀で、自殺行為だと言えなくもない。何しろ、剣を抜こうとする男の前に丸腰でいたのだから。ラザラスはまた自殺するのか、自分の命を軽んじているのではないかと肝を冷やし、同時に腹を立てたのだろう。

だというのに、フェリックスやベルダンは笑っているし、フランシスの事情を一番よく知っているセルマーでさえこうなのだから。ラザラスは、フランシスのことをとても心配しているのだ。

「城を半月も留守にするからですよ」

「どういう意味だ」

「私たちは知っているんです。フランシスが生きていることを前向きに楽しみ始め、少々ですが素を見せ始めたことをね」

「…………」

「フランシスがとても抑圧された環境で生きていたらしいと、あなたは話してくれたでしょ？　やりたいことを何も出来ずにいたからって、剣を習うことも許可した。そのおかげだと思いますよ。彼女は過去を振り返ることよりも、未来を見て生きることを大切にするようになったと思います。毎日、とても楽しそうですよ。女官の仕事も、図書室や内向きの仕事も、とても楽しそうにやっています。仕事出来るのが楽しいという感じですね。女官や近衛に友人も多く出来たようですよ。そういう交流も楽しいようです」

セルマーはラザラスのグラスにワインをつぎたす。

「フランシスが変わったきっかけは、あなたでしょう。救えたのは、あなただからですよ」

「……救った覚えはない」

「あなたはそれでいいんです。あなたは本当に生まれながらの王だ。フランシスもあなたの民である限り、もう死のうなんて考えませんよ」

セルマーは自分のグラスをラザラスのグラスに当てて、軽く乾杯をしてみせた。

「俺が国中を走り回っている間に、お前たちは城で仲良く楽しく過ごしていたということか」

「否定出来ませんねぇ。お疲れ様です、陛下。かなり南のほうまで行かれたとのことですが、フランシスの素性を探りにですか？」

「……だが、何もつかめなかった」

その時、扉をノックする音が聞こえてきた。

「どうぞ」

と、セルマーが返事をすると、美味(おい)しい料理のいい匂いと一緒に、フランシスが姿を見せた。

「セルマー様、夕食をお持ちしました。たくさん貰ってきたので、私もご一緒させていただいてよろしいですか？」

「勿論ですよ、どうぞ」

「ありがとうございます」

笑顔で入ってきたフランシスだったが、ラザラスの姿を見つけて、ぎくりと体を硬直させる。

「す、すみません、陛下がおいでとは知らず」

「かまいませんよ、フランシス。陛下は勝手に来たんですから」

「でも、そういうわけには」

「なら、俺が失礼しよう」

と、ラザラスが立とうとしたので、セルマーは彼の腕をしっかりとつかんだ。

「陛下、ご冗談を」

「セルマー」

「国内の様子を聞かせてくださいよ。フランシスもマルタナのことを勉強しているんです。そうですよね、フランシス」

「は、はい」

「夕食の準備をしてもらえますか？」

「はい！」

有無を言わせないセルマーの迫力に、フランシスは大人(おとな)しく料理をテーブルにのせて、取り皿とカトラリーを準備しだす。何度もこの部屋に食事に来ているフランシスには、慣れたことだ。

ラザラスは腕を離さないセルマーに負けて、ため息をついて椅子に腰かける。

そして、せっせとラザラスに話題をふってくるセルマーに答えているうち、ワインの酔いも回ったのか、ラザラスはそこそこ上機嫌に会話を楽しむことになった。


そして、夜も更けて。

「陛下、こんなところにいましたか」

西の塔の見張り台。ラザラスは壁に寄り掛かって、星空を見上げていた。階段を上がってきたのは、副団長のベルダンだ。

「あなたの体力が底なしなのは知ってますが、さすがにお疲れでしょう。もう休まれては」

「ああ、眠すぎて動けない」

「冗談でしょう？」

ベルダンが物凄く嫌そうに顔をしかめる。昔、酒にあまり強くなかったラザラスは、何度も酔いつぶれて、ベルダンに背負われて帰ってきた。ベルダンがそれを思い出したのは間違いない。

「かなりの強行軍だったとか。随行した者たちは、メシを食ったらすぐに寝てしまいましたよ」

「見たいものは決まっていたけど、距離があったんだから仕方ないだろ。もっと速く走れる馬がいればいいのにな」

「かなり南まで行ったそうで」

「ああ、うん。南はだいぶ変わってた。最近、ハリケーンがこないから、豊かになってたよ。今のうちに、ハリケーンに強い町づくりをしないと」

離れたところに松明の明かりがあるだけの闇の中、ベルダンの表情まではわからないが、何やらつまらなそうにため息をついたのがわかった。

「すっかり国王らしくおなりで」

「何が悪い」

「つまらん男になっちまいやがって」

「おい」

「フランシスの素性を探りに行ってきたと、正直に言えないものですかね」

「そっちは、ついでだ」

なんだかひどく疲れた気がして、ラザラスは見張り台の床にごろりと横になった。吸い込まれそうな闇と、降ってきそうな星の輝き。体の疲労が背中におりてきて、そのまま地面に吸い込まれていくような気がした。

「そこで寝ないでくださいよ」

ベルダンがぼやきながらラザラスの隣に腰を下ろし、胡坐をかいた。

「一体、何なんだ。フェリックスにお前、セルマーまで、俺とフランシスを付き合わせようとでもしてるのか？」

「その気はあるんでしょう？」

やけに自信ありげなベルダンに、ラザラスは顔をしかめた。

「お前、見たな」

「見てません。報告は受けましたが」

この見張り台は、城壁の上の回廊から見えるのだ。そして、城壁の上は、定期的に兵士が巡回をしている。泣くフランシスを抱きしめてなだめたところを、しっかり目撃されていたらしい。

「あれは、そういうんじゃない」

「それでも、あなたには珍しいことだ」

「そうだったかな」

「かと思えば、自分から距離をとったそうで。フェリックスに聞きました。まずいやり方だったと。あなたに余裕がないからだと、フェリックスは言ってましたよ」

ラザラスは目を閉ざして、何も答えない。

「距離が必要な理由は？」

「なくてもいい理由を、ぜひ教えてほしいね」

「フランシスはいい子ですよ。根性がある。かなり剣も上達しました。賢くて勇気もある。人の上に立つ器量があるし、周囲に好かれていて尊敬もされている」

どうやら、ベルダンはこの半月でかなりフランシスを気に入ったらしい。

「そんなのが理由になるか」

「なら、あなたが気にしているのは、やはり彼女の出自ということだ。マルタナのためにならない相手かもと警戒している」

「国王なら、当然のことだろ」

「あなたらしくもない。そんなもの、ぶち壊せばいい。フェリックスは、あなたには相応しい相手と平和に幸せになってほしいと言うが、俺はそんなのあなたには似合わないと思う。彼女が欲しければ、あなたの力で手に入れればいい」

「…………彼女を独占したくなったらね」

今はまだ、そこまでの気持ちはない。と、思う。

周囲に指摘される程度には、ラザラスだってフランシスへの特別な感情は自覚している。だが、それを易々(やすやす)と発展させていくには、フランシスはやはり問題のある相手だ。国王としては相応しくない。相応しくない相手を選べばどうなるかは、両親を見れば明らかだ。

だが、両親を見てきたからこそ、身分や立場など関係なく、どうしようもなく愛(いと)しい人が見つかれば、手に入れずにはいられないだろうとも思う。ラザラスの両親は、そうやって手に手を取ったのだ。

そして、ラザラスにはそんな二人の血が流れている。

「成り行きに任せるってことか」

「そうだな」

フランシスは積極的に手を取りたい相手ではない。距離をとって自分の気持ちが冷めるのなら、それで何の問題もない。なのに、側近たちはなぜかフランシスの味方をして、ラザラスをたきつける。

今夜もうっかりフランシスと夕食を一緒にしてしまった。話をすれば、やはりフランシスは魅力的な女性だと再認識させられる。セルマーのしょうもない冗談にも、図書室の奥深くにあるエストラ語で書かれた奇妙な旅行記の話にも、フランシスはとても楽しそうに笑っていた。ラザラスが視察で訪れた都市の話をすれば、目を輝かせて聞いているし、驚くほど的確な質問をしてくる。

それに、食事をする所作がとても綺麗で、好ましかった。距離を取ろうとするラザラスの意思をきちんと理解し、そのとおりにしている賢さが、いじらしくさえ思えた。

「陛下？」

セルマーもフェリックスも賢いくせに、なぜフランシスの後押しなどしようとするのか。

「陛下、寝ないでくださいよ」

ああ、それはもう無理だ。遅い。当時よりラザラスの体重はかなり増えたが、ベルダンなら大丈夫だろう。

そんなことを考えながら、ラザラスは平和な眠りの中に落ちていった。

第五章　独占欲

冬の気配が濃厚になり、その日の朝は女中たちが城内あちこちの暖炉に火を入れて回った。

ラザラスに再び集められた議員たちは、朝から議会の開かれる大広間に集まっていた。そこで発表されたのが、議題だった新街道のルートである。

「質問のある者は挙手をしてから発言するように」

議長からそうお達しがあったので、最初は整然と質疑応答が繰り返された。質問に答えるのはラザラスから説明を受けていた官吏で、主君の意向を間違いなく議員に伝えたのだが。

「納得がいかない！」

誰かがそう叫んだのを皮切りに、議会は一気に騒然となってしまった。議員は誰もが自分の故郷の利益を守るために来ている。新街道のルートはその町の利益に直結するため、自分の町がルートに入らないというだけで、反対に回るのだ。地域代表としてはそれでいいのかもしれないが、国の代表としては、いただけない。

だが、こういった反応は予想されていたものだったのだろう。説明役の官吏は、落ち着いた表情でラザラスを振り返る。ラザラスは小さくため息をもらすと、背後に控えていたフェリックスに「地図を」と声をかけた。フェリックスは、壁際に控えていたエバンとフランシスに頷いて見せる。二人は緊張しながら、図書室から持ってきた大きな地図を抱えて議場の正面の壁に向かうと、その壁に地図を広げて張り付けた。

昨日、ラザラスからの依頼で、図書室で最も大きな地図の上に薄くてすける紙を重ねたものだ。その薄い紙には、新しく作る街道の線が赤く、そして何本かの青い線が記入されていた。うるさかった議員たちの視線が地図に集まるのを待ってから、官吏は口を開いた。

「赤い線は、陛下が予定されている新しい街道のルートです。そして、青い線ですが、これが何を意味するのかわかる方はいらっしゃいますか？」

今度は別の意味で、議員たちがざわめき始めた。

「エバン、フランシス、ご苦労様」

お役目を終わらせた二人に、フェリックスが声をかけてくれた。

「片付けるときにはまた声をかけるから、来てもらってもいいかな？」

「勿論（もちろん）です、補佐官様」

エバンが頭を下げ、フランシスも勿論、膝（ひざ）を折った。

「しばらく時間かかると思うからね」

と、フェリックスはざわめいている議員たちをちらりと振り返って苦笑する。

「かしこまりました」

エバンとフランシスは深く一礼すると、一気に盛り上がり始めた議会を後にした。

フランシスはエバンを手伝ってあの大きな地図を図書室から持ち込んだだけで、何に使われるのかは全く知らされていない。勿論、ただの見習い女官(にょかん)が、それは何だと聞けるわけもない。フェリックスとは親しく会話出来ることもあったが、それはそれ、これはこれ。補佐官様に気軽に質問など、とんでもないことだ。あの地図のことは忘れようと自分に言い聞かせつつも、青線のことが頭から離れなくなっていた。

夕方、フェリックスから地図を片付けるように言われ、取りに行った地図にはもう、赤線と青線の書いてあった薄紙はついていなかった。議会は本日で終了となったそうで、議員たちは議場周辺で何やら興奮気味に立ち話をしている。帰っていく議員たちも、どこか意気揚々としているように見えた。朝とはまるで違う光景に、エバンとフランシスは驚いてしまった。

「今度は昼間から悪さをする居残りは出なさそうだね」

先日の騒ぎを思い出したのだろう、エバンはそうつぶやいて、ほっとしていた。

「どんな議会になったのでしょう」

「さてなぁ。とにもかくにも、陛下はさすがだね」

「そうですね」

ラザラスはどんな話をして、不満だらけの議員たちを黙らせたのだろう。黙らせただけじゃない。前向きな気持ちにして、議会を終わらせたのだ。どんな魔法を使ったのだろう。気になって気になって仕方がないフランシスは、夕食を運ぶという名目で、セルマーのもとに押し掛けることにした。

セルマーと話をするのは、とても楽しい。女官たちとするおしゃべりも楽しいが、セルマーとの会話は脳みその隅々までフル回転させてする高度な遊びのような感じだ。フランシスのことをよく知っている人でもあるので、気兼ねなく会話が出来るのも嬉しい。

日中は色々な仕事で忙しくなり、夕食を持ってセルマーの部屋に出かけていくことが増えていた。

その夜も、セルマーはフランシスを歓迎してくれて、二人は大皿の夕食を分け合いながら、今日の議会のことを話し出した。

「赤い線と青い線ですか」

「赤は、陛下が決めた新しい街道です。その赤線の周囲に、青い線が何本も」

「なるほど」

「セルマー様は、青は何の線だと思いますか？」

「さてねえ。それだけの情報ではなんとも」

「あの、私の想像を聞いてもらっていいですか？」

とうとうフランシスは我慢出来なくなって、身を乗り出してしまった。

「どうぞ？」

セルマーは苦笑している。ちょっとあきれられている感じだが、それ以上に話したい欲求が勝っていた。

「あの青い線は、新たな港、船着き場からの道だと思うんです」

なるほどと、セルマーは頷いて見せてくれる。フランシスは勇気をもらって、さらに話し出す。

「新しい街道、赤い線は、交易の発展を主目的にしていると思ったんです。豊かになってきた中央と北部には交易に回せる作物も工芸品も豊富ですから、そうしないと勿体ないですよね。でも、南部はまだまだ貧しいって陛下もおっしゃっていたから、南部には交易の道よりも、まずは資材ですよね」

「資材？」

「木材と石材。嵐に負けない町づくりです。それには、陸路よりも断然、水路がいいですよ。だから、陛下は、街道と一緒に水路も整備しようと思われているんです、きっと」

マルタナには、中部の山岳地帯から南部へと大きな河川が流れている。北部から王都へも同じく大きな河川があり、北部からの荷を中央に集め、さらに南部へと輸送するのは難しいことではない。

「これって、国造りの大きな意思表示というか、方針というか、そういうのですよね。自分の地元ばかり考えている議員にとって、目から鱗だったんじゃないでしょうか！」

ラザラスがどんな演説をしたのかはわからないけれど、きっと感動的なものだったに違いない。国の発展から見捨てられている感が強かった南部にとっても、一緒に発展しようと言われて、嬉しかったに違いないし。

「なるほど。深い洞察ですね」

「そう思いますか？」

「ええ。陛下はいつも南部の整備を気にしていますし、当たっているかもしれませんよ」

フランシスはぱっと顔を輝かせる。

「今度、陛下がここに来たときに正解を聞いておいてあげますね」

「私の予想のことは内緒にしておいてくださいね？」

「おや。そうなんですか？」

途端に、フランシスは恥ずかしそうに、もじもじとする。

「勿論です。だって、私ごときが陛下のお考えを予想するなんて、恐れ多いです」

「陛下は気にしませんよ」

「だからこそ、臣下がちゃんと出すぎないように注意するべきでは？」

うまく言い返されて、セルマーは声を上げて笑った。

「フランシスもすっかりこの王城に慣れましたね」

「陛下は猫じゃなくて虎だっていう、セルマー様の忠告を守っているだけです」

それにと、フランシスはため息を一つついて、ちょっと遠い目をした。

「陛下のお考えは、私なんかの考えよりも、ずっと奥が深くて幅が広くて、圧倒されます」

フランシスは自分の予想が大筋では当たっていると思っていた。だが、その考えに至ったのは、地図に記された青い線を見たからだ。

「街道の話を聞いたとき、私は各地の利害関係を調整するのは大変だろうなと思っただけでした。今回は、北部と中部を中心とした街道の整備で仕方がないとも思っていました。不平不満をどう抑えるのか、その手法ばかりに注目していました。でも、陛下がお考えになっていたのは、もっと広いことでした。すごいです。私とは、見るところが考えるところが違うんだなと思います」

かなわないという言葉は、心の中だけにとどめておく。それは、対等な相手にだけ言えることだ。世継ぎの王女エヴァンゼリンの感想であって、女官フランシスの言葉ではない。

「マルタナの民は幸せですね。陛下の導きで、この国はもっともっと発展しますね」

「あなたもマルタナの民でしょう、フランシス」

「はい。幸せです」

ラザラスのそばにいて感じるのは、国王に相応しいのは彼のような人だということだ。最初こそ猛烈に嫉妬したけれど、圧倒的ともいえる力の差を見せつけられて、そんな感情は薄れていった。そして今は、力不足だったエヴァンゼリン王女は、だから何も出来なかったのだ、仕方がなかったのだという、諦めのような心の折り合いがついたというか。ある意味、心が軽くなった気さえする。

「陛下のなさることは、どれもこれも目が離せません。鮮やかで、奥深くて、斬新で。この王城に居られて、女官でいられて、私、本当に幸せです」

両手を組み、うっとりと言ったフランシスに、セルマーは苦笑を隠さない。

「わかりました。必ず陛下に聞いておきますよ」

「ありがとうございます！」

フランシスは空になった大皿を持って、踊るような足取りでセルマーの部屋を出て行った。

うきうきとしたフランシスの後ろ姿を笑顔で見送ったセルマーは、扉が閉ざされてフランシスの気配が遠ざかるのを待って、地下室の中央にある螺旋階段の上に視線を向ける。セルマーの地下室はとても天井が高く、一番上は地上に出ていて、そこにある窓からいつも太陽の光が中に差し込んでいる。そして、地上にある外扉から室内に入るための扉が、螺旋階段の先に設置されている。

「陛下、答え合わせをお願いいたします」

そう声をかけると、その地上に続く扉が開いて、ワインの瓶を抱えたラザラスが姿を見せた。

「いつから聞いてました？」

セルマーの問いには答えず、ラザラスは螺旋階段を降りてくる。地上からの扉と螺旋階段を使ってここに来るのは、ラザラスとセルマー本人ぐらいだ。フランシスはそこに人がいるとは考えもしなかっただろう。

「これ」

と、手にしていたワインを差し出す。この前、セルマーの秘蔵ワインを空けてしまった礼だろう。

セルマーはにっこりと受け取る。

「いつから？」

「彼女の予想は全部聞いたよ」

「正解でしょう？」

「そうだな」

ちらりと、ラザラスの視線がセルマーへ向く。

「セルマー、フランシスに何を教えてる。彼女が見習い女官だってことは、わかっているだろ」

「おや、国家機密に関わることなど、彼女には話していませんよ」

「マルタナの抱えてる問題点について討論したりは？」

「あーそれは、してないと思いますが」

「セルマー」

ラザラスが顔をしかめるのに、セルマーはくつくつと笑う。

「フランシスに、今のマルタナの問題点はなんでしょうと、問題を出したことはあります。私から正解を言ったことはありません」

「…………」

「官吏に登用しましょうか。彼女はとても優秀です」

「身元がわからない人間を官吏に出来るわけないだろ」

ラザラスは椅子に腰を下ろし、自分が持ってきたワインを開けるように視線で促してくる。

「ところで、どうですか?」

「なにが」

「フランシスはあなたをべた褒めでしたね。幸せです、とまで言われちゃって。そのくせ、私のことは内緒にしておいてくださいね、ですから。可愛いじゃないですか」

セルマーは横目でラザラスに睨まれるが、ワインを開ける手元に集中するふりで知らん顔をする。

「可愛いね」

「おや」

「賢いのに控えめなのも、健気で可愛い。そう言えば満足?」

ワインを注いだグラスを渡す時、セルマーはラザラスに目と目を合わされる。ラザラスはセルマーの目を見つめたまま、受け取ったグラスを口元に運んだ。

「無視するつもりも、避けて回るつもりもないよ。でも、余計なお節介は不要だよ、セルマー」

「……わかりました」

セルマーは軽く両手を上げて、参りましたと天を仰いだ。ラザラスはにこりともせず、そんなセルマーを指でちょいちょいと近くへと招き寄せる。

「聞きたいことがある」

「はい?」

真顔のラザラスに怯えるセルマーに、ラザラスは前置きなしでずばりと口にした。

「フランシスは何者だと思う?」

当然、予想の一つや二つあるんだろう？　という口ぶりに、セルマーは瞬間絶句する。

「……えーっと、それは彼女の過去ってことですよね」

「そうだよ」

「それはですね、私ごときの想像を聞いてもですね」

「俺をたきつけといて、今更逃げるのか」

にっこりと、それはそれは綺麗にほほ笑んだラザラスに、セルマーはひきつったほほ笑みを返すのが精一杯だった。

その日、フランシスは女官の仕事が休みだった。

仕事が大好きなフランシスとしては、休日といってもやることも行くところもないので必要ないと主張したのだが、女官長アンナは規則だからと言って、きちんと休みを取らせた。当初は自室でぼうっとしていたり、城の庭を散策するぐらいしかやることのなかったフランシスだったが、しばらくすると休日を楽しめるようになった。

今日は朝から近衛の訓練場で剣の稽古。これは仕事のある朝でもやっていることだが、休みの日の朝は、いつも以上にみっちりと長めに取り組むことが出来る。ケビンが近衛の仕事の時間で行ってしまうと、一人で体中が痛くなるまで素振りもやった。

その後は自室で、友人の女官に頼まれた刺繍に取り組む。これは仕事ではなく、フランシスの刺繍が大好きだからと頼み込まれたものだ。貴重品を入れておくポーチに、名前を意匠した刺繍を入れる。昼食までには終わらせると、昼食はいつもの食堂でにぎやかにとって、午後は馬屋へと向かった。

乗馬はまだ習い始めたばかりだが、それなりに乗れるようになった。乗馬はずっとやりたかったことの一つ。楽しくて仕方がないし、何よりも馬に魅了された。

「こんにちは」

そっと馬屋に顔を出すと、馬屋番のサムが笑顔で迎えてくれた。

「やあ、フランシスじゃないか。今日は仕事は？　休みかい？」

「はい。あの、だから、お手伝いしてもいいですか？」

「勿論だ、大歓迎だよ」

「ありがとうございます！」

せっかくの休みに馬屋で働きたいなんて言うのは、あんたぐらいだと、サムは笑っている。だが、フランシスにとっては、馬のお世話をすることが楽しくて仕方がない。

そそくさと馬屋の中に入ると、馬一頭一頭の名前を呼んで挨拶する。いつも乗馬の練習に付き合ってもらっているリンという雌馬（めうま）は、茶色のたてがみがキラキラ輝く、とっても美しい馬だ。リンとはすっかり仲良くなれたので、挨拶をして、頭をすりすりして、愛を確かめあう。

「ああ、リン。今日もとても綺麗。それになんてカッコいいの。私、今日もあなたにメロメロなの」

なんて愛を囁（ささや）いていると、それを聞きつけたサムが声を上げて笑っている。

「今日は私がブラシをかけてもいい？　いいわよね？」

いいよという感じに、リンが首をめぐらせるので、フランシスはもう嬉しくてたまらなくなる。馬という生き物は、なんて美しくて、力強くて、賢いんだろう。

フランシスはリンにブラシをかけながら、せっせとリンに話しかける。そして、同じくらいサムとも話す。サムはフランシス以上の馬大好きだし、長く馬のお世話をしてきた人だから、フランシスからすれば馬の神様というぐらいに何でも知っている。聞きたいことはいくらでもあって、ときにはサムを辟易させてしまうぐらいに、質問攻めにしてしまう。

「サム」

馬屋の扉が外から開かれ、大柄な男性が二人入ってきた。フランシスは首をすくめ、リンの大きな体に隠れるようにして小さくなる。なぜなら、その声には聞き覚えがあったのだ。

「遠乗りに出るから、馬を出してくれ」

大股で馬屋の奥へと歩いてきたのは、予想どおり、近衛副団長のベルダンだった。ベルダンに馬のお世話をしているのを知られても怒られるわけではないのだが、また女官らしからぬことをしていると、ひとしきりからかわれるのは間違いない。剣の稽古でベルダンと親しくなれたのは幸運だったし、身内扱いしてくれるのも嬉しいのだが、可愛がるのもからかうのもどつくのも遠慮なしなのだ。

フランシスが隠れているリンのそばを、ベルダンはフランシスに気が付かず通り過ぎていく。それを見送って、フランシスはもっと見つかりづらい場所、リンのお尻のほうへと移動することにした。腰を上げた時、視線を感じて振り返る。すると、ラザラスの目と目が、ばちっと合ってしまった。

「……こんなところで何をしている」

とても驚いている顔で、ちょっと茫然とした感じで、ラザラスがそう言った。フランシスは慌てて立ち上がり、膝を折って挨拶をする。馬屋の作業に相応しい、厚手の生地のパンツと、綿で作られた飾りけゼロのシャツ。後ろで一つに結んだだけの髪、顔にはきっと土がちょっと付いてしまっている。そんな格好で女官の挨拶とは滑稽かもしれないが、仕方がない。

「こんにちは、陛下。私はサムの手伝いをしております」

「いつから馬屋の仕事までやっているんだ？」

「し、仕事ではありません。あの、今日は、お休みを頂いていまして」

「フランシスじゃないか」

当然、ベルダンにも気付かれてしまう。

「ベルダン様、こんにちは」

「何がこんにちはだ。頭に藁（わら）がついてるぞ」

「え、え」

ベルダンに笑われて、フランシスは慌てて頭に手をやる。

「フランシスは休みの日に、手伝いに来てくれるんですよ」

サムがにこにこと説明してくれている。

「フランシスが手伝いになっているのか？」

ベルダンはまだ笑っている。

「そうですなあ、微妙なところでしょうな。何しろ、ずっとしゃべっているので」

「リンもありがた迷惑かもなあ」

「ベルダン様！」

言いたい放題である。さすがに抗議しようとしたフランシスの横、リンの鼻面にラザラスが手を伸ばしてきた。

「リンに乗っているのか？」

さっきはフランシスになついてくれていたリンだったが、今はそれこそ喉を鳴らしてラザラスの手に顔をすり寄せている。ラザラスの魅力は、馬にもわかるらしい。

「は、はい」

「馬が怖くはないようだな」

「はい、むしろ大好きです」

「落馬して青あざ作ってもめげなかったって、ケビンが言ってたな」

と、優しい口調でベルダンが褒めてくれた。

「もう落とされませんから、大丈夫です」

落馬したのは初日だけだったし、その恐怖心は克服したと思っている。

「最初はわかっていなくて、私が悪かったんです。心を入れ替えまして、リンには出来るだけ仲良くしてもらいたくて、休みの日はおしゃべりに来ています」

「おしゃべりにか」

ちょっとだけ、ラザラスの口元に笑みが浮かんだ。

「はい。勿論、ブラシもかけますけど」

その時、馬屋の奥から甲高い馬の嘶き(いなな)きが聞こえてきた。

フランシスたちの楽しそうな会話を遮る(さえぎ)ような、抗議のような嘶き。ラザラスは笑みを浮かべて、馬屋の奥へと大股に進んだ。

「ディアボロ」

と、ラザラスは一番奥に居る黒馬へと手を伸ばした。

ひときわ立派で逞しい体つき、艶やかで輝かしい黒い毛並み、賢さと誇り高さがにじみ出ている瞳の美しさ。ラザラスの愛馬ディアボロには、フランシスはまだ一度も触らせてもらったことがない。声をかけてみたことはあるが、睨まれて終わりだった。

　そのディアボロがラザラスに引かれて目の前を歩いていくのを、フランシスはぼうっと見送る。そのまま、ディアボロとラザラスの後に続いて、馬屋の外まで付いて行ってしまった。何しろ、こんな近距離でディアボロをしげしげとながめたことはない。近づくと威嚇されてしまうからだ。だが、今のディアボロは愛する主人と一緒のせいか、ちょっぴり寛大になっているようにも見える。ラザラスに手ずから鞍をつけてもらって、どことなく嬉しそうにさえ見えた。

「素晴らしい馬ですね」

　うっとりと、フランシスが言うと、作業の手は止めずにラザラスが声をかけてくれた。

「ディアボロに触れた？」

「いいえ、勿論、睨まれています」

「気難しい奴だけど、女子供には結構、寛大なんだ」

　鞍をつけ終わって、ラザラスはフランシスを振り返ると、腕を伸ばしてフランシスにこちらに来るように促す。フランシスは最初躊躇したが、あのディアボロで、あのラザラスに促されているのだ。躊躇は長く続かなかった。

「ディアボロ。フランシスだ。どこかからこの国に流れ着いて、俺が拾った。ベルダンのところで剣も習っている。仲良くしてやってくれ」

　ラザラスの言っていることがわかっているように、ディアボロはじろりとフランシスに目を向けてきた。驚くほど知的で、それ以上に威圧感のある大きな黒い瞳に、フランシスはちょっぴり腰が引けたが、今は逃げ出すわけにはいかない。

「初めまして、フランシスです。新参者ですけれど、どうぞよろしく」

ラザラスに促されて、そっと触れてみる。どことなく、仕方がないなという諦めな感じがするけれど、ディアボロはフランシスに触れることを許してくれた。

「本当にディアボロは女に甘い。近衛じゃまだ近づけない男も多いっていうのにな」

自分の馬をひいてきたベルダンが、そう言って笑っている。

「サム、フランシスの腕前はどんなものだ？　遠乗りには行けそうか？」

そうベルダンに聞かれて、サムはニコニコと頷く。

「普通に遠乗りぐらいなら、問題ないでしょう。お二人の本気の早駆けにはまだまだついていけませんがね」

「だそうですよ、陛下。休みの日に馬屋の掃除しかすることのないフランシスを、遠乗りに連れて行ってやるのもいいかと思いますがね」

フランシスは話の流れに驚いて、大きな目をこぼれそうに見張っていた。ラザラスから城外に出ることは禁じられている。遠乗りにも、当然、行ったことはない。勿論、物凄く行きたい。だが、ベルダンとラザラスの遠乗りに同行するなんて、恐れ多すぎることだ。本当なら、遠慮しなければならないところだ。

だが、だが、遠乗りだ。しかもラザラスと一緒に。フランシスは言葉を発することが出来ず、ただ、ベルダンとラザラスの顔をうかがい見ることしか出来なかった。

「……リンを連れてこい」

少し迷ったようなラザラスだったが、そう言って許可をくれた。フランシスと目が合ったベルダンが、にやりと口の端を上げる。

「は、はい！」

フランシスは馬屋の中へと駆け込んでいった。


三人と三頭は王城の裏門から出ると、しばらくはゆっくりと進んでいたが、フランシスが出来ると判断したのかラザラスは馬を走らせ始めた。先頭にラザラス、次にフランシス、その後ろをベルダンが行く。フランシスにはかなり頑張らないといけない速度だったが、ラザラスとベルダンには余裕らしく、時折ラザラスが振り返ってフランシスの様子を見たり、ベルダンがフランシスと馬頭を並べて無理をしていないか確認してくれた。

ラザラスは城下町ではなく、森の中の道を選び、誰もいない道をまっすぐに走る。フランシスはリンに乗っているのに精一杯で、景色はほとんど目に入らない。見えるのは、ラザラスの背中だけだ。悠々と楽々と、前を走るラザラスの背中。今は見失わないように追いかけるだけで精一杯。

（いつか、いつか……）

もっと楽に追いかけることが出来るようになるだろうか。そして、横に並んで走れるだろうか。例えば、ベルダンのように。もっとラザラスの近くで。

ラザラスが光の固まりの中に飛び込んだと思ったら、視界がぱっと広がった。そして、まぶしく輝く海が見えた。森を抜けて、切り立った崖に続く開けた平地で、ラザラスは馬を止める。それに倣（なら）ってリンを止めながら、フランシスは目の前に開けた光景に目を奪われていた。

「フランシス」

いつの間にか馬を降りていたラザラスが、フランシスにも馬を降りるようにと促していた。それだけじゃなく、降りるのを手助けしようと、両手を差し出してくれている。

「いいえ、あの、一人で降りれますから」

「どうかな？　足が笑っているだろ」

「え、あ、」

鞍を降りようと足を動かそうとするが、のりで固まっているようにうまく動かせない。ずっと同じ姿勢で緊張していたせいだろう。

「いいから」

「は、はい」

お言葉に甘えて、でなければいつまでも馬を降りれそうにもないし、フランシスはえいやっと足を動かす。予想どおりに体のバランスを崩してしまったが、ラザラスにしっかりと支えてもらって、無事に地上に降りることが出来た。そして、ラザラスに促されて、近くにあった大きな岩のくぼみに腰を下ろす。意識して足を伸ばすと、びりびりとしびれているような感じがした。

「よく走ったな。初めてにしちゃ、大したものだ」

ラザラスと同じく、全く息も乱していないベルダンが来て、ディアボロとリンの手綱を受け取った。

「馬に水を飲ませてきますよ」

と、さっさと三頭を連れて、斜面を降りて行ってしまう。斜面の下には小川が流れていて、早駆けをした馬に水をあげるのに丁度よい水場になっている。自分が行かなくていいのかとフランシスが迷っている間に、ベルダンは水場に着いて、馬に水を飲ませるついでに自分でも飲み始めていた。

「飲みたいか？」

「はい。でも今は歩けそうになくて」

「だろうな。少ししたら行けるだろう」

「はい」

ラザラスはフランシスの隣に腰を下ろすと、気持ちよさそうに伸びをする。大きな岩はちょっと座って休むのに丁度よく、背もたれのように寄り掛かれば、少しのけぞるような感じになって、空と海がよく見えた。

「王城から城下町を降りていくと、大きな漁港に出る。漁港というより、今はもうマルタナの中心的な交易港だな」

「陛下が私を拾ったのは、その港なんですか？」

先ほど、ラザラスが拾ったと言ったので、そう表現してみたのだが、ラザラスは小さく笑った。

「いいや。拾ったのは、近くの小さな島だ」

「島……」

マルタナにはたくさんの離島が存在する。南部は特に多いが、中央にも点在している。

「俺は休暇中だった」

「陛下が休暇を」

「国王みたいなしんどい仕事、休まなきゃやってられない」

思わず、フランシスは笑ってしまった。

「何がおかしい」

そう聞くラザラスも苦笑していたから、フランシスは無礼を詫びてから、正直に話すことが出来た。

「国王を仕事だとおっしゃる方に初めてお会いしました」

「俺にとっては親から嫌々引き継いだ家業でしかないな」

「嫌々ですか」

「国王なんて、忙しくて面倒くさい仕事だ。俺は物欲もそれほど強くないし、誰かを支配して楽しく思うこともないな。身の丈にあった、つつましい幸せがあれば十分だと思う」

空と海を見つめながら、ラザラスは淡々とそう話した。

「国王の息子ではなく、漁師の息子に生まれたかったな」

「陛下のような方でも、そんな風に思われるんですね」

国王に相応しい賢さも強さも魅力も、すべてを持っているラザラス。マルタナという国を豊かに発展させている、偉大な王。きっと、国王という仕事をしてきて、深い充足感や達成感を覚えたことは何度もあるだろうに。

「漁師になったら、何をしたいんですか？」

「毎日、早朝から漁に出て……」

そんなラザラスが想像出来なくて、フランシスは吹き出してしまった。

「ベルダン様と遠乗りに行かなくて、フェリックス様と政務もなさらなくて、セルマー様と議論もなさらない陛下なんて、想像出来ません」

自覚があるのか、ラザラスは苦虫をかみつぶしたような顔で黙ってしまう。

「そりゃ、陛下はどこにいてもそこで輝ける方だと思いますけど」

強い光を持つ人だからこそ。もっともっと高いところで。光が遠くまで届くように……。

ふと顔をめぐらすと、フランシスを見つめていたラザラスの目と目が合った。うっとりするぐらい綺麗な緑玉の瞳に、自分が映っていることに得も言われぬ幸せを感じる。

「漁師でも、木こりでも農夫でも、何でも出来ると思いますけど。でも、どんな仕事より、国王という仕事がたくさんの人を幸せに出来るんじゃないでしょうか」

「……俺の幸せは、君がなんとかしてくれるわけだし？」

「え」

ラザラスが悪戯（いたずら）っぽい笑みを浮かべる。フランシスはぼんっと顔を紅潮させた。

「あ、あの、それは、その、そういう意味ではないというか、えっと、どうしましょう」

見張り台で二人きりで話した夕方、そんなことを話してしまった。国民の幸せのためにあるというラザラスの孤独を感じて、身の程知らずにもそんなことを話してしまった。大恩人であるラザラスに恩返しをするという目標は、それ以来、フランシスの生きていく意味にもなっているけれど。

だが、こうして今考えると、これこそ身の程知らずというか、幸せにしますなんて愛の告白かとか、突っ込みどころが多すぎて、もう何も言えない。でも、否定はしたくなくて。

「私の、個人的な、目標なのでっ」

「しっ」

ラザラスの顔に緊張が走る。フランシスが驚く間もなく、ラザラスは斜面下のベルダンに向かって石を投げたかと思うと、フランシスを横抱きに抱え上げて森の中に走り込む。大きな木の陰に入ると、すぐにフランシスを下ろした。

「陛下？」

「誰か来る」

すぐに、フランシスにもわかるほど、はっきりと馬の足音が聞こえてきた。複数の駆け足だ。

「武器は？」

馬屋の掃除に剣は必要ない。何も持ってないと首を振ると、ラザラスは長剣と一緒に腰に下げていた細身で長めのスモールソードを渡してくれた。

「ここでじっとしていろ」

「ですが」

森の道から、馬に乗った男たちが開けた平地に現れる。馬が五頭、男が五人。顔に黒い布を巻き付けて隠し、次々に腰の長剣を抜き放った。そして、迷いなく、ベルダンが馬に水を飲ませている斜面を駆け下りていく。

「動くなよ」

腰の長剣を抜きながら、ラザラスは隠れていた木の陰から飛び出していった。相手は五人。しかも、ベルダンは斜面の下で、馬から降りている。こちらが圧倒的に不利な状況で、ラザラスが黙って木の陰に隠れているわけないのはわかっているが、臣下の自分がこうして隠されているのが申し訳なくてたまらない。

すぐに、男たちの怒声やうめき声、馬の嘶きが聞こえてくる。フランシスは笑っていた足に号令をかけて、しゃんと立つ。思っていたより、下半身は回復していた。これなら走れる。とはいっても、ベルダンとラザラスに肩を並べて戦う剣の腕はない。明らかに足手まといになる。

その時、黒い布を頭に巻いた男が一人、自分の足で斜面を駆け上がってきた。

「待て！」

その男を追いかけるように、ラザラスの声が聞こえてくる。迷う時間はなかった。しかも、男は、フランシスの隠れている森の中へと駆け込んで逃げようとしていたから。

しっかりと剣を握り、フランシスは隠れていた木の陰から男の前に飛び出した。もしかしたら、こういうときは、木の陰から襲い掛かるのがセオリーなのかもしれないが、フランシスは木という障害物がある中で剣を使う自信がなかったのだ。

「女か」

お前の一番の武器は女ってことだぞと、ベルダンは教えてくれた。しかも、美しくて品のよい女。誰もそんな女が剣を使うなんて思わない。油断する。そこを突けと。

最初の一撃で決めなければ。明らかにフランシスに油断して、無造作に剣を振り上げた男の腹を、フランシスは思いっきり突いた。手ごたえはあった。だが、致命傷にはならなかった。

「このっ」

男はフランシスに傷つけられて怒り狂った。激しくフランシスへと切りかかってくる。すぐにフランシスは防戦一方となった。

だが、男は傷ついたことで、力も速さも落ちていた。フランシスでもなんとか、男の剣を自分の剣で受け止めて流すことが出来た。そして、逃げてきた男の後から、男を追う声が聞こえてきたことも覚えていた。

　フランシスを倒すことにばかり熱中していた男の背中を、斜面から追いついてきたラザラスの剣がばっさりと切り、男は声もなく地面に倒れ伏した。

「大丈夫か？」

「はい。怪我(けが)もありません」

「そうか」

　ほっと、ラザラスが体の力を抜くのがわかった。

「ベルダン様は？」

「もう終わっただろう」

　と、ラザラスは斜面へと戻(もど)っていく。フランシスも付いて行って斜面をのぞくと、ベルダンが覆面の男を縛り上げているところだった。明らかに絶命している者も、傷を負っている馬もいる。

「フランシス、降りてくるな」

　修羅場といっても過言ではない斜面下に、ラザラスは降りていきながら、フランシスにそう言った。

「はい」

　降りて行ったところで、自分に手伝えそうなことは何もなさそうだ。卒倒でもしたら、二人の仕事を増やしてしまうことになる。フランシスは自分が真っ青になっている自信があった。貧血で頭もガンガンしてきた。

　ラザラスが無傷だったリンたち三頭を斜面の上に連れてきてくれて、フランシスはその三頭と一緒に、必要な後始末をしている二人を待つことになった。リンにもたれかかると、ほっとして頭痛がおさまってきた。ディアボロまで、頑張ったねと言わんばかりにフランシスの頬をちょっと舐めてくれたので、フランシスはほほ笑むことさえ出来るようになった。

「フランシス、頑張ったな」

後始末を終えて斜面から上がってきたベルダンは、そうフランシスを褒めてくれた。

「ありがとうございます。ベルダン様に言われたとおり、最初の一撃を頑張りました」

「仕留められなくて残念だったな」

「いつもの剣より短いのを失念してました」

だから、傷が浅くなってしまったのだ。

「馬に乗って帰れるか？」

「はい、勿論です」

「無理しなくていい」

ラザラスが気遣ってくれた。きっと、自分はひどい顔色なのだろうと、フランシスは精一杯笑顔を浮かべる。

「大丈夫です。それより、早く帰りましょう。次が来るかもしれませんし、途中で待ち伏せしているかもしれません。今は私よりも陛下の安全を」

フランシスが自らリンに乗ると、ラザラスとベルダンはちらりと目で話し合い小さく頷くと、二人とも馬上の人になった。そして帰りも、行きと変わらない駆け足になる。勿論、そのほうが安全だからだ。のんびり歩いていて、横から襲撃されたらたまったものではない。移動時間だって、短いほうがいいに決まっている。

帰りも、フランシスはラザラスの後ろを走りながら、必死にラザラスの背中だけを見つめて、足手まといにだけはならないと念じながら馬を走らせていた。だから、無事に王城に帰りつき、ベルダンが部下たちを襲撃現場に向かわせる指示をするのを聞きながら、馬屋でリンから降りた時には気が遠くなってしまった。

「フランシス！」

馬を降りた途端、がくんと膝を笑わせて倒れたフランシスを、ラザラスは間一髪受け止めることに成功した。もう少しで、地面に頭を打ち付けるところだったフランシスをしっかりと抱えなおして、横抱きに抱きなおす。

「フランシス」

呼んでゆすってみたが、フランシスはぴくりともしない。ラザラスは慌てたが、怪我をしている様子はないし、何しろ顔が安らかだった。フランシスの顔を覗（のぞ）き込んだベルダンは、口元に笑みを浮かべる。

「気を張り詰めていたんでしょうな」

「そうみたいだな」

初めての遠乗り、初めての城外。自分を殺そうという男と一対一で渡り合い、目の前でその男が殺されるのを目撃までした。男だって、どこかで卒倒していてもおかしくない。まして、フランシスは、普段は血なまぐさいこととは縁遠い、王城の女官なのだ。

「これは、負けず嫌いというより、戦士だな」

と、ラザラスは感心半分あきれ半分でつぶやいた。

フランシスは一切弱音を吐かなかった。絶対に足手まといにはならない。主君であるラザラスを守ることが最優先。フランシスからは、そんな無言の気迫さえ感じられた。それでいて、出しゃばることはしなかった。下がっていろと言われれば、それに従う。血気盛んすぎる新兵などより、ずっと扱いやすかった。

「近衛にスカウトしたいですね」

結構、本気だとわかる口調でベルダンがそう言うのに、ラザラスは顔をしかめる。

「冗談ですよ。さて、休ませてやりましょう」

と、ベルダンが両腕を差し出してきた。ほぼ反射的に、考える間もなく、ラザラスはフランシスを抱く腕に力を入れ、彼女を自分へと引き寄せるようにした。

「…………」

「…………」

「独占したくなりましたか」

「!」

ぎょっとして、ラザラスは顔を上げる。にやりと口の端を上げたベルダンと目が合った。フランシスと付き合えばいいと言うベルダンに、彼女を独占したくなったらと答えたのは、つい最近のことだ。

「後始末はお任せを」

ベルダンは言葉少なにそれだけ言うと、一礼してラザラスに背を向ける。だが、振り返る時に、彼の口元に隠し切れない笑みが浮かんでいたのが見えた。何も言わなかったのは、わざとだろう。

ラザラスは小さく息をつき、腕の中のフランシスを見つめる。確かに今、ラザラスはフランシスをベルダンに渡したくなかった。ベルダンの腕に抱かせたくなかった。戦士のように勇敢で、ラザラスを幸せにしたいとほほ笑んだフランシスを、ラザラスは自分の腕に抱いていたかったのだ。

頭で色々考えるより、時に咄嗟の行動で自分の気持ちを思い知る。

(参った……)

そして、自覚してしまえば、あとは早い。急坂を転げ落ちていくように、自分の中でフランシスへの想いが拡大膨張していくのを感じる。これはもう、止められない。

(どうしたものか)

本気で、身元不明の女官をどうすれば王妃に出来るのか、考えなければならないらしい。それよりも先に、自分から遠ざけてしまったせいで、女官と国王の距離を一生懸命取ろうとしているフランシスをどう手に入れるかだが。

ふうと、どこか甘やかなため息をついたラザラスは、腕の中のフランシスの顔を見つめる。フランシスの息遣いはゆっくりとやすらかで、寝息に近くなっていた。穏やかな寝顔に、ラザラスにも笑みが浮かぶ。

「ゆっくり休め」

そっとフランシスの頬に唇を落とす。すると、眠っているフランシスがほほ笑んだように見えた。そして、ラザラスの胸に頬をすり寄せるような仕草をする。甘えられるようにされ、じわりとラザラスの胸に広がったのは、喜びと満足と、甘い衝動だった。

ラザラスは天を仰いで大きく息をつき、気持ちを切り替えると、城に向かって大股に歩きだす。城内には明かりが入り、中庭には松明の明かりがともり始める視界の悪い黄昏時だったが、警備の近衛兵がすぐそばに寄ってきた。

「陛下」

「女官長を呼んでくれないか」

近衛兵にすべてを言わせず、ラザラスはすぐに指示する。女官の使っている宿舎近くで、女官長のアンナがラザラスに追いついてきた。

「まあ！」

「陛下、まあフランシスですね。何がありましたか」

「ベルダンと三人で遠乗りに出かけたんだが、出かけた先で刺客に襲われた」

「フランシスに怪我はない。だが、刺客一人と渡り合った。帰ったら安心して気が抜けたんだろう」

「まあまあまあ！」

「ゆっくり休ませてやってくれ」

女官長は刺客と聞いて少し青ざめたが、それで冷静さを失うような人ではない。

「承知いたしました。お任せください。フランシスは預かりましょう」

その頃には、周囲に近衛兵が三人集まっていた。刺客騒動があったばかりである。王城内とはいえ、ラザラスを一人にするなど、ベルダンが許すはずがない。女官長はその近衛兵の一人にフランシスを運ばせようとしたのだが、ラザラスは当然のごとくそれを断った。

「俺が運ぶ」

女官長は何か言いかけたが、ラザラスの表情を見て考えなおしたのか口を閉ざす。そして、ラザラスを促して、宿舎のフランシスの部屋へと先導し始めた。

女官長が扉を開き、明かりをともしたフランシスの私室内部をラザラスはさっと見回した。といっても、部屋はとても狭く、見るべきところはほとんどなかったが。部屋の多くをベッドが占め、私物らしきものといえば、壁際にある小さなテーブルに並んだ女性らしい小物と、ベルダンが贈ったという剣だけだった。

「フランシスは陛下をちゃんとお守り出来ましたか？」

ベッドの掛け布団をはぎながら、女官長がそう聞いてきた。

「俺もベルダンも怪我一つないよ。フランシスは全く足手まといにならなかった」

ラザラスもベルダンも並みの戦士ではないが、相手は馬に乗った五人だった。フランシスを守りながらでは、無傷ですまなかったかもしれない。少なくとも、フランシスが剣を使えなかったら、ラザラスはあそこにフランシスを一人残していくのをためらっただろう。もし、取り逃がしたあの一人が、フランシスを人質にでも取っていたら、負けていたとは思わないが、かなり手間取ったはずだ。

「それはようございました。フランシスは陛下の忠実な臣下として、剣でも陛下を守りたいと思っておりますから」

「訓練の成果が出せていたよ」

ラザラスが斜面を駆け上がって、フランシスが剣で男と対峙（たいじ）しているのを見た時は、怒りになのか焦りになのか、頭にかっと血が上った。男の背中を払った後、フランシスにその感情をぶつけなくてすんだのは、フランシス自身がとても冷静だったからだ。

彼女は、後ろからラザラスが男を撃退してくれるのを知っていた。ちゃんとわかって、対峙していた。追ってくるラザラスの存在を確信していたから、自分より数段強い敵を倒そうとするのではなく、ラザラスが来るまでの間、その剣をかわすことだけに注力していた。だから、怪我することなく切り抜けることが出来たのだ。

ラザラスはベッドにそっとフランシスを下ろすと、くしゃくしゃになってしまった銀の髪を指で後ろへと流してやった。汗はかいているし、馬屋にいたせいか顔には泥もついているし、どこか馬臭い。それでも、ラザラスはフランシスの寝顔をとても美しいと感じた。

「明日も休みにしてやってくれ」

「承知しました」

ラザラスは女官長に後を頼んでフランシスの部屋を出た。

「陛下、ご無事で」

女官の宿舎を出ると、男子禁制だからとそこに待機させておいた近衛兵と一緒に、フェリックスが待っていた。

「無傷だ。心配ない」

「フランシスも大丈夫ですか？　倒れたと聞きましたが」

「城に戻って気が抜けただけだろう。怪我はない」

「そうですか、よかった」

フェリックスは、ラザラスを促して歩き出す。いつの間にか、ラザラスを遠巻きにするように女官や官吏が集まってきていた。フランシスが無事と聞いて安堵したようにざわめいている。すでに、話が広がっているらしい。

「ベルダンから報告は？」

王宮に入り、周囲に耳目がなくなってから、ラザラスは口を開く。

「まだ来ておりません。ベルダンからは城内の警備強化の指示のみ来てます」

今や、フェリックスとラザラスに付いている近衛兵は四人だ。完全武装した四人は、周囲を警戒しながらラザラスにぴたりと付いている。

「城内の者が手引きした可能性があるからな。お前も帯剣しておけよ、フェイ」

「僕の剣の腕では意味ないような気もしますが」

「まあ、確かに。フランシスに帯剣させたほうが役に立つかもな」

「ああ、それは否定出来ないかもです」

軽口を言い交わしながら、二人は執務室に入る。近衛兵はさすがに中には入ってこず、扉の前で立ち番をすることになる。二人きりになって、ようやくラザラスは大きく息をつく。水差しの水を立て続けに二杯飲んで、ようやく人心地ついたようだった。

「夕食を運ばせましょう」

「簡単に食べられるものでいい」

フェリックスが外の近衛兵に指示している間、ラザラスは水をワインに替えて飲み始めた。

「大丈夫ですか？」

黙々とワインを飲むラザラスを、フェリックスは心配そうに見る。

「強敵だったとか？」

「いいや。軍人崩れだろう。雇われたな」

「城内の誰かにですか？」

「そうだろう、きっと」

　ラザラスが襲われたのは、王城の裏口から海へと向かう、いくつかある遠乗りコースの一つだった。今日は初心者のフランシスが一緒だったため、途中の崖で休憩にしたが、いつもならそのまま海辺まで駆け下りている。王城以外からの道はないのかと言われれば、絶対にないわけではないが、かなりの悪路だし王都で利用する者はいない。待ち伏せするために待機出来るような場所も、あの道には存在しない。まして、いつあの道を利用するかなんて、ラザラスの気まぐれで決まることで、予想することは不可能だ。

　ラザラスがそのコースで出かけて行ったのを確認した誰かが、王都で待たせておいた刺客に連絡して、普段は使われない悪路を利用し、ラザラスを追いかけさせたと考えるのが無理ない。あの遠乗りコースは王城裏門から浜辺まで一直線で、遠乗り目的にしか利用されない。邪魔が入らない、暗殺には適した場所だろう。

「一人生かしておいたから、そのうちにベルダンが聞き出してくるさ」

「時間の問題ということですか」

「そうだな。ベルダンから報告が来るまで、一人にしてくれ」

「いいですけど、何かありましたか？　もしかして、フランシスと何か？」

「今は勘弁してくれ」

　フェリックスは幼馴染の表情から何かを察したのか、要望どおり口を閉ざしてくれた。

「隣にいますから」

と、一礼して執務室を出て、ラザラスを一人にしてくれる。

一人になったラザラスは、急速に拡大し続けているフランシスへの想いと、彼女をどうやって手に入れるか考えだしてしまっている自分の思考を落ち着かせるため、大きく息をついて椅子に座る。

今はそれより先に考えなければならないことがあるというのに、ラザラスの頭の中はフランシスのことでいっぱいになりつつある。どうしたら彼女を自分のものに出来るのか。どう話せば、彼女の頭の中を自分でいっぱいに出来るのか。どう事を進めていけば、彼女を王妃に出来るのか。

作戦を考えるのは得意だが、いつものように冷静には考えられない。フランシスに触れたい欲しいという甘く熱い情動が、ラザラスの体を熱くさせ、思考はふわふわと拡散していき、一向にまとまっていかないのだ。

これはもう落ち着くことなど無理だと、ラザラスは小さく笑う。そして、ベルダンから報告が来るまでと、拡散していく思考と、突き上げてくるようなフランシスへの想いに身を任せ、目を閉ざした。

時間は少し戻って、ラザラスが帰城した黄昏時。

「陛下が遠乗り中に刺客に襲われたらしい」

「ベルダン様とフランシスが一緒だったらしい」

「ベルダン様と陛下は無事に刺客を返り討ちにしたらしい」

「フランシスも剣を持って、刺客とやりあったらしい」

「フランシスは負傷したらしい」

「陛下がフランシスを抱えて、宿舎に運んでいるらしい」

などなどの噂(うわさ)が、王城内を駆け巡っていた。

女官宿舎の近くに居た者は、急いで外に飛び出していく。すると、宿舎の入り口には近衛兵とフェリックスが待機していて、いつもと違う雰囲気だったり。固唾(かたず)をのんで見守っていれば、本当にラザラスが宿舎から出てきたり。フェリックスが、その場の全員が知りたかった、フランシスの容態について聞いてくれて安堵したりだった。

王城内は急に警備が厳しくなり、官吏にも女官にも、今夜は城内に留め置きという通達が出ている。緊急事態だというピリピリ感が王城を包んでいた。

そんな中、女官たちはフランシスを心配して、夕食を取りながら情報交換に忙しかった。

「フランシスったら、午後は馬屋に行くって言ってたから、もしかして、そこで陛下に遠乗りに誘われたんじゃない？」

「そうかもね。ベルダン様、フランシスを遠乗りに連れていきたいっておっしゃってたし」

「それ初耳よ」

「陛下が、フランシスを城外には出さないようにって。でも、フランシス、乗馬はかなり頑張ってたから」

「フランシスったら、待望の初遠乗りで刺客に遭遇とか、運悪すぎじゃない」

「ちゃんと剣を持って行ってたのかしら。ベルダン様に貰(もら)ったっていう」

「どうだろうね。フランシスも剣を使ったって噂でしょ？」

「あの子、陛下を守るためにって、無茶したんじゃないといいけど」

「陛下とベルダン様がいたんだから、大丈夫だとは思うけど」

「フランシスの剣の腕はなかなかのものだって、近衛が話してるの聞いたことあるわよ」

「ちゃんと自分の身は守れたのかな」

「大丈夫よ、陛下がフランシスは無傷だって」

食堂がフランシスの話で持ち切りの中、女官長のアンナがやってきた。女官たちがフランシスを心配しているのを察してくれて、状況の説明に来てくれたのだ。

「フランシスは疲れ果てて眠っているだけですので、心配ありませんよ。陛下からも、ゆっくり休ませるようにとお言葉を頂いています。フランシスは陛下をお守りすることが出来たようです」

誇らしげに女官長がそう言うと、女官たちの顔に心配よりも笑みと、誇らしげな表情が広がった。

「さすが、フランシス」

「お守りすることが出来て、安心したんだね」

「陛下にお姫様抱っこで運ばれたとかって聞いたら」

「真っ赤になって身もだえるね！」

女官たちはそう笑いあった。そして、勇敢なフランシスが夕食も取らずに眠ってしまったことを心配して、軽食を部屋に運んでおいてあげようということになった。大活躍したフランシスが夜中に目を覚まして、お腹が空きすぎて眠れなくなったら可哀相だと思ったのだ。

遅番だった女官が仕事を終え、取りおいていたフランシスの夜食を持って宿舎に帰ったのは、深夜に近い時間だった。ぐっすり眠っているだろうと、女官はそっとフランシスの部屋のドアを開ける。

「フランシス？」

小さく声をかけて、室内の様子をうかがう。返事もなく、しんと静まり返っているので、まだ眠っているのだろうと女官は室内に入った。手にしていた燭台の明かりをベッドのフランシスにはあてないように気を付けて、女官は小さなテーブルの上に夜食を置く。最後に、フランシスの寝姿を確認しようと、ベッドの足元に向けた燭台の明かりで、ベッドには誰もいないことに気が付いた。

近衛は、ベルダンから休暇中の団員も呼集され、慌ただしい雰囲気に包まれていた。刺客を手配したのは、どうやら南部から来た議員の一人だと判明し、すでに城内の捜索が始まっている。国王の暗殺を企てることは重罪だ。国王の警護を任されている近衛にとって、最大の挑発、挑戦行為でもある。誰もが緊張し集中していたが、そんな中でも近衛軍人たちはフランシスの心配をしていた。

ケビンと二人で始めた剣の稽古には、今では大勢の近衛兵が参加するようになっている。何より、副団長のベルダンがフランシスをとても気に入っていることは、近衛兵なら誰でも知っている。

副団長のお気に入りは、軍のマスコット的存在になるかと思われたが、そうはならなかった。ベルダンはフランシスを可愛がるが、強くなりたいというフランシスの気持ちを尊重し、剣の稽古にも乗馬の訓練にもとことん付き合ってやる。そこに甘えは一切ない。フランシスもベルダンに対しては、いつも新人近衛兵のように礼儀正しく接していた。近衛にとってフランシスは仲間のような、妹分のような存在になった。

「ケビン、フィアナに会ったか？」

近衛では誰も食堂で夕食を取っていなかった。すぐにつまめる食事や携帯食が出され、誰もがそれを手に取りながら外に飛び出して行ったり、装備の確認をしている。ケビンはベルダンからの指示を受けて、部下たちの配置を決めていたのだが、その部下たちに指示をすると同時に必ずそう聞かれていた。

「会えるわけないだろ、この緊急時に」

みんな、フランシスの情報を聞きたいのだ。

「さっき、陛下がフランシスは無事だっておっしゃっていたって」

「ああ、聞いたよ。ベルダン様からも聞いてる。一太刀あびせたってよ、フランシス」

「まじか。やるなぁ、さすがフランシス」

近衛では誰もがフランシスの武勇を誇りに思い、笑顔で持ち場へと駆け出していく。

フランシスの姿が見えないという一報を受けたのは、近衛の詰め所に詰めていたケビンだった。

「フランシスがいないって？」

夜食を届けに行って発見したという女官は、とても困惑していた。

「宿舎の中は探したんです。みんな、起きだしてきてくれて。でも、いないんです」

「……馬屋とか」

他にフランシスの行きそうなところといえば、それぐらいしか思いつかない。

「それはさすがに確認していません。大人の女性が部屋にいないからって、こんなに騒ぎ立てるのはどうかと思うんですけど。もしかしたら、フランシスはちょっと出かけているだけかもしれないし。ですが、こんな時ですから心配で」

フランシスはこの城にとって、重要人物というわけではない。王太后付きの女官は格が高いかもしれないが、所詮使用人。しかもフランシスはまだ見習いだ。一晩姿を消したところで、大騒ぎするのは違うかもしれない。だが、女官たちはみんな起きだして探しているし、この話を横で聞いている近衛たちも気が気ではないという感じだ。勿論、ケビンだって同じだ。

「フランシスの部屋に、剣があったかどうか見ていませんか？」

ケビンが聞くと、女官は大きく頷いた。

「見ました。ベルダン様から贈られた剣ですよね。部屋にありました」

もし今、フランシスが自分の意思で外に出ようとするなら、絶対に帯剣するだろう。ケビンの決断は早かった。

「すぐに、ベルダン様と陛下にご報告する。今、お二人は執務室に一緒におられるはずだ」

話を聞いていた近衛の一人にそう命じると、頷いて矢のように飛んで行った。ラザラスの耳に入るのなら安心だと、女官も近衛もほっとして表情がゆるむ。

「安心するのは早いよ。危険があるかもしれないから、女官の皆さんは宿舎からは出ないようにしてください。ただ、フランシスが戻ったら、すぐに知らせてください」

「はい、承知しました」

「誰か、女官殿をお送りして。それから、警備中の全員に伝令。フランシスも一緒に探すように」

詰め所に待機していた近衛は全員外へと飛び出していく。ケビンもそうしたいところだが、指揮官まで飛び回っていては、指示が行き届かない。本当ならその役目をするべきベルダンは、ラザラスのそばを離れようとはしないし。

「早く見つかってくれよ……」

城門は固く閉ざされて、フランシスが帰ってから城門の外に出た者はいない。通いの使用人も、今夜は城内に留め置きとなっている。フランシスはまだ城内にいるだろう。そして、多分、暗殺騒動の首謀者も。

ラザラスは執務室の窓辺に腰を下ろし、中庭の様子を見下ろしていた。この時間、執務室に補佐官と近衛副団長がいるのは緊急事態なのだが、ラザラス自身はすでにこの件に興味を失っていた。

暗殺されそうになったのは初めてではないし、今回のはとても稚拙な計画だった。計画といえるのかどうかも怪しい。犯人はもうわかっているし、あとは捕らえるだけだ。優秀な近衛が捕らえるのは時間の問題だし、フェリックスとベルダンも捕らえた後の相談を始めている。

フランシスがいないという知らせは、そんな執務室に届いた。

「本気か、行く気か」

聞くなり、剣を取って立ち上がったラザラスに、ベルダンが盛大に顔をしかめた。

「ターゲットの一番は、間違いなくあんたなんだぞ」

「どうやら、二番はフランシスにしたらしいな」

「俺が行くから、ここに居てくれ」

「一番が無防備にうろうろしだしたら、二番は不要になって放出するかもしれないぞ」

「待てって」

ベルダンが獰猛なうなり声を上げ、大股に歩きだすラザラスの横に並ぶ。とめても無駄とわかっているのか、執務室前を警備していた近衛たちも促して、ラザラスの前後左右を囲むようにする。

「酔った議員から女官たちを助けようとしたこと、あっただろ」

前を向いたまま、ラザラスがつぶやく。

「あったな。剣まで抜かれて」

「喧嘩(けんか)を売った議員の中にいたな」

今回の首謀者が。フランシスは当然、顔を覚えられていたのだろう。そして、今回の遠乗りにも同行して、ラザラスを守るために奮闘したことは、今、王城内にいる者なら誰でも知っている。

追い詰められたネズミは、思いもよらぬことをする。

「くそっ、この城は広すぎんだっ」

ベルダンが激しく毒づいて、け破る勢いでドアを開ける。王城の中庭は松明がいくつもたかれて昼のように明るかった。


マルタナの王城は、低い山の上がその地形を生かす形ですべて敷地になっている。三重の高い城壁にぐるりと囲まれた、高台の城塞だ。

広大な敷地の中には、政務の中心であり王族の居住区もある王宮を中心に、いくつもの建物が点在している。近衛の詰め所に宿舎、女官と官吏の宿舎もある。賓客(ひんきゃく)をもてなすための豪華な別邸に、王城で働く高位の貴族の私邸もある。隠れるところは、それこそ無数にある。すべてを隈(くま)なく捜索となると、かなりの時間と人員が必要になる。夜となれば、さらにである。

フランシスが目を覚ましたのは、どこかの地下、食糧庫の中らしかった。

(……ここ、どこ?)

残念ながら、フランシスは料理が出来ないので、食糧庫には行ったことがない。どこの食糧庫かはわからないが、かなり広いので、もしかしたら王宮の地下かもしれない。

周囲を見回そうと立ち上がろうとして、フランシスは自分が縛られていることに気が付いた。両手は前で手首をがっちりと。足も足首を縛られ、さるぐつわもかまされている。声が出せなかった。

(のど、痛い)

何か刺激のある匂いをかがされたのだ。それで、あっという間に気を失った。

奥のほうから、何かを転がすような音が聞こえてくる。苦心して寝返りを打つと、誰かが大きなワイン樽をこちらに転がして持ってくるのが見えた。

(誰……?)

王女エヴァンゼリンではなく、ただのフランシスをこうして捕らえようと思うのが誰か、心当たりがない。食糧庫に明かりはともっていないが、セルマーの地下室と同じような造りで、天井あたりは地上に出ていて、そこに明かり取り用の窓がある。そこから月明かりにしては明るい光が入ってきていた。おかげで、フランシスを捕らえた男の顔を確認することが出来た。

(議員？　……確か、フィアナに絡んでた)

南部出身の議員の一人だ。あの時、東屋で女官に酌をさせようとしていた、たちの悪い酔っ払いの一人。

「目が覚めたのか」

フランシスに気が付いて、にやりと笑う。

「待ってろ、これに入れて連れ出してやる」

と、転がしてきたワイン樽を立たせ、蓋(ふた)を開ける。かなり大きな樽だったが、成人女性が入れるかというと、かなり微妙だ。もし入ったとしても、そんな重い樽をどうやって運ぶというのだろう。フランシスは小さく首を横に振って、男から少しでも遠ざかろうと、必死に体を動かした。

「大人(おとな)しくしてろ」

男はフランシスの足をつかんで、樽の近くへと引き寄せる。悔しいが、男は三十代ぐらいでまだ力も強く、体つきもがっしりと大きい。フランシスを抱え上げると、縛った足を樽の中に入れようとする。だが、フランシスも必死に抵抗して、足をばたつかせた。

「くそっ」

男の大きな手が、フランシスの口と鼻を強く覆(おお)う。そうされると、息が出来なくなる。なんとか逃れようと暴れたが、手足を縛られた状態では抵抗らしい抵抗も出来なかった。

ふっと意識が遠のいて力が抜けると、樽の中に落とされる。その痛みでフランシスは意識を取り戻した。激しくせき込んだが、さるぐつわのせいでたくさん息が吸えない。息苦しさはなかなか解消出来なくて、フランシスはひどく苦しんだ。

男はフランシスの頭を上からぎゅうぎゅうと樽の中に押し込むが、やはり樽は小さすぎた。

足や体の位置を修正してなんとか樽の中に押し込もうとする男の手から逃れるために暴れていると、樽はフランシスを入れたまま盛大に横倒しになる。同時に、何か果物が入っていた木箱に激突して、樽の倒れる音、三段に積みあがっていた木箱が崩れ落ちる音、果物が床にぶちまけられる音と、大きな音が地下に響き渡った。

すると、地上の明かり取りの窓の向こうに、いくつもの足らしき細長い影が映った。外に居た誰かが、地下の物音に気付いたに違いない。

（神様！）

倒れた時に色々なところをぶつけたフランシスは、痛みと息苦しさに小さく丸くなる。だが、男に肩をつかまれて、強く床へと押し付けられた。床に押し倒されるような格好になったフランシスは、のしかかってきた男を見上げることになった。

「最悪だ。お前のせいで、何もかもうまくいかない」

フランシスには男にそんなことを言われる理由がわからない。もしかして、ラザラスの暗殺未遂の犯人なんだろうかと、ちらりと思った。が、暗殺が失敗したのは、フランシスのせいなんかでは絶対にない。ラザラスとベルダンが強すぎるからだ。

「お前を手土産に連れ帰るつもりだったが」

男はそうつぶやくと、フランシスのシャツの襟もとに手をかけ、一気にシャツを引き裂いた。シャツの下には、厚手のしっかりとした肌着を着ていたが、それもシャツと同じ運命をたどる。フランシスの白い肌と、豊かな胸の膨らみが、男の目の前であらわにされた。

王女エヴァンゼリンだった頃、命の危険を感じることは何度もあった。暗殺未遂の騒ぎもあった。だが、こんな風に、ただの女として慰み者にされるようなことは一度もなかった。

さるぐつわの中でフランシスは悲鳴を上げる。あまりの恐怖に体が冷たく硬直しかけたが、男の大きな手が乳房を鷲掴みにすると、反射的に体が跳ね上がった。それからは、必死でがむしゃらに動かせる体は全部動かして、男から逃れようと抵抗する。

だが、両手両足を縛られていては、出来る抵抗も限られている。男はフランシスの膝を自分の膝で押さえつけ、フランシスの胸を揉みしだきながら、自分の服を脱ごうとする。下穿きの紐をゆるめる男の真っ赤な顔を、フランシスは涙でゆがんだ視界で見ながら、暴れるだけで何も出来ない自分の無力さに絶望していた。

その時、遠くのほうで扉が開く大きな音と、複数の慌ただしい足音が聞こえてきた。

「フランシス！　いるのか！」

ラザラスの声だった。フランシスを押さえつけていた男は、低く舌打ちすると、腰の剣を抜きながら立ち上がる。男は剣を構えてラザラスを迎え撃ったが、撃ち合いは長く続かなかった。ラザラスの剣は、男の腹に深々と突き刺さり、男は剣を落とし、ゆっくりと崩れ落ちていく。

ラザラスは自分の剣を男に刺し置いたまま、フランシスへと駆け寄ってきた。すぐにフランシスの状況を察して、自分の上着を脱ぐと、フランシスをくるみ込みながら、優しく抱き上げてくれた。

「フランシス、もう大丈夫だ」

手際よく、さるぐつわを外してくれる。どこからか取り出した短剣で、手首の縄を切ってもらうと、フランシスはラザラスの胸にすがりついた。

「怪我はないか？」

ラザラスの声はとても優しい。でも、フランシスは答えることが出来なくて、必死でただ頭を横に振る。涙が止まらなかった。嗚咽も止まらない。喉が痛くて、声を上げて泣くのが苦しかったが、体中に充満しているこの恐怖を吐き出してしまわないと、狂ってしまうと思えた。

背中や髪をなでてくれるラザラスの大きな手の感触が、恐怖にこわばった体を温めてくれる。ぎゅっと強く抱きしめてくれる腕の力が、もう大丈夫だと安心をくれた。それでも怖くて、フランシスは必死にラザラスの胸にすがりつく。

「もう大丈夫だ」

耳元で何度も何度も、ラザラスがそう囁いてくれた。まるで呪文のように、それはゆっくりとフランシスの心の中に浸透していって、恐怖を押し出してくれる。

そして、フランシスはラザラスの腕の中で意識を失った。

第六章　誘惑

翌朝。

フランシスはゆっくりと覚醒した。見慣れない天井、ではなくこれはベッドの天蓋だ。自分の部屋ではない香り。ひどく体が重たい。なんとか指先を動かすと、久々に感じる、最高級品のシーツの手触り。いつものゴワゴワではない。

「目が覚めたか」

ラザラスの声。なんで朝一番からラザラスの声が聞こえてくるのだろう。フランシスは重たい頭をゆっくりとめぐらす。すると、ベッドの横にある椅子にラザラスが座り、じっとフランシスを見つめていた。

「……陛下」

つぶやくと、かすかすの声が出た。ラザラスが立ち上がり、フランシスの枕元に近寄ってくる。ベッドの端に腰を下ろすと、枕の横に手をついて、フランシスの顔を覗き込んできた。

「目が覚めてきたか？」

「はい……ここは」

「城内だ。警備が厳重な部屋」

警備が厳重、その言葉がフランシスの中でひっかかる。

「私」

どっと一気に記憶がよみがえってきた。喉がひくっと音を立てる。無意識に、手が胸元を押さえる。いつもの、木綿の手触りにほっと落ち着く。急に現実が戻ってきて、フランシスはベッドの上に起き上がった。

「助けて、いただいて、あり、がとうございました」

ラザラスが肩を抱き、フランシスを胸の中に引き込んでくれる。

「命を狙われるより、ああいうのは怖い、ですね」

昨夜を思い出して震え始めたフランシスは、抱きしめてくれるラザラスに甘え、彼の胸にぎゅっとすがりついた。ラザラスの腕の中にいると安心出来る。体の奥底に残っている恐怖さえ、ラザラスの熱でどんどん溶けて消えていく。

冷たくなったフランシスの手をラザラスが優しく握る。そして、そのままフランシスの手は彼の口元に運ばれる。まるで他人事のように、フランシスは自分の手の甲にラザラスの唇が押し当てられるのを見つめていた。

「昨夜、何があったのか話せる？」

至近距離で見つめる緑玉の瞳に陶然となる。

「部屋で眠っているときに、何か変なものをかがされたんです。喉が痛くなって、気を失いました。目が覚めたら、どこかの食糧庫で。あの男は、私をワイン樽に詰めて運び出そうとしていました。でも、うまくいかなくて。あの男が陛下に刺客を送った犯人ですか？」

「そうだな」

「私のせいで何もかもうまくいかなかったって。逆恨みですよね」

「ああ」

「陛下とベルダン様が強いだけです」

「城内では、フランシスが大立ち回りをしたことになっているらしい」

「え！」

くくくと、ラザラスが楽しそうに小さく笑っている。

「フランシスのせいで暗殺に失敗したもんだから、腹いせに攫っていこうとしたことになってるな」

「そ、そんなのおかしいですっ。ちょっと考えればあり得ないってわかるのに」

「俺が遠乗りに誘ったから巻き込んでしまった」

フランシスは驚き、急いで首を横に振る。その必死な様子に、ラザラスの口元にほほ笑みが浮かぶ。

「また遠乗りに誘っても？」

「勿論です」

「怖くない？」

ラザラスにまっすぐ見つめられ、目の中を覗き込まれるようにされて、フランシスはすぐに返事はしないで自分の心の中を確かめた。

「……一人で遠乗りは怖いです。まだ上手に乗れないし、剣を持って行っても不安になると思います。でも、」

陛下とご一緒出来るのならと、口からぽろっと出そうになって、直前になんとか口を閉ざすことに成功した。国王と女官見習いが一緒に遠乗りとか、あり得ない。いやいや、マルタナでは、フランシスの常識であるダナオスよりも、男女の距離感は近く身分差もそこまで大きくない。でなければ、そもそも女官見習いが国王と遠乗りになんて、出かけられなかった。

（わかった！　マルタナの人や陛下にとっては普通のことでも、私には特別なことに思えるから、だから勘違いしちゃうのよ）

ラザラスに特別扱いされているなんて、自分はまた勘違いしそうになってしまった。もしかしたら、ラザラスにまた気付かれているかも。

（もしかしてこの会話、また勘違いするなよって釘刺されている感じなの？）

一人冷や汗をかき始め、フランシスはうろうろと視線をさ迷わせる。

「フランシス」

「は、はいっ」

「キスしてもいいか？」

「……は？」

言葉を失う。脳みそが今の言葉を理解不可能と告げてくる。

「いいなら、目を閉じる」

「はいっ」

言われたとおり、フランシスは目を閉ざした。ぎゅーっと音が出るぐらい、しっかりと目を閉じる。頬を大きな手で覆われ、親指が優しく頬をなでるのを感じた。そして、唇に唇が重ねられる。触れるだけの、優しいキスだった。フランシスにとって、生まれて初めてのキス。

唇が離れると、フランシスはそっと目を開ける。一瞬、ラザラスと目と目が合う。綺麗な緑玉が、きゅっと細められる。まるで、愛しいものを見るかのように。ラザラスの腕がフランシスの頭に回り、肩口に頭をぎゅっと押し付けられるように抱きしめられた。

「今日の仕事は休みだ。今日は一日、このフロアで過ごしてくれ」

そう耳元で囁くと、ラザラスはフランシスを放して立ち上がる。扉のところで振り返って、ゆっくり休めと笑顔を残して去っていく。

「……何が起こったの？」

耳まで真っ赤になったフランシスは、そのままベッドにぱたりと倒れ込んだ。

身支度と簡単な朝食をすませて、ラザラスが執務室に行くと、すでにフェリックスとベルダンがラザラスを待っていた。

「フランシスの様子はどうですか？」

フェリックスが開口一番そう聞いてきた。

「落ち着いていたよ。思っていたよりは」

ベルダンが目に見えてほっとして、肩の力を抜いた。

昨夜、先頭を切って突入していくラザラスのぴったり後ろについて、ベルダンも地下に踏み込んだ。勿論、ベルダン的には、ラザラスではなく自分が先頭になりたかったのだが、ラザラスを止めることは出来なかった。そして、間一髪で救えたフランシスが、ラザラスの腕の中で号泣する姿にひどくショックを受けたのだ。

どんなにきつい訓練でも、フランシスは泣き言を言わなかった。昼間の暗殺未遂では、フランシスの目の前で男が斬られて絶命し、転がった死体を目のあたりにしたが、悲鳴一つ上げなかった。そんなフランシスが、恐怖と嫌悪に身を震わせ気を失うまで泣いたのだ。ベルダンだけではない、ラザラスも、彼女を知る近衛たちも、泣きじゃくる姿に胸を抉られた。

「とりあえず、今日は一日このフロアに居させる。今後、どうするかだな」

「どうするとは？」

「そろそろ女官を続けさせるのも限界じゃないかって、この前からフェリックスが言ってる」

ベルダンから視線を受けて、フェリックスは渋い顔つきで肩をすくめて見せる。

「だってそうでしょう？　賭けてもいいですけど、フランシスが記憶を失う前は特権階級のお姫様だったたって、城内の者はみんな思ってますよ。彼女はちょっと特別すぎです」

「ちょっと特別な女官で何が悪い」

「あなたはいいですよ、ベルダン。フランシスを可愛がってますけど、恋愛感情はないでしょう？でも、近衛にはもうフランシスに入れあげてる若者の一人や二人、いるでしょう？」

「一人や二人どころか」

「まあ、近衛はいいですよ。あなたが目を光らせてますから、馬鹿なことをする若者もいないでしょう。でも、官吏にもフランシスに入れあげている者はいますし、貴族にもです。それなのに、フランシスがいつまでもただの女官で、あの宿舎に住むなんて、危険だと僕は思います」

「なるほど……」

今までそんな風に考えたことがなかったのだろう。ベルダンは神妙な顔つきになって、考え込んでしまった。

「確かに、いつどこの男に掻っ攫われるかわからんな」

「でしょ？」

黙って腕を組んで椅子に沈んでいたラザラスが、体を起こした。

「わかった。フランシスには強力な保護者が必要だ。フォンテーヌ侯爵家の養女にしてもらおう」

「ええ！」

驚きの声を上げたのは、そのフォンテーヌ侯爵当人であるフェリックス。

「うちですか？　えー、フランシスが僕の妹？」

「フェイのところなら安心だ。城内に私邸もあるから、そこに住みながら城内の仕事もすればいい」

「んー……まあいいですけど。母がなんて言うかなぁ」

「俺からも手紙を書こう」

「あ、それ助かります。きっと母も前向きになってくれると思います」

そこでフランシスの話は終わり、三人は昨夜の暗殺事件の事後処理について相談を始める。ベルダンが新たに集めてきた犯人の情報を報告し、刺客たちのほうを調査していたフェリックスも報告をあげる。あの議員個人の問題として処理するか、その背後まで探るか、罪を問うかという話になると、ベルダンはあの遠乗りコースの安全性を検証してくると言って、執務室を出て行った。政治向きの話が始まると、ベルダンはいつもさっさと逃げ出していく。

そして、昼食時になると、執務室を訪れた官吏が、廊下をフランシスがうろうろしていると知らせてきた。

「丁度(ちょうど)いいですね。昼休憩にしましょう」

と、フェリックスが執務室の扉を開けると、本当に廊下をフランシスが行ったり来たりしているのが見えた。

「フランシス、何をしてるんですか」

「フェリックス様！　こんにちは」

「こんにちは、フランシス」

「陛下に、今日はこのフロアから出ないようにと。でも、部屋でじっとしていられなくて」

ぷっと、フェリックスは吹き出す。そして、執務室のラザラスを振り返る。

「だそうですよ、陛下」

「陛下。お仕事中、申し訳ありません。あの、外に出てもいいですか？　リンに会いたいし、剣の稽古もしたくて」

朝よりもさらに元気を増したフランシスに、ラザラスも口元をほころばせる。

「今日は駄目だ」

だが、頑として拒否する。

「俺の仕事を手伝うというのはどうだ？　水路の話、聞きたいだろう、フランシス」

「は、はい、ぜひっ」

「その前に昼食だな。一緒に食べよう」

と、ラザラスがフランシスの手を取って、食堂へと連行していくのを、フェリックスは手を振って見送る。フランシスが、ラザラスと二人で昼食なんていいのだろうかという顔で、何度もフェリックスを振り返ってくるから、大丈夫だよと頷いて見せてあげた。

「なーんか、吹っ切ったかな」

二人が食堂の扉に吸い込まれてから、フェリックスはそうつぶやいた。フランシスをどこかの貴族の養女に、もしくはもっと高位の官吏にという話に、ラザラスは今まで一度も頷かなかった。それが今日になって急に、相談もなく決定である。しかも、フェリックスの妹にだ。フォンテーヌ侯爵家は、実質的なマルタナ貴族のトップだ。その家の娘にするという。

昨夜、ラザラスはフランシスを抱えて戻ってきてから、ずっと彼女の枕元にいた。多分、一睡もしていないはずだ。彼女の寝顔を見つめながら、何かずっと考えていた。

頭が切れて、常に高速回転していて、人の先の先を読む男が、それだけの時間何を考えていたのか。それが何か、ラザラスは話すような男ではないけれど。フランシスを自分の内殿近くの部屋に泊め、徹夜で見守り、フェリックスの妹にすることを決め、昼食を一緒にしようと手を引いて消えていった。フランシスと距離を取ろうとして、余裕がなくてフランシスを泣かせるまでしたラザラスが。女官とはごめんだと、断言したラザラスがだ。

(本気になった、ってことだよねぇ)

フェリックスの妹にするのだから、王妃にすることも視野に入れているのだろう。これ以上なく、ラザラスは本気だと、フェリックスは予想した。

「忙しくなるな。母上に手紙と、根回しを始めないと」

フェリックスの母、先代フォンテーヌ侯爵夫人は、領地の屋敷に住んで領地の管理運営を一手に引き受けてくれている。弟が自殺してからの、この一年は、領地から一歩も外へ出ていないはずだ。その母の気持ちも、この一年で少し上向いてくれていたら、フランシスを養女にするという話も前向きに受け止めて、王都へと出てきてくれるかもしれない。

貴族たちには早めの根回しが必要になる。ラザラスは今や国王として絶大な権力を握っているが、貴族たちの反感を積極的に買って得になることなどない。母が出てきてくれるなら、これも手伝ってくれるだろう。

「うー、眠い」

フェリックスも、昨夜はほとんど眠っていない。あくびをかみ殺しながら、昼食とコーヒーと休息を求めて、二人が消えたのとは反対のほうへと、のんびり歩き出した。


フランシスは、翌日になっても、そのまた翌日になっても、一週間、十日たっても、女官用の宿舎の部屋に帰らせてもらえなかった。どうしても帰るというのなら、部屋の前に近衛を護衛に立たせるぞと、脅しとしか思えないことをラザラスに言い渡され、迷いながらもラザラスの近くで生活をしている。フランシスの生活に、ラザラスの存在が色濃く影響するようになった。

二人とも朝早いことから、朝食は一緒にとることになった。勿論、フランシスは強く辞退したのだが、ラザラスに命じられれば逆らえない。それに、そうしてみれば、そのほうが非常に合理的だった。

フランシスはいつもの時間に目を覚ますと、朝稽古用の身支度をさっとすませ、ラザラスが私的に使っている食堂に向かう。食堂は、あてがわれている部屋を出て、廊下を奥へとちょっと進んだところにある。

「おはようございます」

「おはようございます、フランシス様」

食堂では、すでに女中のマリーが朝食の準備をしていた。マリーはラザラス付きの女中の一人で、年齢はフランシスよりも少し上ぐらいだろうか。とても気立てが良くて、仕事の出来る独身の女性だ。女中よりも女官のほうが地位的には上なこともあって、女中のマリーはフランシスに対していつも礼儀正しい。それだけではなく、マリーはフランシスに優しい心遣いをしてくれるので、フランシスはここでの生活を快適に送れていた。

「ゆっくりお休みになられました？」

「ええ、マリー。どうもありがとう。昨夜もぐっすり眠れたわ」

「最近、夜は冷えてきました。厚手の夜着をご用意しますね。靴下も」

「いつもありがとう、マリー」

フランシスはにっこりとほほ笑む。

「今日の朝食は何かしら？」

「今朝は、フランシス様のお好きなコーンポタージュですよ」

「まあ、嬉しい」

「たくさん食べてくださいませ」

食堂には、廊下からつながる扉以外に、もう一つ扉がある。ラザラスのごく個人的な居住空間、内殿につながる扉だ。その扉が開いて、ラザラスが姿を見せた。

「おはよう」

「おはようございます」

「おはようございます、陛下」

ラザラスはまだかなり眠そうだった。夜遅くまで仕事ということが多いラザラスは、朝食には寝起きのぼうっとした顔で現れることも多い。艶のある金色の髪をくしゃくしゃにしながら、腕を伸ばしてフランシスを抱き寄せる。ぎゅっと自分の胸の中に抱きすくめ、フランシスの額に唇を押し当てた。おはようの挨拶キスだ。

「夕べは遅かったんですか？」

一週間たって、ようやく赤面しなくなったフランシスである。初日には、真っ赤になって、しばらく硬直して動けなかった。今朝のラザラスはまだ服をきちんと着ていなくて、フランシスは肌着のラザラスの胸に頬を押し当てることになって、内心、とてもドキドキしていたが、それでもなんとか普通に話しかけることに成功した。

「マレバから報告書が届いて」

だが、マレバと聞いて、フランシスはぱっと顔を上げる。それは、ここ数日、水路の整備で懸案となっている港町の地名だ。

「港建設の調査報告書ですね？」

「そう」

興味津々と目を輝かせるフランシスは、どこか苦笑している感じのラザラスと、至近距離で目を合わせる。

「報告書、見たい？」

「見たいです！」

即答したフランシスに、ラザラスは声を上げて笑う。

「フランシスの今日の予定は？」

ラザラスにエスコートされて朝食の席に着くと、マリーがてきぱきと朝食の皿を並べ始める。

「午前中は、エバンのお手伝いに図書室です。今、書庫の整理を大々的にしてまして、奥の棚から古い本を出しています。かなり劣化もしていますので、時間がかかっているんです。でも、中を読めるのが楽しみです」

「フランシスにも読んだことのない本があったか」

「はい。とても楽しみなんです」

王女エヴァンゼリンが読み終えたダナオス王城の図書室は、間違いなくダナオスでは最大の蔵書数を誇っていた。マルタナ王城の図書室は、蔵書数ではダナオスに負けるかもしれないが、ダナオスにはなかった外国の本が多く存在する。

「本好きだった、先祖の誰かが集めたんだろうな。だが、きっと中身は異国の言葉だぞ」

「え！」

「マルタナよりずっと南の人々が使う言葉だ。文字も違うし、風習も肌の色も違う」

「聞いたことがあります。肌の色がもっと濃い民族がいるって」

「そうだ。かなり距離はあって、交易という交易もないが」

「陛下はそこの言葉がわかるのですか？」

「挨拶程度。本は無理だろうなぁ」

「あの、誰かわかる方は？」

「王城にはいないな」

「ああ、それは残念です」

でも、解読するのも面白いかもしれない。本によっては、絵がたくさん入っているものもあるかもしれないし。エバンとセルマーにも手伝ってもらって……。などなど、夢を膨らませるのに忙しく、食事の手が止まってしまったフランシスをラザラスは優しく見つめていたが、いつまでも現実に戻ってこないので声をかけた。

「フランシス、それで今日の予定の続きは？」

「え、あ、はい。えーっと、それから、裁縫室でレース編みを手伝う約束をしています。ちょっと特殊な柄なのだそうです」

「特殊？」

ラザラスは女中のマリーに視線を向ける。マリーは裁縫室の住人で、ラザラスのお世話をしていないときは、大抵、縫物をしている。

「フランシス様の裁縫の腕は、それはもう見事なのです、陛下。刺繍も素晴らしいですけれど、レース編みの細かさといったら。ため息ものです。今回、フランシス様がお手伝いしてくださるということで、女官長も今までにない精密な柄の晴れ着を作ると、かなり気合を入れていらっしゃるんです」

「誰の晴れ着だ？」

某侯爵夫人が最近、無事に出産を終えた。その新生児へのお祝いの晴れ着だとマリーが説明すると、ラザラスはなるほどと頷いた。

「ずっと子供が出来ないと悩んでいたからなぁ」

「侯爵夫人はとてもお気の毒でした。ですが、無事に、しかも男児を出産なされて。レース編みがお上手な侯爵夫人に、お祝いに相応しい素晴らしい品をと、女官長はお考えなんですわ」

「剣を持ったり、編み棒を持ったり、フランシスも忙しいな」

「そうですね」

　ラザラスとマリーは、せっせとコーンポタージュを食べているフランシスに視線を向ける。それに気が付いて、フランシスはにっこりとほほ笑んだ。

　フランシスは過剰に謙遜はしない。だが、自慢もしない。出来るのが当たり前だという顔で、飄々としている。マリーのお世話にも、遠慮しすぎたりしない。だが、お礼を言うのは忘れないし、感謝しているのをいつも感じさせてくれる。

「午後は空いているんです。弓の練習をしようと思っていたんですけれど、執務室にお邪魔していいですか？」

「午後は人と会う約束がある。夕方だな」

「わかりました。それまで、弓の練習を頑張ります」

　弓は、二日ほど前にラザラスがフランシスにプレゼントしたものだ。なんて色気のないプレゼントだと、マリーは目を丸くしたのだが。貰ったフランシスはそれはもう喜んだ。

　食後のお茶をいれて、マリーは一礼して食堂を出て行った。ほんのひと時、二人きりになる。最初は緊張して話せなかったフランシスも、ようやく普通に話しかけられるようになった。

「今朝はとても眠そうですね」

　食後のお茶を飲んでも、ラザラスはまだどこかぼんやりしている。

「遠乗りはやめておきますか？」

「確かに、馬から落ちそうだ」

ラザラスはテーブルに肘をつくと、くすくす笑いながら、フランシスを見つめる。

「今朝はフランシスの剣の稽古に付き合おうか」

「嬉しいですけど、私がベルダン様に睨まれますからやめてください」

ベルダンはフランシスを可愛がってくれているが、彼の中での一番はラザラスだ。対抗馬もない、不動の一番。自分との遠乗りをやめて、フランシスと稽古などと聞けば、睨まれることは間違いない。

「そろそろ行きましょうか」

「そうだな」

と、言いつつ、ラザラスは動かない。じっとフランシスを見つめている。

「あの、陛下」

フランシスが困っているのをわかっていて、小さく笑っている。

「行きますよ。服をちゃんと着てください」

眠そうでけだるげな視線も、着崩した服から見える肌も、フランシスを落ち着かなくさせる。フランシスが立ち上がると、ラザラスに手を取られ、彼のほうへと引き寄せられてしまう。ラザラスはフランシスの上半身を自分へと傾けさせながら、目を見つめてくる。その問いかけてくる視線に、フランシスは小さく頷いて、目を閉じる。するとすぐに、唇が塞がれた。

ラザラスに助けてもらった日の翌朝、キスをしてもいいかと聞かれて初めてキスをした。その日から、毎日、こうして唇を合わせている。必ず、キスをする前に、してもいいかと尋ねられる。この数日は、言葉ではなく、目で聞くだけのことも多くなったけれど、それでも必ずフランシスの意思を確認する。

「きゃっ」

ラザラスが引く力を強くしたのと、フランシスの体から力が抜けたのもあって、フランシスはラザラスの膝の上に崩れ落ちる。ラザラスの長い腕がしっかりと回って、フランシスは膝の上で強く抱きすくめられた。まだ眠いからか、いつもよりラザラスの体温が高く、すっぽり抱きしめられると、ラザラスの男らしい精悍な香りを強く感じてドキドキしてしまった。

ラザラスはフランシスの背中を優しくなでると、フランシスを抱え上げるようにして、椅子から立ち上がる。

「先に行っていてくれ。着替えてから行くよ」

と、フランシスの額にキスを落とし、ラザラスは内殿へと入っていってしまった。一人残されたフランシスは、体の中に残っている熱を、ほうっとため息にして外に出した。

書庫での仕事が長引いてしまったので、フランシスが裁縫室でレース編みに参加したのは、もうお昼前という時間だった。フランシスの持ち分は決まっている。そこを仕上げないと、数人がかりの大作であるこの晴れ着は完成しない。責任重大だと、フランシスは集中して取り掛かった。だが、指先が単純作業に慣れてくると、頭の中はラザラスのことでいっぱいになる。

ラザラスの内殿に近いところに部屋を貰って、もう十日ほどになる。もう何度キスをしただろうか。もう数えきれないほどだ。男らしく大きな体にしっかりと抱きしめられて、剣を使う硬い手に頬を包まれ、あの緑玉の瞳に至近距離から見つめられる。緑玉に自分だけが映っているという、あり得ない幸せに何度胸を高鳴らせただろう。

　今まで、国王として、剣士として、ラザラスがどれほど素晴らしい人か知っていたつもりだった。でも、本当の彼の魅力は、もっと別のところにあったというか。それもまた、彼の魅力の一部に過ぎないことを知ったというか。

　国王としての威厳と迫力のある姿は大好きだ。視線一つで議員たちを黙らせるのにも、胸が高鳴る。でも、今朝みたいに悪戯っぽくフランシスを見ながらニヤニヤ笑っているのも、色っぽくて触りたくなって、胸がきゅんとする。

　守られていると安心させてくれる、力強い腕に抱きすくめられると、体中が熱くなってのぼせるようになってしまう。抱きしめられて、耳元に触れるラザラスのため息の熱さ。こっそり触れてしまった、つやつやの金色の髪がびっくりするぐらい滑らかでさらさらだったこと。舌を絡ませるキスの甘さと、二人の交じり合った唾液の甘さ。

　すべて、この十日で知ったラザラスの魅力。近くにいて、一緒の時間をたくさん過ごして、今までよりもっともっとラザラスを好きになっている。

「フランシス、フランシスったら」

　はっと顔を上げると、レース編みの面々がフランシスを見て、全員がにやにやしていた。

「あ、ごめんなさい。込み入ったところだったから」

「嘘だと思うわ。だって、すっごく幸せそうな顔してたもの」

　親しい女官の友達に指摘されて、フランシスは赤面してしまうのを自覚した。これでは、何を考えていたのか白状しているようなものだ。

「フランシスったら、すごく綺麗になったよね」

「そんなことないと思うけど……」

「お肌がぴかぴかしてると思います！」

レース編みに参加している女中が目を輝かせて言う。

フランシスと同じ女官たちは、どちらかというとフランシスをからかう感じだが、低位の女中たちは崇拝、憧れの対象としてフランシスを見ている。

「髪も以前よりきらきらしてますよ、絶対！」

今日もきつくお団子にしてある髪に、フランシスは思わず触れてしまう。目立たないように、今までは髪に暖炉の灰をまぶしておいたのだが、ラザラスがフランシスの髪に指をとおし、髪にキスするようになったので、とてもではないがやる気になれなくなったのだ。ラザラスが灰を吸ってしまったらと思ったし、もっと綺麗だと思ってほしくて。

「陛下もすごく機嫌がいいって、官吏たちが噂(うわさ)してたわ」

「いつも以上に仕事が早いから、逆に大変だって、笑ってもいたけど」

と、女官たちもレース編みをしながら笑う。手仕事をしながらの他愛もない噂話は、フランシスだって大好きだ。ただし、それが自分には無関係なことに限る。今はひたすら肩身が狭い。

「フランシス様も陛下をお手伝いされてるって聞きました。官吏たちも感心してました！」

「だってねえ、そこらへんの官吏より、フランシスの方が何倍も賢いんだもの、当然よね」

「当然ですよねえ」

ぐだけだ。

フランシスは苦笑するだけで、あえてノーコメントとした。何を言っても、この場では火に油を注ぐだけだ。

「そういえば聞きました？　ノークス伯爵令嬢が声高にフランシス様の悪口を言ってるって」

「えー！　なにそれ！」

「初耳よ。ちょっと詳しく教えて。あ、フランシスは聞かなくていいのよ」

と、ついにはフランシスの存在は無視されて、噂話が盛り上がっていく。勿論、無視出来ない話題だから、フランシスは口を閉ざしたまま、耳だけ大きくする。

「昨日、伯爵邸でお茶会があったそうです。伯爵家の女中が私のお友達なんで、聞いたんですけど」

ノークス伯爵は、王宮で官吏として働いている。フェリックスをはじめとして、王宮内で文官、武官としてラザラスを支えている貴族は多い。そして、その中でも高位の貴族は、王城の敷地内に私邸を持っている。伯爵令嬢はその私邸に住んでいて、そこでお茶会を開いたという。よくある話だ。

「陛下がフランシス様を寵愛しているって噂が広まって、陛下を狙っていたご令嬢がたは悔しくて仕方がないんですよ。お茶会に集結して、フランシス様の悪口を言い合って楽しんでいたらしいです」

「やだ、むなし～」

「っていうか、なにそれ、フランシスの悪口って」

「嫉妬ですよ、あることないこと言ってるんじゃないですか」

「ないことばかりよ。ノークス伯爵令嬢って、社交界デビューしたはいいけど崇拝者ゼロって噂の」

「ご本人は王妃になる気満々だから、断ってるって体だけどね」

「王妃とか、無理無理。フランシスのほうが絶対に美人。スタイルもいいし」

「フランシス様のほうが賢いと思います！」

「刺繍もレース編みも、フランシスの勝ちよね」

「剣の腕前とか言っちゃったら、さすがに可哀相か」

「でも、ノークス伯爵令嬢が王妃になって、フランシス様と王妃様と同時に賊に襲われちゃったら、近衛の皆さんはフランシス様を助けに行っちゃうんじゃないでしょうか」

「それあり得る！」

「あるある！」

どっと笑いが起きたが、フランシスは笑えなかった。勿論、今の話は冗談だ。それでも、近衛が王妃を見捨てるなんて言わせてしまうのは、とてもよくないことだ。

「あのね、ここなんだけど」

笑いの波が引いてから、フランシスは今自分が編んでいるところを皆に見せるように差し出した。

「こう編み上げて、立体的にするともっと素敵だと思うんだけど、どう思う？　変かしら？」

「わあ、素敵です。こんな編み方、初めて見ました！」

「すごい、フランシス。これどうやるの？」

全員がフランシスの手元に集中して、目を輝かせるのに、フランシスも笑顔になった。

「編み方の古い本に載っていたのを、再現してみたの。だからどこか古風な感じもするでしょ？」

「そうね。でもそれがこの晴れ着にはぴったりかも。雰囲気が合うし」

「とても綺麗です。もしかして、エストラ語の編み方本だったんですか？」

フランシスが小さく頷くと、裁縫室の女性たちは誰もがフランシスに尊敬の目を向ける。

「複雑は複雑なんだけど、わりと覚えやすいの。みんなもやってみない？」

勿論、みんながやりたいと言ったので、フランシスは自分の持ち分を終わらせたあと、プチ講習会の講師をすることになった。


遅くなった昼食をすませると、フランシスは女官長アンナのもとに向かった。アンナは自室で書き物をしていたところで、手を止めて快くフランシスを迎え入れてくれた。

「深刻な顔ですね。何がありましたか」

「あの、アンナ様は、今の状況をよいとお思いですか？」

思いきって切り出したフランシスを、アンナは優しく見つめると、手を取ってフランシスを椅子に座らせた。

「今の状況というのは、フランシスと陛下のことね？」

「はい。陛下のお側に部屋を頂いて、皆さん、私と陛下のことを誤解しています。私と陛下の間には、その、噂されるようなことはないんです」

ないというのは、少々正確ではないと思われたが、アンナはとりあえず頷いておいた。フランシスがあてがわれた部屋でしか眠っていないのも、二人がまだ一線を保っているのも、アンナは正確に把握していた。

「そもそも、私のように素性の知れない女が、陛下とだなんて、噂が出るだけでも申し訳ないというか、あってはいけないというか」

「フランシスは陛下とそうなるのが嫌なのですか？」

「まさか！　まさかです。そんなこと。陛下をお慕いしない女がおりましょうか。それだけ素晴らしい方だからこそ、私のような者ではなく、家柄のよい、マルタナの誰もが納得する方と結ばれるべきだと思うのです」

「陛下が即位されてから八年。お側の者は口々にそれを言って、数えきれないほどの縁談を陛下に持ち込んだのですが、陛下はそのどれも退けてしまわれました。今のフランシスの話を聞いて、頷かれるとは思いませんよ」

「………」

この十日、夢の中にいるように暮らしてきた。そばにラザラスがいて、いくつも新しい彼の一面を発見して、また恋をして。恋人のように抱きしめてもらえるのに、ただただ酔っていた。ここにいるのはよくないと思いつつ、周囲の誰もがからかっても非難しないので、なんとなくいいことになってしまっていた。

でも、正気に戻って考えてみれば、フランシスがラザラスの相手になるなんて、あっていい話ではない。どこかの伯爵令嬢の感覚のほうが正しいのだ。どこの馬の骨とも知れない女が、そば近くで恋人ごっこをしてもいい人ではない。

(私、頭が変になってる。絶対。幸せすぎて、浮かれて、馬鹿になってる)

ラザラスは国王で、フランシスは身元不明の女官でしかない。何か進展するわけがないし、万が一にも進展するようなことがあったら、困るのは特殊な過去持ちのフランシス自身だ。

(私は、ダナオスの元王女。自殺することしか出来なかった、無能で無力な、愚かな女)

その過去をすべてなかったことにして、ラザラスの恋人になどなれるわけがない。もし仮になれたとして、万が一にも過去を知られてしまったとき、どんなことが起きるのか、どんな迷惑をかけてしまうのか、想像するだけでも体が震えてくる。

（でも、私、私、陛下が好き）

ラザラスにキスをしていいかと聞かれたら、絶対にまた目を閉じてしまう。すがりついてしまう。求められている限り、そばにいたいと思ってしまう。触れられたいと思ってしまう。その強い思いは、もう自分では制御不能だ。

「アンナ様、お願いです。私の部屋を元の場所に戻してくれるように、陛下にお願いしてもらえないでしょうか」

だから、フランシスはアンナに懇願するしかなかった。


アンナは、丁度よく来客との謁見を終えたばかりのラザラスに会うことが出来た。執務室で、フェリックスを含めて三人になると、ラザラスと距離を取りたいと言い出したフランシスとの会話を報告した後、王宮内の事情についても説明をする。

「女官でフランシスを悪く言う者は一人もおりません。フランシスに高い学があることを知っていますし、礼儀作法など、貴族の子女としか考えられない所作を知っておりますしね。女中や下働きの者も同じです。官吏も、一部の頭の固い年寄りなどは、あまりよい顔をしていない者もおりますが、概ね歓迎しています。近衛については、ベルダン様からしてフランシスに肩入れしていますので。もしかしたら、貴族のご令嬢がどなたか、悪さをされたのかもと考えております」

「王妃を夢見てる、どこかのご令嬢が、フランシスを追い出そうと圧力かけてるのかもね」

うんうんと、フェリックスは頷いて見せる。

「だからさ、さっさと進めようよ。うちの養女にする話。母上も快諾してくれたことだしさ」

「フランシスをフォンテーヌ侯爵家の養女にですか」

初耳の女官長は、驚きに声を上げる。

「今までのように、フランシスに女官を続けさせるのは、もう限界だと思うんです、女官長。特に、あの宿舎に住まわせてるのが、危険きわまりない。フランシスみたいな娘には、きちんとした後ろ盾が必要なんです」

「そうかもしれません。この前のようなことが、断じて繰り返されてはなりませんから」

強く頷いて、女官長もそう言った。が、言ってからふと気付いたという表情で、ずっと黙っているラザラスに視線を向ける。

「もしや、陛下がフランシスをお側に置かれているのは、彼女の安全のためだけなのですか？　だとすれば、ラザラスがフランシスを抱かないのも説明がつく。

「え？　そうなの？」

フェリックスからも疑問の視線を向けられて、ラザラスは小さくため息をついた。

「違う」

即答して、また黙ってしまう。フェリックスと女官長は顔を見合わせる。代表して、フェリックスが話し出した。

「陛下がフランシスのことを色々考えてなさっているのは、僕も女官長もわかっているつもりです。ですが、僕たちも、フランシスが大好きで、大切なんです。今、フランシスとどうなっているのか、今後、どうしようと思っているのか、少しだけ考えを聞かせておいていただけると、我々も安心出来るんですが」

ラザラスがフランシスを悪いようにはしないという信頼も、勿論あるのだが。二人の関係はスムーズに進行し、養女の話が決まり次第、婚約の発表でもするのではないかと考えていたフェリックスは、いつまでも恋人未満な関係のままの二人に、ラザラスが何を考えているのか見えなくなっていた。

ラザラスにも考えがあるのだろうし、恋愛なんて本人たちの問題だ。口出しすべきではないと思ってはいるのだが、何も出来ずにただ見ているだけというのも、なかなかにつらい。

「どこかのご令嬢の悪さごときで、フランシスが逃げ出そうとしているとは思えないな。理由はもっと別のところにある」

「別のところ？」

「彼女の、彼女自身のもっと奥深いところさ」

「それって」

フェリックスは眉を寄せる。そう言われて思い当たるのは、フランシスの過去だ。フランシスは決して口を開こうとしない、訳ありとしか思えない、過去。確かに、本気で王妃にしようと思うのなら、フランシスの過去は問題になるだろう。今のところ、調査はすべて空振りで、外国での調査結果を気長に待つか、本人が語ってくれるぐらいしか知る手立てが残っていない。

「少し時間が欲しい。まだ十日だしな」

「待つというわけですか」

記憶喪失の事情を知らない女官長がいるので、フェリックスは端的に聞き返した。

「フランシスには時間が必要だ。あまり急かすと、逃げ出してしまうだろうしな」

ラザラスが待っているのは、フランシスの過去がわかるときだけではないようだった。それが何かはわからないが、フランシスを気遣い見守っているのはわかり、フェリックスは少し安心した。

「待つのはいいですけど、僕たちはどう動けばいいんでしょうか」

「思ったとおりにすればいい。フランシスの逃げ場になってやるのもいいと思う。追い詰められたら可哀相だしな」

フェリックスは、むうと顔をしかめる。

「まさかと思いますけど、陛下がフランシスを追い詰めてるんじゃないですよね。いじめてませんか？」

「それは心外だ」

「好きな子いじめとか、しそうですよね」

ラザラスは声を上げて笑う。

「俺がしているのは、誘惑、だな」

「……フランシスをですか？」

ラザラスは口の端を上げるだけで、答えない。

「フランシスも可哀相に。こんな男に誘惑とか……。負けが見えてますね」

フェリックスがそうつぶやくと、隣で女官長が黙ったまま頷いて、同意してくれた。

その日の夕方、フランシスは約束どおりに執務室を訪問したが、フェリックスからラザラスの留守

を知らされた。

「陛下は視察に行かれたんですか」

「うん、そう。午後にマレバの関係者と会ってね。直接、現地に行ったほうが話が早いって飛び出して行ってしまった。夕方からフランシスに報告書を見せてあげる約束だったって？　申し訳ないって、伝言だよ」

「そうなんですね。本当に突然、行かれちゃうんですね」

「いつものことだよ。それに、明後日には帰るって。前回よりだいぶ短い」

「そうですね」

前回の長い留守の間、フェリックスは色々なことに忙殺されて、とても大変だった。そのことを思い出したせいか、実感がこもってしまったらしい。フランシスは深く頷いてくれた。いい子である。

「フランシスに話があるんだけど、ちょっとだけ時間いい？」

「勿論です」

フェリックスの机がある部屋は、まだ官吏たちが働いていたので、主人は不在だったがラザラスの執務室を使わせてもらう。二人は向き合って座る。なんだか、フランシスとはこんな風に話すこと多いなぁ、しかもラザラスのことばっかりと、フェリックスはちょっぴり悲しい気持ちになる。

「今日の午後、女官長が来て、引っ越しの話をしていったんだ」

「あ、」

フランシスは複雑な顔できゅっと唇を引き結んだ。

「それでね、陛下からは、僕の私邸に居候（いそうろう）するっていうのなら、今の部屋を出てもいいって許可が出たよ」

「フェリックス様の私邸、ですか？」

まあ、意外すぎる回答だろう。フランシスは目を丸くしている。

「王城内に僕の私邸があるのは知っている？　貴族の私邸が多くあるエリアは、フランシスも近づいたことないだろうから、あまり知らないとは思うけど、補佐官だしね、ちゃんとあるんだよ。一応、私兵もいるし、警備はちゃんとしてる。部屋も有り余っているしね」

「でも、フェリックス様の一人暮らしですよね？」

「今はね。もし、フランシスが居候するということなら、領地にいる母を呼び寄せるよ。母は喜んで来るだろうしね」

「そう、なんですか」

つぶやいて、フランシスはうつむいてしまった。それはまあ、そういう反応だろうと、フェリックスも思う。フェリックスの家に養女という話は、女官長さえ今日初めて聞いたことだし。勿論、フランシスはそんな話が持ち上がっていることさえ知らない。いきなりすぎるだろう。

「フェリックス様」

「うん？」

「私は、元の部屋に戻ることは出来ないんでしょうか？」

「うん、それはね、不可能だよ」

潤んだ目を見張り、上目遣いにじっと見つめられてしまうと、何でもいいよと言ってしまいそうになるけれど。

「ごめんね、フランシス。でも、僕も陛下も、それは許可出来ない」

「どうしてですか？　ご心配いただけるのは嬉しいのですが、この前のようなことは、滅多に起ることじゃありません」

「この前のこともあるけど、僕も陛下も、今後のことを心配しているんだ」

「今後は気を付けます。大人しく、おしとやかな女官でいますから」

フェリックスは小さく笑ってしまった。どうやら、今までは大人しくない女官だった自覚があるらしい。

「あのね。すごく価値のある宝石を、そこらへんに放置しておく人はいないでしょ？　誰かに持っていかれちゃうかもしれないいし、乱暴に扱われて傷でもついたら大変だから。宝石には宝石に相応しい扱い方がある。わかるでしょ？」

「……私が宝石だというのですか？」

「そうだよ。隠しておいたんだけど、宝石の輝きは隠しきれない。ずいぶんと多くの人に知れ渡ってしまった。このままだと、誰かに盗まれるか、傷つけられるか、僕は心配でたまらない」

「そんな、フェリックス様、私は宝石なんかじゃ」

「うん、そう言うと思った。でも、君がどう思っているかじゃなくて、君の周囲の人々が、僕と陛下も含めてね、どう思っているかだ。女官長も賛成してくれたよ」

心底困惑しているという顔で、フランシスはうつむいてしまう。膝の上に置いた手が、ぎゅっとスカートをつかむのがフェリックスの視界に入った。

「私……、自由に、女官として、生きていきたいだけなんです。貴族とか、宝石とか、そういうのは関係なく」

「女官用の宿舎で生活したい？　でもね、フランシス。もし、すごく強引な貴族が君に一目ぼれでもして、君を強引に領地に連れて帰ったらどうするの？　相手は貴族、君はただの女官。抵抗出来ないよ？　僕たちだって、女官を連れ去られて抗議はするけど、君の身柄を引き渡せと求める権利はない。罰する権利もね。もし、君を連れ戻すことに成功したとしても、君はもう強引な貴族の妻になってるだろう。妻ならまだいいよね。愛人かもしれない。それでも、自由？」

「でも、フェリックス様」

「官吏にも近衛にも、君に好意を抱いてる男はたくさんいるよ。その中の誰かが夜這いに来たらどうするの？　あの宿舎、その気になれば入り込むの簡単なんだよね。警備強化をするように陛下は命じてくださったけど、どれだけ強化したって完璧じゃない。君が剣を使えることも、護身術も弓も習っているのは知っているよ。でも、常に武器を持っていられるわけじゃない。体の大きな男に組み伏せられたら、どれだけ抵抗が出来るか、君はもう知っているでしょ。それでも、自由なの？」

青ざめたフランシスに、フェリックスは思い出させてごめんねと謝る。

「僕も陛下も女官長も、君が宿舎に戻ることは反対だ。だから、僕の家か、今のままか、フランシスはどちらかを選ばないといけないよ」

きゅっと唇をかみ、フランシスはうつむいた。

「……少し考えさせてもらってもいいですか？」

「勿論、いいよ。でも、考える必要はあるの？」

「え？」

ようやく顔を上げたフランシスに、フェリックスは困った顔を見せる。

「いいかい、僕はフランシスがうちに来るのは大歓迎なんだ。そこは間違えないでほしいんだけど、どうしても今の部屋から出ていきたいの？」

「はい」

強く頷いたフランシスに、フェリックスは仕方がないと息をつく。

「じゃあ、具体的にいくよ。まず、朝ね。今、フランシスは陛下と一緒に朝食でしょ。その後、二人で一緒に近衛に行って、フランシスは剣の稽古したり、時々は陛下とベルダンの遠乗りにも連れて行ってもらってるわけでしょ？　僕の家に来たら、それなくなるよ？」

「あ、えっと、そうですね」

「朝食は僕と一緒になるかなぁ。母上はもっと遅い時間だし。近衛に行ける時間も、今より遅くなるよ。もしかしたら、朝稽古は出来なくなるかも。僕の出仕時間はもっと遅いし、陛下がフランシスを一人で歩かせるとは思えないからね」

「…………」

「日中の仕事と昼食は今と変わらずだけど、夕食は家に帰って食べてもらうことになるかも。母がそう希望するだろうから。フランシスは今、女官たちの食堂だよね」

「はい」

ラザラスは仕事が忙しく、時間も不規則なので、昼食と夕食の時間が定まらない。なので、フランシスが一緒にとっているのは朝食だけで、それ以外は今までどおり女官たちと食堂だ。勿論、ラザラスとの食事がつまらないということではなく、女同士の気安い食事は別の意味で楽しいのだ。

「夜、今は陛下の執務室で勉強したり、読書したりしてるよね。陛下の仕事が早く終わったら、二人でセルマー様のところに行ったりしてるでしょ。いいワイン持ってさ。楽しそうだよね。それ、なくなるけど。いいの？」

赤くなったり青くなったり、百面相のフランシスを、フェリックスはちょっぴり意地悪な気分で眺めていたが。優しい口調で、わかりきった結論を促してみる。

「今のままがいいと思うけど？」

「でも、フェリックス様。私みたいに素性の知れない女が、陛下のお側にいるとか、駄目だと思うんです」

「自分のそばに誰を置くかは、陛下が決めることだよ。あの人、結構、人の好き嫌い激しいし」

「でも、フェリックス様。陛下に相応しいのは、マルタナのちゃんとした貴族の」

「それ、陛下に言ったら怒られると思うよ」

目を潤ませ、フランシスは黙ってしまった。

「フランシスはどうしたいの？」

さっきから、こうしなければならない、こうあるべきだという話ばかりで、彼女自身の気持ちは全くない。

「陛下と過ごしたい？　距離を置きたい？　距離を置きたいなら、うちに来ればいい」

「でも、フェリックス様」

ぷっと、フェリックスは小さく吹き出す。

「さっきから、でもでもばっかりだなぁ、フランシスは」

「……申し訳ありません」

「周囲がどう思うか、フランシスが心配することじゃないよ。そんなこと、陛下は百も承知でやってるんだから」

「……陛下はなぜそうしているんでしょうか」

　小さな小さなつぶやき。うつむいたままの。それは多分、フランシスが一番聞きたいことだったのかもしれない。フェリックスは、フランシスの頭頂部のつむじを指先でつつく。

「陛下のことより、自分がどうしたいか決めて、全力でぶつかっていくことをお勧めする」

　はっと、フェリックスを見上げたフランシスの目は、涙に潤んでいた。

　フェリックスはため息を押し殺す。

（これはあれだ。それほどまでには、陛下を愛してないってことだよね）

　言い訳して、自分の気持ちにストップをかけられているうちは、まだまだその気持ちは未成熟ということ。そこには、フランシスの過去も関係しているのかもしれないから、言い訳というよりも、もっと深い事情があるのだろうけれど。

（それでも、色々な事情を乗り越えてでも、女官としての自由を差し出してでも、陛下が欲しいとはならないわけだもんなぁ）

　身分とか過去とか、周囲の評価とか、すべて振り切って、それでも自分を望んでほしい。それぐらい愛してほしい、欲してほしい。ラザラスはきっとそう望んでいる。それぐらいの気持ちがないと、ラザラスの隣ではやっていけないと、フェリックスも思う。

（確かに、これは時間が必要なのかもしれない）

そこまで誰かを愛するなんて、簡単なことじゃない。フランシスだってまだまだ逃げ腰だ。強く言いすぎたら、私なんて相応しくないと言って逃げ出していってしまいそうなぐらいに。

しかも、ラザラスはきっとフランシスに何も言っていない。結婚どころか、愛しているという言葉さえ言っていないから、フランシスはこんなに不安そうなのだろう。それはきっと、その愛の告白さえフランシスからしてほしいと願っているからではないだろうか。本当に容赦がない。

だが、ラザラスの気持ちも少しだけわかる。フランシスという女性は、一度こうと心を決めれば、王妃という立場だってやってのけそうな強さが透けて見えるから、どうしても期待してしまう。

(それで、誘惑をしているか。なるほどね)

ラザラスが初恋だというフランシスの想いは、まだそこまで成熟しているとは思えない。だから、初心なフランシスの恋心を誘惑して刺激して、その想いが育つのを促している。

硬いつぼみのようなフランシスの想いが、自然と開くまで。美しく咲いて、甘い香りでラザラスを魅了しようとするまで。それまで、誘惑という甘すぎる栄養を与えながら、ラザラスは待つつもりなのだ。

翌朝。当たり前だが、朝食はフランシス一人だけだった。

「陛下がお帰りになるまで、食堂ですませるわ」

自分一人のためにマリーに給仕させるわけにはいかない。だが、そう言われて、マリーはちょっと不満そうな顔になった。

「ですが、フランシス様。陛下はきっとフランシス様にはこちらで朝食をとってほしいと思われています」

「そうかしら？」

「勿論です！　ですから、陛下がいらっしゃらないときでも、朝食はぜひこちらで」

「うーん」

「それに、陛下はいつお帰りになるかわからないですよ？　いきなり朝食の席に現れたりするんですから」

ラザラスがいないからだろうか、マリーはいつもより口数が多い。女同士の気安さと、一人のフランシスを気遣ってくれているのだろう。

「あのね、こういうのは聞いちゃいけないとわかっているんだけど」

口にしてすぐ、フランシスは後悔し始めていたが、出してしまった言葉は戻らない。マリーは目をきらっと輝かせ、顔を寄せてくる。

「ここだけの話ってことですよね。陛下のことですか？」

「えっと、あの、……以前にも、私みたいに陛下と朝食をご一緒していた女性はいるのかなって。や、やっぱり、今のなし！　ごめんね、マリー」

「なしにしなくていいですよ。ふふふ。フランシス様もようやくそういうことを気にするようになったんですね」

「マリー、もういいから」

「恥ずかしがらなくてもいいじゃないですか。普通の疑問ですよ。陛下と一緒に朝食をとった女性は、王太后様は別にすると、ただの一人もいらっしゃいません」

「そ、そうなんだ」

「ちなみに、寝室に連れ込んだ女性もゼロですよ」

フランシスも連れ込まれていないようだけどと、マリーは真っ赤になってテーブルクロスを睨んでいるフランシスの横顔を盗み見る。ラザラスとフランシスの寝室を整えているマリーは、二人がまだそういう関係でないことを知っている。勿論、女官長に報告する以外は誰にも話していない。周囲は二人の関係をそういう意味では誤解しているけれど、訂正しようとも思わない。

「陛下はあのとおりの方ですから、寝所に忍び込もうとする女性が後を絶たなくてですね。官吏たちもお妃候補を送り込もうとしていた時期もありまして、寝室に押しかけたお嬢様は何人か私も知っていますけど、全員追い払われてますから」

「徹底しているのね」

「陛下ですからねぇ。相手をしてもらったという女が現れたりしたら、私も私もって大勢押し寄せそうな気がしませんか？」

「そうね。自分に自信のある姫君なら、強引に迫っちゃうだろうなぁ」

そう言うフランシスは、自分に自信はあまりないようだ。とても綺麗な所作で、ティーカップからお茶を飲む横顔には、ほろ苦い表情が浮かんでいる。

「あの姫君なら陛下に選ばれてもって、周囲が納得するような方でないと大変ですよね」

「そうね」

それ、貴女のことですけど？　と、マリーは心の中でだけつぶやいておく。ひっつめにしている銀の髪は、その輝きを隠せなくなっている。髪に灰をまぶして目立たなくさせていたのをやめたのが大きい。最近、暖炉の灰に指のあとがつかなくなった。真っ白で陶器のような肌は、遠乗りに行くようになってからほんのり日焼けして健康的になった。長くて濃いまつ毛が頬に作る影には、マリーも時折見とれてしまう。そして、青い瞳のなんて美しいこと。ラザラスの目は緑玉よりも美しいが、フランシスの瞳も青玉より美しい。早くフランシスに豪華なドレスを着せて、あの髪を複雑で美しい形に結い上げたいと、マリーはフランシスを飾り立てる計画を立てている。

「明日の朝食も、こちらでお願いしますね、フランシス様」

「はい」

ちょっと困ったように、でも優しくほほ笑んで、フランシスは小さく頷く。マリーも笑顔になって大きく頷いた。

その日は一日、いつもどおり忙しく過ごした。

朝はベルダンに遠乗りに連れて行ってもらった。海岸までならと、ラザラスが許可を出してくれたそうで、朝の冷たくて気持ち良い空気の中、馬を走らせるのは素晴らしかった。

午後はエストラ語の本を一冊翻訳し終わって、女官のみんなにとても喜んでもらえた。さっそく、回し読みするという。弓の練習も好調。だいぶ的にあたるようになってきたし、筋肉痛も楽になってきた。弓を使う筋肉が鍛えられ始めたからだろう。

とても充実した一日だったが、夜、部屋で一人になった途端、寂しくなった。暖炉の前の肘掛け椅子に足を抱えて座り、膝の上に頭をのせる。

寂しいのは、ラザラスがいないからだ。最近は毎日、ラザラスと会っていた。たくさん話をして、抱きしめてもらってキスされた。ラザラスに触れてほしい。ぎゅっと抱きすくめられたい。あの緑玉の瞳で見つめてほしい。いつから、こんなに贅沢（ぜいたく）になってしまったのだろう。

今夜は特にラザラスに会って、直接話を聞きたかった。今日の夕方、いつもの報告の時、女官長が話してくれたのだ。水面下で、フェリックスの侯爵家に養女として入る話が進んでいるらしいと。そして、その話を受けるべきだと助言してくれた。

正直、フランシスはもう貴族はこりごりだと思っている。贅沢には、権力には、それ相応の義務が課せられる。少なくとも、フランシスは幼い時からそう教えられた。王女エヴァンゼリンは、自殺して自分の王位継承権を叔父に譲り渡し、宰相（さいしょう）の息子を王配にしないことでその義務を果たしたと思っている。それぐらいしか出来なかった自分が情けないけれど、今考えても、それがエヴァンゼリンに出来る最大だった。

義務から解放され、フランシスという新しい自由な人生を始めたはずだった。ラザラスの国で、国王の庇護（ひご）を受けて、自分の人生を歩むはずだった。

（それなのに、また貴族？）

今度はどんな義務を背負うのだろう。マルタナという国？　フェリックスの侯爵家の繁栄？　侯爵家の領地に住む領民の幸せ？　どれもこれも、ぴんとこない。

（陛下はどうして私なんかを侯爵令嬢に？）

もし今、フランシスがここを出てフェリックスの私邸に引っ越して、養女になることが発表されたら、フランシスがここにいたのはそのためだったと周囲は思うだろうか。暴漢に襲われ、侯爵家の受け入れ態勢が整うまで、王宮で預かっていただけだったのだと納得するかもしれない。そして、時間がたてば、誰もフランシスとラザラスの仲を噂したりしなくなる。そのうち、侯爵家令嬢として、相応しい誰かに嫁いだりするのだろうか。

（だから、陛下は私を抱かないの？　陛下はそれを望んでいるの？）

いいえ、違う。そんなことない。最初からそのつもりなら、ラザラスはキスなんてしてこない。抱きしめたりだってしない。ラザラスはそんな風にたわむれに女性に触れるような人ではない。

（フェリックス様も、どうして何も言ってくださらなかったの？）

養女の話は一切してこなかった。だが、ラザラスと距離を置きたければ、家に来ればいいと言ってくれた。フランシス自身が、ラザラスとの関係をどうしたいのか決めろとも言っていた。

（……私に決めろということ？）

ラザラスも、キスをする前に必ずフランシス自身の意思を確認してくる。フランシスが拒否をすれば、きっとラザラスは指一本触れてこない。

（逆に、私がもっと欲しいと願えば、陛下はそうしてくれるということ？）

その思いつきに、どくりと胸が音を立てた。もっともっとラザラスが欲しい。もっと触れてほしい。もっと親密な関係になりたい。心は正直で、そうなれるかもと思うだけで、胸が高鳴った。

（でも、でも、）

ラザラスが欲しいという気持ちだけで、前に進んでいって、それでどうなるのか。ダナオスの元王女という過去は、消えてなくならない。万が一、ラザラスに知られてしまったらどうなるか、想像するだけでも体が震えてくる。

（でも、陛下なら、もしかしたら）

度量の広い、器の大きなラザラスなら、そんな過去だって受け入れてくれるだろうか。そんなことを一瞬でも考えてしまった自分を、フランシスはあえて声に出して小さく笑い飛ばす。

元敵国の元王女だなんてマイナスの過去を上回る魅力が、自分にはあるだろうか。自殺することでしか故国に貢献出来なかった愚かで無価値な女を、ラザラスが欲しいと思うだろうか。

涙があふれ、頬を伝い落ちてくるのに、フランシスは抱えた膝頭に額を押し当てる。

さっきから、でもでもばっかりだなぁと、フェリックスにあきれられたことを思い出す。確かに、自分の思考は、さっきからでもでもばかりだ。でも、フェリックスだって、フランシスがこんなとんでもない過去を抱えていると知ったら、自分で決めて全力でぶつかっていけなんて、助言するだろうか。彼の大切な国王陛下に、こんな女を近づけたいなんて、絶対に思わない。

（……会いたい、声聞きたい、ぎゅってされたいよ）

矛盾していると自分でも思うが、ラザラスに今すぐ抱きしめてもらいたかった。そうすれば、こんな悩みなんて吹き飛んで、幸せでいっぱいに満たされる。

自分の両腕を体に回して、ラザラスにされるように自分で自分を抱きしめてみる。でも、全く満たされなくて、それどころか恋しさは増すばかりで、フランシスの涙は止まることがなかった。


ラザラスが帰城したのは、予定よりも一日遅い、三日後の深夜だった。

周囲が騒がしくなったのを感じて、フランシスは目を覚ました。誰かの声が聞こえる。そして、扉が閉じる音。もしかして、執務室だろうか。

フランシスはぱっとベッドから起き上がる。大判のショールを体に巻き付けると、部屋の扉をそっと開けて、廊下の様子をうかがう。執務室の扉が開いて、中の明かりが廊下にもれている。人の声や気配も、そこからしているようだ。

（陛下がお帰りになったのかしら）

夜番の女中が、旅行用の分厚いマントを抱えて、執務室から出てくる。ラザラスの物だと、以前にそのマントを片付けたことのあるフランシスにはすぐわかった。女中はこちらへと歩いてくるので、そっと扉を閉ざす。そして、女中が部屋の前を通り過ぎてから、また少しだけ扉を開けた。今度は、官吏が二人、執務室から出てくる。そして、執務室の扉をきちんとしめて、女中とは反対のほうへと廊下を歩み去った。

廊下がしんと静まり返ってから、フランシスは静かに廊下に出る。すでにベッドに入っていたので、寝間着しか着ていない。厚手のショールで体は隠されているといっても、本当なら人前に出る格好でないのはわかっていたが、どうしても我慢が出来なかった。

音を立てないように執務室の扉を開ける。いつも、フェリックスと官吏たちが詰めている前室には、誰もいない。前室の明かりは落とされていたが、奥のラザラスの執務室からは、明かりがもれていた。その時のフランシスには、執務室にラザラス以外の誰かがいるかもとか、誰かにこんな格好でいるのを見られたらなんて言われるかとか、色々なことは全部頭から抜け落ちていた。あったのは、ラザラスに会いたいという強い気持ちだけ。ドキドキしながら開けた扉の向こうには、三日ぶりに見るラザラスの姿があった。

「フランシス」

大きな執務机の向こう、肘掛け椅子に腰をかけたラザラスは、手にしていた書類を机に放ってフランシスに笑顔を向けてくれた。

「陛下！　おかえりなさい」

「ただいま」

　フランシスは走って机の向こうにいるラザラスに近づくと、その勢いのままラザラスの頭にしっかりと抱きついてしまう。ラザラスは椅子に座っているので、彼の頭を胸に抱きかかえるような体勢になった。

「熱烈大歓迎だな」

「予定では、昨日お帰りのはずでしたよね」

「俺の予定変更なんて、いつものことだって、フェイは言わなかった？」

「おっしゃっていましたけど、でも」

「フランシス、今帰ったばかりで、汗かいてるし埃だらけだから」

　腕をつかんだラザラスが、フランシスを離そうと力を入れたのを感じて、フランシスはしっかりとラザラスの頭にすがりついた。言われてみれば、ラザラスの汗の匂いがした。でも、いつもよりラザラスの匂いが強く感じられて、彼の匂いが大好きなフランシスにはむしろ嬉しくて、大好きな金の髪に頬をすり寄せる。

「じゃあ、こっち」

　そんなフランシスに苦笑して、ラザラスは自分の膝の上にフランシスを横抱きに座らせた。ラザラスの長い腕がフランシスの背中に回る。その感触に、体中が歓喜する。もっと触れたくて、触れてほしくて、フランシスはラザラスの胸に両腕を回してすがりついた。

「会えなくて寂しかった？」

　どこかからかっているような口調だったが、フランシスはラザラスの胸に顔を埋めたまま、素直に頷いて見せる。ラザラスが低く笑うのが、胸の振動で感じられる。フランシスをなだめるように、片手がフランシスの頭に回って、髪をくしゃっとされる。それなのに、もう一方の手は、さっき机に放りだした書類へと伸びるのが目の端に入った。

「陛下」

　フランシスは顔を上げると、ラザラスの首に両腕を回す。そのまま、驚いたように目を見張っているラザラスの頭を引き寄せると、自分から唇を押し当てた。フランシスからする、初めてのキス。押し当てただけで、離そうとした唇を、今度はラザラスが追いかけてきてくれた。強く抱きしめて、いつもの情熱的なキスをくれる。フランシスはそれに夢中になった。

　舌を絡めあって、唾液を交換して、何度も何度も唇が重なる角度を変えて。長いキスが終わると、フランシスは息を乱し、くったりとラザラスの胸に熱い体ですがりつく。

　フランシスはラザラスが欲しくてたまらなかった。もっとキスしたかったし、もっとラザラスに触れたかった。だが、ラザラスはゆっくりと落ち着かせるようにフランシスの背中をなで始めて、キスを終わりにしようとしていた。

　いつもそうだ。ラザラスはこれ以上を求めてこようとしない。これまでのフランシスは、それでも十分に満足していた。だが、今夜は足りなかった。

「陛下」

　フランシスはラザラスの胸に顔を押し当てたまま、ラザラスの片手を両手でしっかりとつかむと、その手を自分の胸元に引っ張っていった。

「フランシス？」

「あの、……触れて、ください」

「じゃあ、名前を呼んで」

「え？」

思ってもいなかった切り返しに、フランシスは驚いて顔を上げてしまう。フランシスを見つめていたラザラスと、至近距離で目と目が合う。

「陛下じゃなくて、ちゃんと俺の名前」

「……ラザラス様？」

「様はいらない」

呼び捨てにしろと言われて、フランシスはふるふると首を横に振る。

「二人きりのときだけだ」

「でも」

「いやなら、ここまで」

ラザラスの口元が、にやりと笑ったのは気のせいだろうか。フランシスの両手につかまれていた手を取り戻し、ラザラスはフランシスの頬に手を回して、フランシスがうつむくのを阻止した。

「……二人きりのとき、だけ？」

「そうだ」

「……ラザラス」

小さな声で囁いてみる。

「もう一度」

「ラザラス」

ほほ笑むラザラスに、唇を塞がれる。

「もう一度」

耳たぶを甘噛みしながら、囁かれる。

「ラザラス」

フランシスはラザラスの首筋に顔を埋める。ラザラスの大きな手が、寝間着の上からフランシスの乳房に触れた。

「あ、」

ラザラスの広い肩に、フランシスはぎゅっとすがりつく。目を閉じて、ラザラスの手の感触を追う。寝間着の胸元のリボンがほどけると、とても簡単に前がはだける。ショールはとっくに床に落ちていて、寝間着はフランシスの肩を滑り、ラザラスの前に素肌をさらした。

「綺麗だ、フランシス」

囁かれて、背中をぞくぞくっと何かが走っていく。ラザラスは両手で乳房を揉みしだきながら、耳から首筋、鎖骨、乳房へと唇を下ろしていく。

「あっ」

ぎゅっと乳首を吸い上げられて、フランシスは高い声を上げてしまった。ラザラスの唇が触れているところから、体中にぴりぴりとしたものが走っていく。でも決してそれは嫌なことではなくて、むしろ気持ち良すぎるぐらいで。ドキドキしながら、自分の胸元に視線を向ける。白い乳房を包み込む、ラザラスの大きくて日焼けした手。目を伏せて、顔を埋めるように、舌で乳首を愛撫（あいぶ）しているラザラスの頭を、フランシスはしっかりと抱きしめる。

ラザラスの手は、フランシスの体の線を確かめるように、乳房からお腹を通り、腰のまろやかな曲線をたどっていく。そして、フランシスの秘められた場所へと指先が進むと、フランシスは声もなく鋭く息を吸って、体をぴんとこわばらせた。

「ラザラス……」

でも、指先の侵入は止まらない。柔らかな毛をかき分け、ひどく敏感な芽をかすめ、しっとりと濡（ぬ）れ始めていた秘裂の中へと吸い込まれていく。ラザラスの長い指が、ゆっくりと入ってくる感触を、フランシスはしっかりと感じ取る。体がふるふると震え、熱い息が体の奥の熱を逃そうと、いくつもため息をつかせる。中に入った指が動かされて、水音が聞こえる。自分が濡れていることを知らされて、フランシスはますます強くラザラスにすがりついた。

「あ！　やっ、それっ」

敏感な肉芽を指先できゅっとつままれる。今までで一番の強い快感が、フランシスの体を走り抜けた。同時に、秘裂の中に指がもう一本追加される。そして、ラザラスがフランシスの首筋をねっとりと舐（な）めあげながらつぶやく。

「ここを舐めてやりたい」

とても敏感なそこを、ラザラスに舐められるのを想像してしまった。指先が、そこを舐めるように、下から上へと強くすられて、フランシスは頭の中が真っ白になった。

「あ、あ、あ」

肩に崩れ落ちてきたフランシスを、ラザラスはなだめるように優しく背中をさする。

「可愛いフランシス」

そして、フランシスの顔を上げさせると、その頬に額、唇へと小さなキスの雨を降らせてくれた。

ほんの少しだけ恥ずかしかったが、フランシスはうっとりとされるままになっていた。だが、ラザラスの手がフランシスの寝間着をひっぱり上げて、胸元のリボンをしっかりと結びなおすと、思わずそのラザラスの手をしっかりと握りしめてしまった。

「ラザラス、どうして」

震える声で、でも恥ずかしくても懇願せずにはいられず、フランシスは握りしめたラザラスの手にすがりつく。だが、ラザラスは答えず、密着しているフランシスと距離を作るように、肘掛け椅子の背もたれに寄り掛かってしまった。

ラザラスがここで終わりにしようとしているのは、明らかだった。どうして抱いてくれないのか。ここまで触れてくれたのに、どうして最後までしてくれないのか。フランシスの目には自然と涙があふれてくる。あふれた涙が頬を伝い落ち、それをラザラスの指先がぬぐい取った。

「俺が欲しい？」

フランシスを見つめるラザラスの目には、明らかに熱がこもっていた。フランシスが欲しいと、言ってくれていた。それに勇気を貰い、フランシスは大きく頷いてラザラスの胸にすがりつく。

「俺も君が欲しい。君の全部が欲しい」

フランシスの体に腕が巻き付いて、しっかりと抱きすくめられる。

「君を愛している、フランシス。俺の妻になってほしい」

「……え」

驚いて、フランシスは顔を上げる。すぐ近くで、緑玉の瞳がフランシスを見つめていた。

「マルタナの王妃になってほしい」

「ラザラス」

フランシスが身じろぎすると、背中に回っていたラザラスの腕から力が抜ける。ラザラスの膝の上、フランシスは背筋を伸ばして座りなおすようになった。そんなフランシスを、ラザラスは背もたれに深く寄り掛かったまま、優しい目で見つめている。

「俺は強欲なんだ。君の何もかもが欲しい。意味、わかる？」

「…………」

「わかったね？　俺は、君の今も未来も過去も欲しい」

フランシスは答えられなかった、ただ息をのんだ。

「今の君が俺を愛してくれるなら、未来を約束してくれるなら、過去はいらないかもしれない。だが、君が背負っている過去は、あまりにも大きい。未来にも、きっと影響してくるだろう。それに、その過去は君の中でとても大きくて、独占欲の強い俺は、知らなくてもいいとはとても言えない」

ラザラスも熱く見つめてくるだけで、フランシスに触れようとはしない。

「俺は何もかから君を守りたい。君を幸せにしたい。そのためには、君の過去を知っておく必要があると思っている」

ふるりと、フランシスは首を横に振った。

「知ったら、きっと、私を疎(うと)まれると……、嫌われることになると思います」

「ならない。絶対にならない」

同じように、ラザラスも首を横に振った。

「君が何者でも、俺は君を愛している自信がある。君が過去にどんなことをしていようと、俺の君への愛は変わらない。確信しているからこそ、君に愛していると告白した」

また一粒、こぼれ落ちたフランシスの涙を、ラザラスは自分の唇で吸い取った。

「愛しているよ、フランシス。君のすべてが欲しい」

「……抱いてくれないのに」

「一度抱いたら、君を離せなくなる」

涙に濡れた頬、そして唇に小さくキスを落とし、ラザラスはそう苦笑した。

「君を愛人にはしたくない」

「愛人でもいい」

次々涙をこぼすフランシスの、両頬を両手の中に閉じ込める。

「それなら、俺はいつか別の女を王妃に迎えなければならない。その女と子供も作る必要がある。君は俺を他の女と共有出来るのか?」

ラザラスの手首を握りしめ、フランシスは小さく、でも何度も首を横に振る。

「俺を信じて、すべて打ち明けてほしい。俺の君への愛は変わらない。約束する」

また首を横に振ろうとするフランシスを、ラザラスはキスで押しとどめる。

「君のすべてをくれるなら、俺のすべてを君にあげよう」

「ラザラスのすべて……」

うつむいてばかりだったフランシスが、顔を上げた。涙のあふれる目を瞬（まただ）かせ、ラザラスを見つめる。フランシスの瞳の美しさに、ラザラスは目を細めて見入った。

「君の人生は俺の人生となり、俺の人生は君の人生となる。この先の未来、俺たちはすべてを共有しよう。そして、二人で幸せになろう。俺たちになら、きっと出来る」

ぎゅっと抱きしめられ、フランシスはラザラスの胸の中で目を閉じる。ラザラスの言葉が嬉しい。心が震えるほど。こんなに熱烈な愛の告白をされたのは、生まれて初めてだ。

だけど、とても怖い。

「……時間をください」

「勿論、待つよ」

優しいラザラスの囁き声に、フランシスは涙が止まらなくなった。

第七章　第三の選択肢

翌日。

フェリックスは朝からラザラスの留守中にあったことの報告をする。幸い、事件などはなかったが、今は水路と街道の準備に忙しく、絶えず何かしら懸案事項が発生している。ラザラスの裁可を待って保留にした件、即決が求められてラザラスの判断を待たずに決めた件、報告しなければならないことはたくさんあった。

だが、朝からラザラスはどこか眠たげで、いつもの覇気が感じられない。視察に出かけたぐらいで疲れ果てるような、やわな人ではないのだが。

「寝不足ですか？」

これはもう聞いていないなと判断し、フェリックスは報告を中断する。

「すまない。帰ったのが深夜だったから」

「それでも、睡眠はとったのでしょう？」

「ほぼ寝てない」

「一晩徹夜したぐらいで、報告が聞けなくなることなんてありましたっけ？」

フェリックスの嫌味に、ラザラスは苦笑をもらす。

「夜に馬を走らせるのは疲れるんだ」

「でしたら、朝になってからお帰りになればよかったのに」

「フェイは冷たい。俺は急いで帰ってきたのに」

「フランシスに会いたかったからでしょ」

冷たくしらっと言われて、ラザラスは声を上げて笑った。そこに、執務室の扉にノックがあり、返事をする前に向こうから開く。姿を見せたのはベルダンだった。

「お元気そうで、陛下。朝、お姿を見なかったので、心配しておりました」

「陛下は寝不足なんだそうですよ」

「寝不足の原因は、フランシスでしょうよ。フランシスの寝不足のほうがひどいように見えますがね」

「え！　そうなんですか、知らなかった」

今日はまだフランシスに会っていないフェリックスは驚くが、二人揃（そろ）って朝稽古に現れなかったのを知っているベルダンは、ラザラスに会う前にフランシスに会ってきたらしい。

「王太后様に朗読をするのに、何度も間違えるので、今日は休めと言われたらしい。かなり落ち込んで、馬屋の端っこにうずくまっていた」

「馬屋ですか」

「最近のあいつの癒しはリンだからな」

で？　と、ベルダンはラザラスに説明を求める視線を向けたが、ラザラスは無言だ。無言で、ベルダンに手を差し出す。

「……レオンからの書状です」

ベルダンは小脇に抱えてきた、ダナオスにいるレオンからの書状をその手に乗せた。

「ようやくですね。レオンは何をしているのでしょうか」

「レントに居るそうだ」

書状に目を走らせながら、ラザラスがつぶやく。ベルダンとフェリックスは、壁一面の地図に視線を向ける。レントは、海王の国ダナオスでも最北端にある地方都市だった。マルタナの北にあるダナオスの、そのまた北の都市となると、マルタナからはかなり遠い。

「海路で帰国予定だそうだ」

「レントからなら、そのほうが近いかもしれませんね」

地図の前に立ち、ベルダンはレオンがたどるはずの海路と陸路を指でたどる。

「どうかな。レントからマルタナへ直接海路となると、かなりの遠回りだ。ダナオスの西か東をぐるっと回って、マルタナへ南下することになる。陸路なら、最短距離で王都に向かい、そこから船でマルタナへ南下だ。こっちのほうが絶対に速い」

レントから陸路でマルタナへ戻ろうとするなら、ダナオスの中心を走る街道を王都へと向かうことになる。王都から港へも街道が整備されているし、旅はしやすいだろう。

「女連れらしい」

ラザラスはそう言って二人を驚かせる。

「本当ですか！　本当にそれで帰りが遅かったわけですか！」

「任務の途中で女？　本当ですか、陛下」

あまりにレオンの帰りが遅いので、ダナオスに女性でもいるのではないかと、冗談半分に話していたことはある。だが、レオンは若い男とはいえ、近衛の団長だ。責任ある立場だし、仕事中に公私混同するなんてあり得ない。

「訳ありみたいだな」

ラザラスに書状を渡され、ベルダンが目を走らせる。待てないフェリックスが、隣から顔をのぞかせて一緒に書状を読み始めた。現在、レントにいること。旅の途中、昔なじみの女性と再会し、今一緒に行動していること。その女性を伴って、海路でマルタナへ帰ろうと思っていること。レオンからの書状は、非常に簡潔な内容だった。誰かに見られることを警戒しているのだろう。逆に言えば、見られると困るような立場にあるということになる。

「その同行者は、堂々と街道を歩けない境遇なんだろう」

事情を書いていないということは、この書状を盗み見るかもしれない誰かに知られては困るということなのだろう。

「ダナオス国境に迎えに行きますか」

ベルダンの申し出に、ラザラスは少し迷った末に頷（うなず）いた。

「軍艦は出すなよ。商船に何人か海軍兵士を乗せてもらうんだ。レオンの事情も、ダナオスの様子もわからない。あくまで商船の船員として、港でレオンを見つけられたら幸運ぐらいのつもりで」

「承知しました」

一礼して、ベルダンは指示を実行するために執務室を出ていく。見送って、ラザラスは肘掛（ひじか）け椅子の背もたれにぐったりと寄り掛かった。

「ダメだ。今日はもう休むことにする」

「フランシスもそう言っているんですかね？」

まだフランシスと寝不足の話を忘れてくれてなかったフェリックスに、ラザラスはため息をつく。

「ため息つきたいのはこっちですよ。フランシスとのことはどうなってるんです？　昨夜、二人の間に何かあったんですか？　聞きたくてたまらないのを我慢してるんですよ」

「聞いてるじゃないか」

「問い詰めてないでしょ！」

「違いがよくわからん」

「いいから、もう今日は休みにしてください。確かに、最近のあなたは働きすぎですからね」

さっさと出ていけと、ラザラスを追いだすように、しっしと手を振る。

「フェイ、ごめん」

今はまだ何も話せない。フェリックスだって知ったところで、フランシスの返事がどうなるかヤキモキして待つだけなのだし。ラザラスも、万が一にもフェリックスや他の誰かに、フランシスへ余計な助言などをしてほしくなかった。フランシスが助言を望むなら、彼女から話すだろうし。彼女の意思で決めてほしい。最後のとても重要な決断だから。

「いいですよ、わかってますから」

この幼馴染(おさななじみ)とはいつもわかり合える。言葉がなくても相手がどう考えているのか、察することが出来る。そんな存在がすぐそばにいることに感謝しつつ、ラザラスはフェリックスに甘えて、今日はもう休みにすることにした。

その頃、フランシスは馬屋でせっせと馬のお世話をしていた。今日の午前中は朗読する予定だったのだがミスばかりで、フランシスの体調を心配した王太后に休むように言われてしまった。

最初は、言われたとおりに部屋に戻ってベッドに横になった。昨夜は色々と考えてしまって、ほとんど眠れなかったから眠ったほうがいいと思ったのだが、眠りは一向に訪れなかった。それなら、体を動かしていたほうがいいと、着替えて馬屋に来たのである。

黙々と体を動かして仕事をしていると、無心になれる。昨夜からずっとフランシスの頭の中を占めている色々が、一時だけだが遠くなる。寝不足に肉体労働はこたえたのか、昼食の後、少しだけと思ってベッドに横になったら、ぐっすりと眠ってしまった。窓の外は、もう夕方になっていた。

（これは、もうダメだ）

一人で抱えているのはしんどすぎる。しばらく、ぼうっとしていたフランシスだったが、気持ちを決めると、えいやと立ち上がった。


「おや、珍しいですね」

「こんばんは」

フランシスが足を向けたのは、セルマーの地下部屋だった。以前よくしていたように、手にはセルマーの夕食プラス自分の分を持っている。部屋の中をさっと見回すと、セルマー一人だけだった。

「最近はいつも陛下と一緒だったのに。一人とは珍しい」

「話を聞いてもらってもいいですか？　出来れば、陛下には内緒で」

おやおやという顔になったセルマーに、フランシスは肩をすくめ、お願いの視線を向ける。笑顔になったセルマーは、フランシスのお願いを聞いてくれた。

皿を出し、ワインを開け、食事を始めながら、フランシスはどう切り出そうと考えていた。

「それで？　陛下から愛していると言われた？」

いきなりそう聞かれ、フランシスは飲み込みかけていた食べ物を喉に詰まらせて、激しくむせた。

「どうしてかって？　そりゃ、あなたからは言わないでしょうからね」

言葉が出ないフランシスの視線の意味を正しく理解し、セルマーはにっこりと答える。

「陛下があなたを想っているのは知ってましたよ」

「セ、セルマー様」

「慌(あわ)てない。ワイン、飲んでくださいよ」

「あの、どうして」

「陛下はフランシスのことをずっと気にかけてましたが、あえて距離をとってましたね」

「それは、どういう」

「あなたの過去を警戒していた」

「…………」

「陛下はマルタナの国王ですから。あの方は、自分だけの幸せのために、国民を捨てるようなことはなさいませんからね」

セルマーはフランシスのグラスに、ワインをつぎ足した。ようやく落ち着いたフランシスは、グラスから新しいワインを口に含む。

「陛下がマルタナを愛しているように、私たちも陛下を愛しています。だから、陛下には幸せな結婚を望んでいます。私も、フェリックスも、ベルダンも、陛下があなたを特別な目で見ていることに気付いていた。同時に、陛下がその気持ちを押し殺そうとしていることにも気付いていた。だからよく、陛下をたきつけたりしてたんですが、あの方も周囲の思惑どおり動く人ではないですしね。でも結局、ご自分で思い切られましたね。告白されたのでしょう？」

「……はい」

隠す必要も、説明も不要だった。セルマーはフランシスよりもずっと、この事態を深く理解していた。フランシスから説明するどころか、解説してもらったような感じだった。

「おめでとうございます。それで、結婚式はいつ？　フォンテーヌ家に養子にいくほうが先かな」

「セルマー様」

なんの疑問もなく、結婚などという単語を出してくるセルマーを、フランシスは戸惑いいっぱいの目で見つめる。

「おや。まさか、断ったとか？」

「陛下は条件を出されました」

「条件？」

「過去をすべて明かすようにと」

それはセルマーの意表を突いたらしい。しばらく黙り込んでいたが、セルマーはため息交じりの苦笑をもらした。

「なるほど。陛下らしい」

「私が何者でも愛していると、そうおっしゃってくださいました」

「信じられませんか？」

「わかりません、正直、自信を持って愛されるとは言えません。私の過去は、陛下にとって、決して好ましいものではありませんから」

「陛下はあなたの過去について、楽観視していませんよ。それでも、なんとか出来ると思えたから、告白したのでしょう」

「そうですよね」

賢いラザラスのことだ、きっとフランシスの過去について、いくつも予想しているに違いない。だが、その予想の中に、ダナオス王国世継ぎの王女エヴァンゼリンは入っているだろうか。エヴァンゼリンでも、ラザラスは受け入れてくれるだろうか。欲しいと思ってくれるのだろうか。

マルタナに短くない時間いて、ダナオスへの悪感情に触れることは少なかった。交易も戦争もない、近くて遠い国。いい意味で、興味がないという感じだ。この国は、北のダナオスよりも、南のほうへとより目を向けている。マルタナの中でもまだ未発展な町の多い南。そして、交易先として南の国々を選択している。想像していたよりも、この国でダナオスの影は薄い。それでも、その世継ぎの王女となれば、最悪の結婚相手の一人になるのは間違いないだろう。

(それに、陛下はまだ世継ぎの王女が自殺をしたことを知らない)

少なくとも、セルマーがそんな話をしたことはない。ダナオスの情報はマルタナに入りにくいので、ラザラスも知らない可能性が高い。知ったとき、どうして自殺したのか、その情けない理由も推察するだろう。愛想をつかさないだろうか。愛してくれるだろうか。

（過去を話して、陛下が受け入れてくださらなかったら？）

敵国の王女を、王城内で働かせる国王はいない。女官はクビになるだろう。王城から出ていかなければならなくなる。今のフランシスが持っているもの、すべてを失ってしまう。

（陛下のそばにもいられなくなる）

一人立ちして、恩返しすると誓ったのに。

だからといって、このまま黙っていることを選べば、恋人としてのラザラスを失うだろう。もう、抱きしめてもらえなくなる。打ち解けた優しいほほ笑み、甘えるような表情、情熱的なキス。すべて失ってしまう。そして、いつの日か、彼のそばに別の女性が王妃として立つのを、黙って見ていなければならなくなる。想像するだけで胸が張り裂けそうだった。

「私は、陛下の幸せを祈っていますが、あなたの幸せも祈っているんですよ、フランシス」

優しくて穏やかなセルマーの口調に、フランシスは思考の海の中から顔を上げた。

「今のあなたにとって、幸せとはなんですか？」

「…………」

「フランシスにとって、です」

「私、助けてくださった陛下に、恩返しがしたいとずっと思っています。それが、今の私の生きる理由にもなっていると思います」

「では、幸せは？」

頭の中に広がった幸せは、ラザラスの笑顔だった。

もっと強くなって、ラザラスの庇護下から出たい。それは、彼と対等の存在になりたいということだ。そしてラザラスに幸せにしてもらうだけの存在ではなく、彼を幸せにする存在でありたい。フランシスの幸せは、ラザラスを幸せにすること。彼と二人で幸せになること。

「答えはもう出ていますね」

優しいセルマーの声に、フランシスは小さく頷く。目を閉ざすと、目尻から涙がこぼれ落ちた。

「……あとは、勇気の問題でしょうか」

告白すれば、受け入れてもらえるかもしれない。黙っていれば失うだけというなら、可能性にかけて告白するしかない。

「悩んでいいんですよ。陛下だって、あなたに告白するまで、ずいぶんと時間がかかりましたしね」

幼い子にするように、セルマーはフランシスの頭をなでる。

「陛下はあなたを選択したけれど、あなたもそうしなければいけないわけじゃない。この城を出るという選択肢もあります。勿論(もちろん)、私はそうしてほしくありませんが。あなたが過去を完全に封印したいと願うなら、この城を出て陛下と離れ、新しい人生を生きていくことも出来ます。あなたがそれを望むなら、私は力を貸しましょう。陛下には内緒でね」

「ありがとうございます、セルマー様」

ラザラスとエヴァンゼリンとも完全に別れて、新しい人生を送る。船に乗って、もっと南の国に行ってもいい。まだ知らない新しい国で、マルタナもダナオスも関係ない国で、まっさらな人生を送る。

「それもいいかな。言葉も通じなければ、風習も慣習も違う国で、新しい人生?」

涙が止まらないけれど、フランシスはセルマーにほほ笑んで見せる。

「あなたは美しくて強い人です、フランシス。一時、たくさんのものを手放さなければならなくても、きっとまたすぐにそれ以上を手に入れられるでしょう」

「……陛下より素敵な男性なんて、いるんでしょうか」

「世の中、広いですよ」

セルマーの示してくれた、第三の選択肢はとても魅力的だ。フランシスは空想の翼を広げていく。

船に乗って、どこまでも遠くへと旅立っていって。広い海の向こうには、ラザラスよりも素敵な男性がいて、しかも彼は海の冒険者だったりする。そして、フランシスに、一緒に冒険しようと誘ってくれるのだ。彼と二人で船に乗って、冒険の旅に出かけていく。知らない言葉、見たことない人種、食べたことのない料理。そして、この世の秘密を解き明かすなんて、どうだろう？

「いいですね。楽しそうじゃないですか」

ワインを飲みながら、セルマーが笑っている。フランシスも、ワインをたっぷり飲みながら、楽しい空想をやめられない。これはただの現実逃避だと、どこか冷めた頭の一部ではわかっていたけれど、空想は止まらなかった。


翌朝。

フランシスは、セルマーの地下室に隣接している病室のベッドで目を覚ました。ラザラスに拾われて、この王城に連れてきてもらった当初、フランシスが使っていたベッドだった。

「フランシス、起きていますか？　朝食が来ていますよ」

「起きてます！　今、行きます」

扉の向こうから、セルマーの声が聞こえてきた。フランシスはベッドから降りると、簡単にベッドを直し、着たまま寝てしまったため、しわくちゃになったスカートを出来るだけ引っ張って伸ばす。

昨夜は、ワインを飲みすぎて、フランシスはふらふらになってしまった。セルマーが泊まっていけばいいと言ってくれたので、甘えてしまったのだ。陛下にはうまいこと言っておきますよと、セルマーが言ってくれたので、安心してぐっすり眠ってしまった。

「昨夜、陛下が来ましたよ」

フランシスが朝食の席に着くと、セルマーがそう切り出した。

「あなたがぐっすり眠ってしまった後でしたけどね」

「ここに泊まって、怒っていませんでしたか？」

「まあ、多少」

「申し訳ありません」

「いいんですよ。ここで休んでいいと、陛下から許可をもらいました。フランシスには時間が必要だと、わかってもらえましたよ」

「ありがとうございます」

「もうすぐ、あなたの私物を持ってきてもらうことになっています」

セルマーの言葉どおり、朝食の終わる頃、女中のマリーがフランシスの荷物を持って来てくれた。

女中マリーは、フランシスのお世話もしてくれていたが、本来なら陛下専属の女中だ。フランシスの用事をさせてしまって申し訳なく、荷物を受け取ってすぐに帰ってもらおうとした。だが、マリーは荷物を渡そうとせず、フランシスが使っている小部屋に入ってくると、持ってきた荷物を収納に片付け始めた。

「マリー、いいのよ、私、自分でやるから」

「とんでもない！　これは私の仕事ですから」

「マリーは陛下の専属でしょ」

「陛下から、フランシス様のお世話をするように、言いつかっております」

　マリーは、フランシスの女官服をハンガーにつるし、ささっとブラシをかける。だが、フランシスの私物などほとんどない。片付けはすぐに終わってしまった。

「ありがとう、マリー」

「あの、フランシス様」

　言いかけて、マリーはぐっと口を閉ざす。女中は主人に対し、聞かれてもいないことを話すものではない。質問などもっての他だし、意見だって許されない。だが、フランシスはマリーの主人というわけではない。少なくとも、フランシスはそう思っていた。

「今朝、陛下は怒っていらしたかしら。私、勝手にここに泊まってしまって」

「いいえ！　怒るなんて、そんな。陛下は、寂しそうにされていました。食欲もあまりなくて。フランシス様がいないと、調子が狂うねって、私におっしゃってくださって」

「あなたにも、ごめんなさい、マリー。今朝は私の分の朝食も用意してくれたのよね」

「いいんです、そんなこと。それより、明日の朝食はどうなさいますか？　陛下とご一緒されるんですよね？」

「それは、まだ、わからないのだけど。……とりあえず、私の分は用意しなくていいわ」

「フランシス様」

マリーが泣きそうな顔をするので、フランシスは困ってしまった。

「フランシス様は、陛下のことが嫌になってしまわれたのですか？」

「何を言うの、マリー」

「陛下は、明日もフランシス様の朝食を用意するようにとおっしゃいました」

出ていったのは、フランシスのほう。マリーはちゃんと理解している。

「マリー」

「……申し訳ありません。差し出がましいことを申しました」

フランシスが困った顔をすると、マリーはさっと居住まいを正し、一歩下がって頭を下げた。

「ごめんなさい、マリー。でも、しばらくここに居たいの。考える時間が欲しいのよ」

「でしたら、私もこちらにフランシス様のお世話をしに来てもよろしいですか？」

「でも、マリーは陛下の専属だし」

「陛下が、そうしてほしいと」

「……わかりました。よろしくね、マリー」

「はいっ」

マリーに押し切られる形で、フランシスは小さく頷いた。


午前中は、図書室でエバンの手伝いをする。フランシスの訳した本が出来上がったおかげで、王太后の読書相手はフランシス以外でも務まるようになった。色々なところで仕事を引き受けているフランシスは、読書係以外の仕事が増えてきていた。

「これはすごく古い地図ですよね」

仕事の合間、フランシスは書庫の壁一面に張られた大きな地図の前に立つ。文書としての価値も相当だが、芸術作品としての価値も高いだろう、大きくて緻密(ちみつ)なダナオスの地図だ。

「すごく古いよ。だから、地図としてはもう使えないと思うな」

エバンも仕事の手を止めて、その地図を見上げる。

「国境線が変わっているという意味ですか？」

「それもあるけど、測量の技術も低くて、正確じゃないんだ。ダナオス島が一番大きく描かれているけど、実際はマルタナ島のほうが大きいしね」

「そうなんですか？」

「そうだよ。この地図はダナオス建国当時のものだから、ダナオス本島を大きく描いたんだろうね」

ダナオス建国当時、領土は大きく三つに分かれていた。王都のあるダナオス本島、北にあるユクタス諸島、そして南の島マルタナ。

二代目のダナオス王は、自分の次男と三男をユクタス公爵、マルタナ公爵としてその地に封じ、ある程度の自治を許し、公国とした。ダナオス王国は長い間、ユクタス公国、マルタナ公国の宗主国として、二つの公国を支配してきたのだ。そのマルタナ公国が、ダナオスから独立したのは、百年ほど昔のことになる。

「マルタナ公国だった当時、マルタナ島の南三分の一ぐらいかな、ダナオスの支配下にはなかったんだ。マルタナ公爵は常に南の勢力と小競り合いを続けていたんだよ。マルタナの南が、北や中央に比べて発展が遅れているのはそのせいでもあるんだ」

「戦争ばかりだったからですか？」

「それもあるけど、海王(かいおう)の守護がなかったからだよ」

フランシスはエバンの顔をまじまじと見つめてしまった。エバンは神官でもない、熱心な海王信仰の信者でもない、博識な知識人だというのに、海王の守護などという言葉が当たり前のように出てきたのがあまりにも不似合いで、驚きだった。

「海王の守護って、実在すると思うよ」

と、フランシスの視線を受けて、エバンは苦笑交じりに言った。

「だってね、まずはハリケーンの数が違うんだ。マルタナ島の南はすごく多い。しかも、何年かに一度は、壊滅的な被害をもたらすようなすごいのがくる。北や中央には、そのレベルのハリケーンは来たことがないんだ。歴史書をちゃんと調べたんだから間違いないよ」

「ハリケーン？」

聞いたことのない単語に、フランシスは小首をかしげる。

「夏から秋にかけてやってくる、物凄い嵐のことだよ。ハリケーンと呼んでいるのは、マルタナだけだと思う」

「ただ単に、マルタナの南がそのハリケーンの多い地域だというだけじゃないですか？」

「南だけじゃない、マルタナ全土がハリケーンの多い場所らしい。気象学者の友人が言うには、ダナオスもそうらしい」

「…………」

確かに、ダナオスにもハリケーンは多く来る。エバンの言うとおり、数年に一度、大きな嵐が来て街を破壊していく。

「ハリケーンだけじゃない、ここら辺の海域って、海が荒れることがとても多いんだ。気象の他に、地形とかも関係しているんだろうね。だから、交易も盛んではないし、漁師も遠くまで船を出さない。豊かになる要素がないというか」

海の恵みを得られず、土地の恵みも、秋にやってくる嵐が根こそぎ奪っていく。ダナオスは、じりじりとそうして貧しくなってきている。

「それでも、海王の守護が存在すると？」

「正確には、存在した、だと思ってる」

「……存在、した」

「だってそうだろう？　マルタナが独立してからのダナオス本土の様子は、こちらにはほとんど伝わってこないんだけど、ダナオスには昔、豊かな漁港がたくさんあった。大きな漁船を持ち、遠洋まで出ていってたんだ。大きなハリケーンがきて、海がよく荒れていたなら、出来っこないだろ？」

そう、出来ない。今のダナオスの漁港の多くは、その理由で廃れている。漁師は勿論いるが、漁船は小型で、遠くまで出ることなどない。

「ダナオスには、海王の守護があり、そのおかげで発展したんだと思うよ。その守護がどういうものなのかわからないけど、ダナオス王国の領土をハリケーンから守ってくれていたのは確かだと思う。そして、その守護は時と共に薄れてきている」

エバンの言うとおりだ。今のダナオスの人々は、海王の守護など実感したことはない。

フランシスは口を開く。

「マルタナの南は、ダナオスの支配下になかったから、海王の守護がなく、ハリケーンの被害によくあっていたということですか？」

「統計的にね。マルタナの南にハリケーンが多かったのは、数字が証明しているよ。マルタナ王国に属するようになってから、ハリケーン被害は減っているのも、数字が証明しているしね」

「マルタナはダナオスから独立して、その守護はどうなったんですか？」

「やはり徐々に薄れてきていると思う。ハリケーンの数はゆっくりと増えてきている」

「でも、マルタナは豊かですよね。豊かになってきているって、セルマー様に聞きました」

「マルタナは昔から気象の研究が盛んなんだ。それから、作物の品種改良も進んでる。その成果がゆっくりとだけど、出てきているんだよ。ハリケーンの発生や進路を予想したり、ハリケーンに強い作物を作ったりね。建築物もハリケーンに強いものへとゆっくりと変化して、普及し始めているし」

ダナオスでは、そんな研究はされていない。しようとも、思わなかった。

フランシスは震える指先を、ぎゅっと拳に握りしめた。

「……マルタナの王様は、賢い人ばかりだったのですね」

「マルタナの賢い王様といえば、このお二人」

と、エバンは地図とは違う壁にかかっている肖像画二枚に視線を向ける。この二枚は、フランシスも王城内でよく見かける。マルタナ王国初代の王と、その父の肖像だ。

「若いほうが、マルタナ初代国王のスタン陛下。その隣は、その父親のジュニアス・マルタナ公爵。マルタナ独立を決めたのは、父親のジュニアス様で、若い頃からその準備をしていたんだ。そして、息子の代でそれを実現したというわけ。このジュニアス様は、ダナオス国王の第二王子で、当時のマルタナ公爵令嬢と結婚してマルタナ公爵になられた方だよ。マルタナ王国の礎を作った方なんだ。マルタナ国民は、スタン陛下を初代国王、ジュニアス様をマルタナの父として敬愛している」

「ハリケーンの研究も、ジュニアス様が？」

「そうだよ。ジュニアス様は立派な研究施設を作り、優秀な頭脳を集め、研究を始めたんだ」

　ということは、ジュニアスはマルタナに海王の守護がなくなることを知っていたのだろうか。だとすれば、それはどうしてだろう？　そもそも、海王の守護とはどんなものなのだろう？　宗教上のありがたいお話ではなく、何かもっと具体的なものなのだろうか。

　世継ぎの王女エヴァンゼリンは、海王の守護について何も知らない。父王からも、何も聞かされていない。譲り受けたものといえば、世継ぎの君の指輪ぐらいだろうか。内側に判読不可能な文字が刻まれた、複製出来ない青玉の指輪一つだけだ。

「驚きました。エバンが海王の守護について、研究していたなんて」

「研究ってほどじゃないよ。マルタナとダナオスの歴史について研究してるだけ。僕みたいに歴史を研究している人たちの間では、海王の守護の正体についても色々議論されているんだよ」

「神殿から不敬だと怒られたりしないんですか？」

「マルタナではないなぁ。フランシスは信仰の強い国出身なのかもしれないな。一度、マルタナの神殿に行ってみるといいよ。きっと驚くから」

　休憩は終わりと言って、エバンは仕事に戻っていく。フランシスはもう一度、大きな古地図を見上げた。

地図の中心には、ダナオスがある。北には、ユクタス諸島があり、その先はない。南には、マルタナ。そして、マルタナより南にも、いくつか島が描かれていた。西には、大陸の一部が記されている。距離がかなりあり、交易はほとんどないが、大きな国がある。ダナオスよりも豊かで、友好的な関係を維持している。

そして、東には何もない。ずっと海だ。東に向かって旅立った旅人は、誰一人として戻ってきていない。永遠に海が続いているのか、たどり着いたのなら戻ってきたくないような、素晴らしい土地があるのか、誰も知らない。ふと、昨夜、酔っ払いながらセルマーとしていた夢物語を思い出した。

(船に乗って、東へ旅に出るのはどうだろう。誰も知らないところへ。そこに行けば、エヴァンゼリンのことなんて、誰も知らない)

世界は広く、様々な考えや価値観がある。マルタナにいるだけでも、今までの常識や価値観をいくつもひっくり返されている。王女エヴァンゼリンの周りには、海王の守護はあったけどなくなってきているよなんて、言ってくれる人はいなかった。

「フランシス、いるか?」

突然、背後から声をかけられ、フランシスは振り返る。書庫の入り口に、ベルダンが立っていた。フランシスと目が合って、こっちへこいと指先を動かしている。今朝、深酒の末に寝過ごしてしまったフランシスは、これは絶対に怒られると、体を小さくして駆け寄った。

「朝、さぼったって?」

「申し訳ありません。二度といたしません」

「当たり前だ。次さぼりやがったら、近衛出入り禁止だ」

「き、厳しくないですか？」

じろりと睨まれて、フランシスはすみませんと深く頭を下げた。

「ふらふらしてんじゃねえぞ」

ばしっと、ベルダンの大きな手で、頭をはたかれた。かなり痛くて、フランシスはくーっと小さくなる。そして、顔を上げた時にはもう、ベルダンの姿は消えていた。


午後、昼食をとりに食堂に行くと、今日の夜に王城に来るという楽団の話で盛り上がっていた。

「フランシス、今度こそダンス楽しみましょうよ」

と、フィアナが興奮した様子で話しかけてくる。

「今度は相手がいないってことないでしょ？　声かければ、近衛の人たち、喜んで立候補してくれると思うし」

「ちょっと、フィアナ。フランシスは陛下と踊るに決まってるじゃない」

「え、でも、陛下はいつも踊らないし」

「そっか、それで、官吏の男どもがそわそわしてるんだ」

皆の視線を追うと、食堂の奥、官吏ばかりのテーブルから、こちらを見ていたと思われる官吏の男性が、慌てて目をそらすのがわかった。名前は知らなくても、見覚えのある人ばかりだった。

「確かに、陛下はいつもダンスが始まると帰っちゃうしね」

「でもそれは、相手がいなかったからじゃない？」

「どうかなぁ。前例がないだけにねぇ」

思い出すのは、前回、フェリックスにダンスに誘われ、ラザラスから距離を置かれたこと。勿論、今回はそんなことはないはず。愛していると、ラザラスは言ってくれたのだし。だが、あの大勢の前で、ラザラスと踊るとか、そんなこととんでもない。ラザラスとの噂を肯定するだけのことだし、何より物凄く恥ずかしい。想像するだけでも、顔が熱くなってくる。

フランシスは女官仲間たちの追及をなんとか誤魔化してかわすと、午後は刺繍の手伝いをしようと裁縫室に向かいかけ、その危険性に気が付いた。刺繍をしながらのおしゃべりは、いつもとても楽しいけれど、今日は間違いなく、フランシスとラザラスのダンスがどうなるかという話になるだろう。

(やめよう)

今日は、一人で翻訳作業をしよう。フランシスはくるりと方向転換すると、翻訳途中の本が置いてある私室、今はセルマーの病室だが、そこに向かおうとした。

「フランシス、よかった、ここで会えて」

すると、前方からフェリックスがこちらに向かってくるところだった。

「補佐官様」

フランシスは腰を折って、丁寧に挨拶する。

「僕との約束を覚えている?」

「え?」

「ダンスを踊る約束だよ」

「あ、はい、覚えてます」

「今夜、楽団が来るんだ。誘ってもいいよね?」

不意打ちだったため、フランシスは咄嗟に表情を取り繕うことが出来なかった。とても魅力的で、マルタナで一番か二番に有力な夫候補でもあるフェリックスからダンスを誘われて、喜ばない女性などいないに違いないのに。

「おや、やっぱり陛下と踊る？」

フェリックスは気を悪くした様子はなく、多分、予想もしていたのだろう、苦笑をもらしていた。

「いえ、いえ、補佐官様」

勿論、ラザラスからは何も言われていない。今日はまだ会っていないのだから当然だ。誘われるかどうかはわからない。でも、ラザラスの前で、他の男性と踊ることは出来ないと思えた。

「困らせたかな？」

「申し訳ありません、補佐官様」

「いいんだよ。でも、陛下と踊らないなら、僕と踊ってね。約束だよ？」

「は、はい」

頷いたフランシスに、フェリックスは満足そうにほほ笑んだ。

「セルマー様っ、お邪魔してもいいですか？」

「おや、フランシス」

本を抱えて飛び込んできたフランシスに、セルマーはちらりとだけ視線をくれた。どうやら、薬の調合中らしい。

「ごめんなさい、お邪魔してしまって」

「大丈夫ですよ。もう終わりますから」

　フランシスは部屋の扉をきちんと閉ざすと、ほっと息をついた。本と書きかけの紙の束を抱えなおし、セルマーの邪魔にならないよう、部屋の隅にある予備の机に近づく。持ってきたものをそこに置くと、やはり予備用の丸椅子を部屋の隅から取ってきて、机の前に腰を下ろした。

「誰とダンスをすることにしたんですか？」

「えっ」

　ぎくりと振り返ると、にやりとした表情のセルマーと目と目が合った。

「昼食を持ってきてくれた女中と、片付けてくれた女中が話していましたよ。あなたが誰のお相手をするのか、誰もが注目していると」

「注目って、そんな……」

「もてますね、フランシス」

「陛下のお相手だって、噂されているせいですよ」

　フェリックスと別れ、ここに来るまで、近衛軍人二人と官吏三人に声をかけられた。今夜の楽団の演奏を一緒に聞きにいかないか、一緒にダンスをしないか、そんなお誘いだった。こんなときでなければ、嬉しかったと思う。以前、楽団が来た時はフィアナが声をかけてくれただけで、一緒に行く人も、ダンスを誘ってくれる人もいなかった。次回、楽団が来る時には、誘ってくれる人が出来るといいと思っていたのだ。

「で？　誰と行くんですか？」

　セルマーはどこか楽しそうだ。

「誰とも行きませんから。ダンスも、フェリックス様に念押しされました。陛下と踊らないなら、踊ってほしいって」

「おや、フェリックスも素早いですね」

「前回、お断りしたので、また機会があったときは踊ってくださいって、お願いしてあったんです」

「そんなこともありましたねぇ」

「セルマー様、見てたんですか？」

「はい」

ふふふと、セルマーが声を上げて笑い出す。

「あの夜の陛下は、なかなかの見ものでしたよ。やせ我慢していてね。あなたを追いかけていきたいのを、ぐっと我慢しているのがすぐわかりました」

「え」

「陛下も踊りたいと思ってますよ。今日は会ったんですか？」

「……いいえ」

あの部屋に住んでいなければ、ラザラスにはほとんど会わない。フランシスの一日の行動の中に、ラザラスとの接点がないからだ。あっても、近衛や馬屋ぐらい。今日はどちらにも近づいていない。

「第三の選択肢、考えてみました？」

聞かれて、フランシスは苦笑する。昨夜の酔っ払いのたわごとでしかないが、夢があって楽しくはなる。

「図書室で古地図を眺めながら、東に旅に出るのはどうかと考えてみました」

「東ですか。それはまた、命知らずな」

「駄目ですか？」

「行くなら、西でしょう。西のほうは、気候も安定していて、海も大荒れせず、高度な文化が花開いているそうですよ。見てみたくありませんか？」

「見てみたいです」

フランシスは即答し、大きく頷いて見せる。

「西になら、定期的に船が出ています。マルタナの西側の港からなので、まずは陸路で西まで出なければなりませんが」

「でも、セルマー様。私、南にも行ってみたいですし」

「行きたいところがたくさんあるのですね」

「はい。マルタナの国内だって、色々行ってみたいです。観光地、たくさんあるんですよね？　私、この王城しか知りませんから」

「いいところがたくさんありますよ」

旅に出るなら、まずはマルタナの都市を回りたい。街道や水路の整備の話を聞いて、名前だけ覚えた都市がたくさんある。そこを実際に訪れて、この目で見てみたい。ラザラスと一緒に。

視察に行くラザラスに同行出来るだけでもいい。馬を走らせるラザラスの後ろではなく隣で、フランシスも馬を走らせて、一緒にマルタナを見たい。そんな自分を想像するだけで、胸が高鳴る。現実逃避に東や西に旅立つことを考えていたときよりもずっと、高揚し幸せを感じた。

ラザラスに会いたくてたまらない。忙しく仕事をして、現実逃避していれば、自分を誤魔化すことも出来た。だが、現実へと戻ってきてしまえば、もう無理だ。

「セルマー様」

フランシスは立ち上がり、いつもの席で調合をしているセルマーの隣に小走りに近寄る。丸椅子を引き寄せて、セルマーの隣にぴったりと寄り添って座る。ごく近くから、セルマーの青い瞳をじっと見上げた。

この王城に来て、最初から、そばにいてくれている人。フランシスという新しい名前もくれた人。ラザラスの側近でありながらも、フランシスのことも考えてくれる人。賢くて、優しい人。

「あとは勇気の問題なんです」

昨夜と同じことを繰り返せば、セルマーは小さくほほ笑み、頷いてくれた。

「教えてください。セルマー様は、私が何者なのか、きっとわかっておられますよね」

セルマーは答えない。だが、目が先を促していた。

「セルマー様がおわかりなら、陛下もわかっておられますよね」

「フランシス。ラザラス陛下は、私の何倍も賢い方ですよ」

「セルマー様は、私がマルタナの王妃になってもいいと、本気で思われますか？」

「ええ。思います」

フランシスの目から涙が、どっとあふれ出る。セルマーは腕を伸ばし、フランシスの肩に回すと、そっと自分へと引き寄せた。

「あなたは幸せにならなくては、フランシス」

優しくフランシスを抱きしめながら、セルマーはそうつぶやいた。

時間は少し戻って、その日の午前中。国王の執務室。

「昨夜はよくお休みになられたようで」

朝から快調なペースで片付いていく書類の山に、補佐官フェリックスはそうつぶやいた。

「休めてはいない」

「わかってます。嫌味ですよ」

仕事は快調だが、ラザラスの顔色はあまりよくない。目の下には薄らクマもあって、眠れていないのが丸わかり。それでも集中力は高く、仕事はハイペースで進んでいる。

「ええっと、余計なことは」

「言うなよ」

断言され、フェリックスは口を閉ざす。朝、ラザラスの専属女中のマリーから、耳打ちされている。そのあと、女官長のアンナとも会った。誰もが、ラザラスとフランシスのことを心配していた。残念なことに、フェリックスは彼らを安心させられる言葉を何一つ持っていなかったが。

その時、扉をノックする音が響く。そして、フェリックスが応える前に、扉は向こうから開いた。そういうことをするのは、ベルダンしかいない。

「陛下」

「どうした?」

ラザラスも慣れたもので、顔も上げずに返事をした。

「楽団が来ています。今夜、演奏会をしたいそうです。許可してもいいですか?」

「フェイ」

「今夜は特に予定ありません。大丈夫です」

「ベルダン、そんなことは部下に任せとけばいいだろ」

ラザラスの言うとおり、近衛副団長自ら足を運んで許可を取るような案件ではない。部下の一人に、執務室の前室にいる官吏にでも許可を求めればいいことだ。

ベルダンはラザラスの執務机の前に歩み寄ると、拳をがんと打ち付ける。面倒くさそうに顔を上げたラザラスを、ベルダンは至近距離で睨(にら)みつける。

「二日寝てない顔だな」

「うるさいよ」

「フランシスは朝練をさぼるし、何があった」

「フランシス、出ていっちゃったんですよ」

と、フェリックスはすかさず告げ口した。

「出ていった？」

ベルダンが恐ろしい顔でフェリックスを振り返る。

「どこに？」

「セルマー様のところです」

一応、王城内にいるとわかったので、ベルダンはほっとしたようだ。

「夕べはセルマー様のところで酔いつぶれたらしくて、朝練は寝過ごしたんでしょうね」

「何があったんだ」

「口を開きません」

フェリックスが横目でラザラスを見る。ベルダンも顔をしかめながら、ラザラスに視線を向けた。だが、二人とも、ラザラスがこうと決めたら口を開けないことを、よくよく知っていた。ベルダンがもう一度拳をがんと打ち付けて身を乗り出す。

「陛下、楽団がくれば、ダンスですよ。いいんですか、フランシスを放っておいて。近衛の連中が、フランシスが陛下と踊らないなら誘おうと言ってましたが」

ラザラスは完全無視で、手元の書類に目を落としたまま、ベルダンを気にするそぶりもない。

「みんな、陛下に遠慮して誘わないとは、ならない感じですね」

「だと思うぞ。陛下はいつもダンス前に帰るしな」

ベルダンとフェリックスは目を合わせる。

「痴話喧嘩（ちわげんか）なのか？」

「かもしれませんが」

ベルダンはあきれたような視線をラザラスに向けると、それ以上は何も言わず、執務室を出ていった。フェリックスはベルダンの出ていった扉に鍵をかけると、ラザラスの前に近寄る。ようやく顔を上げたラザラスに、フェリックスは声を潜めて話し出した。

「フランシスは記憶喪失設定ですから、ベルダンには話せませんでしたが」

「なんだ」

「フランシスは男性とダンスを踊ったことがないそうですよ」

ラザラスの眉間（みけん）にしわが寄る。

「どういう意味だ？」

「ダンス教師は、女性だったそうです。ダンスは大好きで、練習も毎日のようにしていたそうですが、本番を踊ったことがないそうで。まあ、あれは、社交辞令だったと思いますが、いつかダンスを踊ってほしいとフランシスに言われたことがあります」

「……断られた時か」

「そうです。翌日、謝りに行った時です」

「…………」

「フランシスはあなたとファーストダンスを踊りたいと思いますけどね」

「どうかな」

「陛下」

「フランシスのことだから、楽団と大勢の前で俺と踊りたいとは思わないんじゃないか？」

ああ、それは言いそうだと、フェリックスも納得してしまった。

「誰と踊るかは、彼女が自分で決めればいい」

投げやりになっているのかと、一瞬思った。だが、突き放しているような、どうでもいいというような、そんな感じはなかった。どちらかというと、落ち込んでいて寂しそうな、仕方がないと諦めているような様子だった。

「昼食の時間ですね」

時計を見上げ、フェリックスはつぶやく。この時間なら、フランシスは食堂だろう。色々なところで仕事をしているフランシスは捕まえにくいが、食堂は確実だ。タイミングよく、ラザラスの昼食準備が出来たと、女中のマリーが声をかけにきた。フェリックスは、急いで食堂へと向かった。

フェリックスが昼食とダンスの約束をすませて執務室に戻ると、ラザラスはまだ戻っていなかった。食事をして眠気が出たのか、ラザラスは居間でお茶を飲んでいた。午前中で仕事はほぼ片付いたし、ラザラスは休ませて自分だけ仕事に戻ろうとしたのだが、そのラザラスに引き留められた。

「フェイ、これ覚えてる？」

ラザラスがテーブルに広げていたのは、地図だった。

「西の地図ですね。苦労して手に入れましたよね、これ」

マルタナの西、船でどれぐらいだろうか。西には大きな大陸があり、そこにはたくさんの国がある。とても豊かで、気候も温暖で海も荒れない住みやすい大陸だ。そのせいか、マルタナやダナオスに侵攻してこようとはしない。その国の地図を、密かに、かなり散財もして、ようやく手に入れた。

フェリックスはラザラスの正面に座り、その地図を手に取って眺める。

「これがどうしたんですか？」

「フランシスが行ってみたいと言っていたので、なんとなく」

「西に、ですか？」

「そこまで行けば、彼女の過去を気にする者はいないだろうから」

「…………」

「第三の選択肢だそうだ」

昨夜、フランシスを迎えにセルマーの部屋を訪れたラザラスは、扉越しに二人の話を聞いてしまった。そして、フランシスが酔いつぶれて眠ってしまってから、セルマーと少しだけ話もした。フランシスが一人でじっくりと考えるため、距離を置くように言われ、眠るフランシスをセルマーに預けて帰ってきたのだ。

「第一と第二の選択肢を聞いても？」

「過去をすべて話して、俺と結婚する。話さず、俺とは別れる」

「なるほど」

フェリックスはすべて納得がいって、深く息をついた。

「誘惑は成功したかと思えたのに、より魅力的な第三の選択肢に阻まれているわけですか」

「かもな」

揶揄のつもりだったのに、ラザラスはなんとも自信なさげに小さく笑う。

「俺はマルタナから離れることは出来ない。国王を辞めることも出来ない。だが、フランシスは自由だ。ここに、俺に縛られることはない。俺も昔、どこか遠くに旅立ちたいと願っていたことを思い出してさ。そういう話、昔よくしたよな」

「そうですね。古い地図を見ながら、どこへ行こうか、どうやって行こうか、空想して楽しんでた」

率先して話を広げていったのは、ラザラスとフェリックス。双子の弟フェンリルは慎重派で、そんな二人を不安そうに眺めていた。年下のガイは、まだまだ話の内容を理解出来ていなかったが、楽しそうなラザラスの様子が嬉しいのか、笑いながらそこらを走り回っていた。家庭教師でお目付け役だったセルマーは、そんな空想を面白がって、図書室から古い地図を持ちだしてくると、空想に少しだけ現実を当てはめてみせた。それにもまた興奮した。

「一度だけでも、行きたかったですね、冒険の旅」

「行くつもりだったんだけどなぁ」

西は無理でも、南か北に、一度は船で出かけてみたかった。そのつもりでいた。それが出来なかったのは、ラザラスの父が早くに亡くなったからだ。ラザラスの父だけではない。フェリックスの父、ガイの父も、同時に亡くなった。同じ船に乗っていたのだ。子供たちは急いで大人になることを求められた。十代半ばにして、重い責任を背負わされたのだ。

「俺には出来なくても、フランシスには出来る。マルタナで王妃になるより、そっちのほうが断然いいと思ったら、なんだか力が抜けた」

ラザラスは背もたれにもたれかかると、ふうと長く息をついた。

「まあ、フランシスって、王妃の華やかさとか権力より、冒険を選びそうですよね」

「俺だって冒険を選ぶ」

「ですよねぇ。でも僕は、あなたを選びますよ」

軽く目を見張り、ラザラスがこちらに視線を向けるのに、目と目を合わせて、フェリックスはほほ笑んで見せる。

「あなたが冒険に行くと言うのなら冒険に。マルタナで国王をやるというのなら、補佐官をしましょう。僕にとって、あなたのそばにいることが、一番楽しいと思うからです」

「フェイ」

「ガイだってそうですよ。そこら中、飛んで歩いてますけど、マルタナを出れないあなたの目となるつもりだからです。だからちゃんと、あなたのもとに帰ってきますしね」

「……ありがとう」

目を閉じて、ラザラスは背もたれの上に頭をのせた。照れているらしく、表情は見せたくないのだろう。

「どういたしまして。あなたは少し眠ったほうがいいですよ。らしくなく思考が後ろ向きなのは、疲れている証拠です」

「そうする」

ずるずると、ラザラスの体が傾いていって、長椅子に横になった。フェリックスは、長椅子の背もたれに準備してあった毛布を広げると、ラザラスの体にかけてやる。どうやら、ようやく睡眠をとる気になったらしく、毛布の中でもぞもぞと動いて、寝心地のいい体勢を探しているのに安心する。

「おやすみなさい、ラス」

何年ぶりかに、幼馴染を愛称で呼ぶ。変わらずに艶やかな金色の頭をなでると、ラザラスは体の力を抜いて、すぐに眠りに入るゆっくりとした呼吸になった。相変わらず、寝付きはいいよなぁと感心しながら、フェリックスは静かに部屋を出た。


ラザラスが目を覚ますと、すでに夕方だった。楽団が来るため、城内の夕食時間はいつもより早い。執務室にいたフェリックスを呼んで、二人で夕食をとる。食事の合間に、今日午後に持ち込まれた案件について、フェリックスが簡潔に説明してくれるのを聞いた。

「楽団、聞きに行きますよね？」

「行くよ」

城内で働いてくれている者たちへの、国王からの娯楽という形を取っているのだ。出来る限り、ラザラスは顔を出すべきだろうと思っている。

「ダンスはどうするんです？」

「フランシスがいれば、ちゃんと誘うよ」

「一番に？」

「一番に」

即答すれば、フェリックスは満足そうに頷いた。


いつものように、フェリックスと二人、楽団が演奏をする中庭へと向かう。城内がちょっとしたお祭り気分で、高揚感のあるこの雰囲気は嫌いじゃない。ただ、フランシスが結局、誰と踊ることにしたのか、それを確認出来なかったことだけが気にかかっていた。

臣下たちの楽しみの場で、フランシスをパートナーから奪い取るような真似はしたくない。だからといって、彼女のファーストダンスを、他の男に持っていかれるのを指をくわえて見ているつもりもなかった。

「陛下」

人だかりの一番外に、セルマーが立っていた。もしかしたら、ラザラスが来るのを待っていたのかもしれない。ラザラスの姿を認めて、にっこりと会釈してくる。そして、ラザラスの姿を認めて、楽団の前に座って待っていた人々が立ち上がった。

「始めてくれ」

ラザラスはセルマーの隣で足を止め、楽団にそう声をかける。ベンチに座って聞くこともあるが、挨拶のために最初に顔を出すだけのときもある。今回はすぐに帰るのだろうと、ベンチを確保していた者たちは座り、楽団長が前に出てきて口上を始めた。

「セルマー、フランシスは？」

声を潜め、ラザラスはセルマーに話しかける。

「来ていませんよ」

演奏開始の拍手を送りながら、セルマーは答える。答えてから、ラザラスに視線を向けてきた。

「ダンスのお誘いがあまりに多かったようで、午後はずっと地下に居ました。本の翻訳をしながら」

「そうか」

一曲目、かなりの音量で曲が始まった。今夜の選曲はかなり派手な曲のようだ。これなら、一番後ろで少し話していても、演奏の邪魔にはならないだろう。

「誘わないんですか？」

「いれば誘おうと思ってたけど」

「ずいぶんとのんびりしてますね」

「第三の選択肢には勝てないよ」

ぼやいたラザラスの隣で、フェリックスが声を殺しながら笑う。

「懐(なつ)かしいなって、フェイと話しててさ」

「ですねえ」

セルマーも昔を思い出したのだろう、楽しそうに口の端を上げる。

「ですが、ここはきちっとフランシスを口説き落としてほしいところなんですが」

「うーん、まあ、努力はしたつもりだけど」

昨夜、セルマーの部屋、空想の話で盛り上がるフランシスとセルマーの話を聞いているうちに、フランシスがどうしても欲しい、なんとしても手に入れたいという、狂おしい熱のようなものが少しだけ下がってしまった。思い出したのは、幼馴染たちと空想の話で盛り上がったこと、そして十六で即位しなければならなかった時のこと。

たくさんのことを諦め、自分を戒め、夢を語り合った幼馴染たちと身を寄せ合い、大人たちと対等にやりあうために助け合った。その頃に比べ、今はずいぶんと色々なことが楽になった。国王としての地位も安定し、幼馴染たちもそれぞれに父親のあとを継ぐことに成功している。だが、これからも苦難は多く訪れるだろう。国内の問題も、外国との関係も、安定したとはとてもいえない。

ラザラスも、幼馴染たちも、これは家業のようなもの。嫡男として生まれた宿命であり、責任だ。だが、フランシスにはなんの義務もない。

フランシスなら、選ぶことが出来る。まだ見ぬ新しい土地へ旅立つことも、今とは全く違う人生を選ぶことも。マルタナの王妃にしてしまうことは、彼女からその権利を奪い取ってしまうことになる。

「セルマーの言うとおり、よく考える時間が必要だよ」

自分の持つ多くの可能性と、王妃になることを選んだときに失うすべてのこと、それをよく見極めて選んでほしい。

隣のセルマーが、何やら物凄く重いため息をついた。

「なんというか、あなたはとてもものわかりのいい大人になりましたね」

「……それ、褒めてるよね？」

「立派な国王になられて、元家庭教師としてはとても嬉しいですよ。マルタナの国民の一人としても、素晴らしい国王を誇りに思います。ですが、友人の一人としては、とても残念に思います」

「わかります、セルマー様。なんなんでしょうね、この、達観してる感じ」

と、フェリックスまで参戦してきた。

「ずーっと、彼女と距離を取って、気にしてるのに無視するようなことをして。ようやく口説き始めたと思えば、プロポーズした途端に諦めてるし。結婚というより、国同士の交易か合併の話でもしてるんですかって突っ込みたいですよ」

「そのとおり、フェリックス。昔はもっと好きなものは好きと言える、可愛い子でしたよね」

「そうですよ。あなたは感情をどこへ置いてきちゃったんですか」

「王妃以前に、妻なんですよ。一生そばにいてくれる、唯一の人じゃないですか」

「愛しているなら愛している、欲しいなら欲しいと、もっと必死になれないもんですか！」

「お前ら、うるさいぞ」

興奮してきたフェリックスとセルマーの前に、ぬっと現れたのはベルダンだった。腕を組み、怖い顔でフェリックスとセルマーを睨む。

「あ、ダンスが始まった」

ラザラスは救われた気分で、ベルダンの腕をつかむ。このまま、この場から逃げることにする。

「陛下！」

「陛下！」

腕をつかんだまま強引に歩き始め、セルマーとフェリックスには後ろ手に手を振っておく。ベルダンはため息を一つつき、どうやら付き合って王宮まで戻ってくれるようだった。付いてこようとする、他の近衛兵を視線で追いやってくれるのもありがたい。

楽団の奏でる音が遠ざかり、人々の歓声もほぼ聞こえなくなって、ラザラスは夜空を見上げた。美しい月が銀色に輝いている。フランシスの髪のようだと思った。

「ベルダンも、俺が可愛くないと思う？」

「それはもう」

ラザラスがベルダンと出会ったのは、十二年前、十八でベルダンが近衛になった時。親しくなったのは、二十歳のベルダンが十四歳だったラザラスの護衛になってからだ。十六で即位したあとも、ベルダンはラザラスの護衛だった。まだ国勢が危うい頃、ベルダンはいつもラザラスの一番近くにいて、何度もラザラスの命を守ってきた。ラザラスにとってベルダンは、幼馴染たちと同じくらい信頼している友人であり部下であり、兄のような存在だ。

「セルマー様や補佐官殿が怒る気持ちもわかる」

「無茶言うよ。俺に国王らしくしなくていいって？　自分の幸せだけ追いかけろって？」

「はっ」

ベルダンに鼻で笑われて、ラザラスはむっと眉間にしわを寄せる。

「何がおかしいんだよ」

「ちゃんと幸せになる努力をしろって言ってるんですよ。わかるだろうが。無駄に賢すぎる頭してるくせに」

びしりと、ベルダンに額（ひたい）を指弾されて、ラザラスはその痛みにうめく。しかも、指弾した指はそのまま伸びて、むにゅりと頬をつまみ上げる。

「マルタナのために、なんであんたが自分の幸せを諦めなきゃならない？　国王が幸せでなくて、国民が幸せになれるものか。そもそもだ、妻を選ぼうという大切なときに、我儘（わがまま）一つ愚痴一つ俺たちに言おうとしないあんたに腹が立つ」

「……言ってるよっ」

わざとらしくため息をつき、ベルダンはあきれた顔で首を横に振る。

「昔は可愛かった。遊んでほしくて、俺の周りをちょろちょろしていたのになあ」

「そんなことしてない」

「剣で勝てなくて、なきべそかいてたり」

「何年前だよ」

「ついこの間だろ」

「そんなことない！」

「無駄にいい記憶力のくせに忘れたのか」

「無駄無駄言うのやめてくれるかな」

「活用出来てないから、無駄だと言ってるんだ」

じゃれあいに近い口論を続けながら、王宮の入り口まで戻ってくると、その入り口を警護していた近衛がぎょっと目を見開いて驚いていた。副団長と国王が口論しながらやってきたのだから、驚くのも当然なのだが。ベルダンとラザラスは、その近衛の驚いた顔があまりにおかしくて、二人同時に吹き出すと、声を上げて笑い出していた。


楽しい気分で内殿まで上がってきたラザラスは、寝室へと続く廊下で、女中のマリーに会った。

「おかえりなさいませ、陛下」

「ダンスに行かなかったんだね」

「はい。今夜は大切な用事があって」

と、マリーは何やら楽しそうにほほ笑んだ。

「もうお休みになられますか?」

「ああ、そうするよ」

「申し訳ありません。まだ、ベッドの準備が終わっていないのです。もうしばらく、居間でお待ちいただけますか?」

「いいけど?」

マリーはぺこりと頭を下げて、寝室のほうへと歩き出してしまう。とても優秀で手際のいいマリーが、ベッドメイキングをしていないなんてことは、今までに一度もなかった。何かあったのだろうかと疑問に思いつつ、まだ時間も早いし何か飲もうと、ラザラスは居間への扉を開けた。途端、外の空気がラザラスを包み込んだ。

王城の中庭に面している居間の、壁一面の大きな窓が、すべて開け放たれていた。窓からは夜の空気と楽団の演奏するワルツ。銀色の月。そして、真っ青なドレスを着たフランシス。

肘掛け椅子の肘掛けに、お尻をちょこんと乗せ、ドレスの裾から銀色のダンスシューズのつま先をのぞかせ、月よりも輝かしい銀の髪を複雑な形に編み上げたフランシスは、この夜の女王のように美しかった。

「陛下」

ラザラスを振り返り、にっこりとほほ笑む。優美な仕草で立ち上がり、ドレスをつまんで、貴族令嬢の挨拶をした。

「フランシス、……綺麗だ」

ドレスはごくシンプルなもの。流行の先端をいくものでもなく、青一色でレースもフリルもない。アクセサリーもなく、髪に青のリボンが一本あるだけ。それでも、ドレス姿のフランシスは、とても美しく気品にあふれていた。女官のお仕着せワンピースや、馬屋や近衛の訓練場で着ている作業服も似合っていたが、こういうドレス姿が本来の彼女なのだろうと、そう違和感なく思えるぐらいにしっくり馴染んでいた。

(彼女が欲しい。どうしても、欲しい)

フランシスを目の前にすれば、いとも簡単に熱い思いが込み上げてきた。第三の選択肢を彼女が選んでも仕方がないなんて、どうして思えたのだろう。もはやフランシスは自分の半分で、彼女なしで自分は機能しないというのに。

(俺の妻は、彼女しかいない)

ラザラスはフランシスの前に歩み寄ると、彼にとっては古風な、そしてフランシスにとっては正式な作法で、腰をかがめて手を差し出した。

「私と踊っていただけますか？」

「喜んで」

ラザラスの手に、フランシスの手が重ねられる。二人は見つめ合い、ほほ笑みを交わし合うと、優雅にステップを踏み始めた。

「とても上手だ」

ラザラスはターンをするところでフランシスの細いウエストを両手でつかみ、彼女をふわりと持ち上げて宙をターンさせる。フランシスは楽しそうに笑いながら、バランスを崩すことなく着地して、そのまま滑らかに踊り続ける。

「正装しておくんだった」

国王の普段着なので粗末なものではないが、フランシスのファーストダンスの相手には相応しくないような気がした。

「君のドレスはマリーが？」

寝室に直行しようとしたラザラスを居間に向かわせたマリーは、フランシスが待っていることを知っていたに違いない。

「はい。私に似合いそうだからと、準備してくれていたそうです。髪も編んでくれました」

「君が朝食に来ないから、俺が睨まれた」

小さくフランシスが吹き出す。

「私も怒られましたから」

「マリーは君が好きなんだ」

城の使用人の多くが、フランシスを敬愛している。フランシスと付き合えば、他の女官たちも言い寄ってくるのではと警戒していたが、そんなことには一切ならなかった。一緒に働いていた彼女たちが、フランシスを一番よく理解していた。高い教養、美しい所作、完璧な礼儀作法、そして王族や貴族に仕える彼女たちだからこそわかる、人の上に立つ者の風格。

女官も官吏も、近衛兵も、フランシスを仲間として愛しながら、上に立つ者として尊敬し敬っている。当のフランシスは、それをわかっているのかいないのか、ごく自然に受け入れ気負わずにいる。

「君が他の男とダンスを踊るつもりだったら、どうしようかと思っていた」

化粧をほどこされ、いつもより輝いて見える青の瞳を見つめながら、ラザラスはつぶやく。

「皆が楽しんでいるのに、俺がずかずか踏み込むのは無粋だと思えたし、だからといって君を誰かに譲ることなど出来るわけがない」

「補佐官様にダンスを誘わせたのに？」

「君が断ってくれてよかった」

「私、そんなにわかりやすく陛下に恋してるって顔してました？」

今度は、ラザラスが小さく吹き出す。

「あの時は、俺が君との距離を作りたかったんだ。俺を幸せにしたいと言ってくれた、君とね」

小首をかしげたフランシスに、ラザラスは言葉を重ねる。

「君に惹かれていく自分を自覚したので、君を遠ざけることで距離を作った。すまなかった」

「……大嫌いって、八つ当たりしたのに」

「それも新鮮で心に焼き付いた。嫌いなんて言われたことがなかったから」

ワルツが終わる。二人は曲と共に足を止め、礼儀作法どおり挨拶を交わし合った。次の曲が聞こえてくる中、二人は見つめ合ったままで動かなかった。

「私、あの頃から、陛下のことが大好きでした」

ラザラスの伸ばした指先が、フランシスの頬に触れる。そのますっぽりと彼女の頬を包んだ手の平に、フランシスは頬をすり寄せた。

「私に新しい人生をくれて、精一杯やったと認めてくれて、妬ましいほど才能豊かで、腹立たしいほど魅力的なあなたを、心から愛してます」

「俺も愛している」

もう一方の腕をフランシスの腰に回しながら、ラザラスは彼女の唇に唇を押し当てた。口づけはすぐに情熱的なものに変わり、フランシスはラザラスの首に両腕を回してすがりつき、ラザラスはフランシスの唇を食み舌を絡ませ合い、彼女の甘い唾液を飲み込んだ。

「君が欲しい、フラン、君のすべてが」

耳元で囁き、赤く染まる耳朶を唇でなぞるようにキスをする。

「私も、あなたが欲しいです」

「フランシス」

「……すべて、話します」

ラザラスの胸に顔を埋め、そうつぶやいたフランシスに、ラザラスは内心で深い安堵のため息をついた。

「でも、条件があります」

「条件?」

どくりと、嫌な風にラザラスの胸が跳ね上がる。

「話す前に、……抱いてください」

どういうつもりでフランシスがそんなことを言うのか、ラザラスは咄嗟にわからなかった。抱かれるだけで、何も話さないつもりかも。自分の過去によっぽど自信がなくて話す前に既成事実とか、一瞬、脳裏にたくさんの予想が浮かんではきたが、そのどれもラザラスは詳細に検討しようとはしなかった。なぜなら、ラザラスの理性も我慢も、もう限界だったからだ。愛していて、好きでたまらなくて、我慢に我慢を重ねてきた相手に、愛を告げられ抱いてくださいと言われたのだ。

「きゃっ」

フランシスを横抱きに抱え上げると、小さくて可愛い悲鳴が聞こえた。ぎゅっと強く抱きしめると、ラザラスは今度こそ寝室へと向かった。


ラザラスの寝室は居間の真上に位置していて、内殿の中にある階段を上らないと入れない造りになっている。警備はしやすいが、夜這い希望のご令嬢には不評だった。勿論、そのためもあって、ラザラスの代になってから改装したのだ。

広い寝室は完全なラザラスの個人的空間で、入室したことのある者はごくごく限られている。忍び込もうとしたご令嬢は何人かいるが、ラザラスが招き入れた女性はフランシスが初めてだった。

綺麗に整えられたベッドに、ラザラスはフランシスをそっとおろす。そして、そのまま自分もフランシスの顔の横に手をつくと、彼女に覆いかぶさるように唇を重ねる。キスをしながらラザラスはフランシスの髪に指をとおし、耳たぶの柔らかさ、頬の滑らかさに触れていく。

（アクセサリーを選ばなければ）

こんなにも美しい人は宝飾品で飾らなければ勿体ない。宝石なしでも十分に美しいけれど、青玉一つでもその美しさは倍増するだろう。

（ドレスもすぐに作らせて）

質素ながらも品のよいドレスを用意しておいてくれたマリーには、特別に賞与を出さなければ。滑らかな首筋にキスの雨を降らせながら、背中に手を差し入れて、ドレスの背中のボタンを外していく。爽やかでほのかに甘いフランシスの香り、鍛えているせいか張りもあり女性の柔らかさも持つ体。ラザラスはフランシスのすべてに夢中になって、もう彼女のことしか考えられなくなる。

「陛下、陛下」

「ラザラスと呼べって」

フランシスが先を急ぐラザラスの肩をつかみ、引きはがそうと力を込めてくる。だが、勿論、ラザラスは止まらない。ドレスを腰まで引き下ろすと、現れたコルセットのリボンを抜きにかかる。

「ラザラス、お願い、あぅ」

なかなか脱がせられないコルセットに焦れて、ラザラスは少しだけ開いた隙間から手を入れ、たまらなく柔らかそうなふくらみに触れた。

「ラザラス」

フランシスの手がラザラスの手首をつかむ。その必死の力に、ラザラスもようやく顔を上げてフランシスと目と目を合わせた。

「フランシス」

唇に唇を落とし、優しいキスをする。落ちてきたラザラスの金の髪をフランシスの指が絡めとり、優しい力で引っ張る。

「私が何者でも嫌いになりませんか？」

「ならない」

「絶対に？」

「絶対だ」

「でも、どうしても受け入れられない人って、いないんですか？　これだけは勘弁みたいな」

少しだけ気持ちが落ち着き、ラザラスはコルセットのリボンを手際よく外すことが出来た。

「一人だけいるにはいる」

「誰ですか？」

「海王の娘」

驚き、すぐにいぶかしげな顔になり、眉を寄せるフランシス。

「それは、何か比喩的な？」

「いいや。海王は実在する」

「…………」

「君は海王の娘なのか、フランシス」

「いいえ。私の両親はただの人です」

「ならいい。俺が君を嫌うことはないよ」

フランシスは疑問でいっぱいの顔をしていた。その賢い頭がフル回転している音が聞こえてきそうだ。この話はいずれしなければならないだろう。だが、今ではない。

ラザラスはフランシスのコルセットを外し、胸をあらわにする。頭の片隅をちらりと、地下の食糧庫へ助けに行った時のフランシスの姿がよぎる。白い胸をむき出しにされ、泣いて震えていた。優しくしなければと、ラザラスは暴走しそうになる自分にブレーキをかけた。

「ラザラス」

きゅっと二の腕をつかんでくるフランシスの手の力からは、彼女の緊張が感じられた。ラザラスはそっと手の中に乳房を包み込み、薔薇(ばら)色の乳首に唇を寄せる。キスをして舌を伸ばして舐(な)め上げ、口の中に含む。ゆっくり何度も舌を這わせ吸い上げていると、次第にフランシスの体からこわばりが抜けてくる。もう一方の乳首に移る頃には、フランシスは甘いため息をもらしていた。

ラザラスは腰にたぐまっていたドレスと下着を一緒に引き下ろすと、抵抗される前に彼女の秘部に指先を忍び込ませた。

「濡(ぬ)れてる」

以前触れた時より、そこはたっぷりと濡れて湿っていた。割れ目にそって指を動かせば、ぬるりとした蜜に指先が濡れる感触がする。フランシスはラザラスの肩に額を押し当て恥じらっていたが、指先を秘裂の中へと入れていけば、びくりと体を震わせて足を緩く開き、ラザラスの指を歓迎した。快楽を教えられた体は、従順にラザラスを受け入れようとしている。

「可愛い」

ため息交じりにつぶやけば、じゅんっと蜜があふれ指を濡らす。中指をゆっくりと中へ入れていく。抵抗はほとんどない。だが、そこはとても狭い。

「痛くない？」

頷きながら、フランシスが真っ赤な顔を上げる。頬を真っ赤に染め、いつもは凛とした瞳を潤ませ、しどけなく開いた唇を見ると、キスせずにはいられない。キスをしながら、中に入れた指で固く閉じているところをほぐしていく。

「服、」

唇が離れると、フランシスがそうつぶやいた。

「私ばっかりズルい」

さっきから何度も、フランシスはラザラスの胸に額をすり寄せるようにしている。

「煽るなあ」

「？」

「これでもかなり我慢してるんだけど、わからない？」

ラザラスは囁いて、指を抜きながら肉芽に触れる。びくりと震えるフランシスを見下ろしながら体を離すと、前ホックを外し上衣を一度で脱ぎ落とす。ブーツを投げ脱いで下衣も脱ぎ落とすと、フランシスの膝を開きながらその間へと自分の体を進めた。ラザラスのそこは、もうとっくに興奮しきっていた。愛する女性にキスしながら、体に触れながら、その先はずっと我慢してきたのだ。しかも、昨夜からは、フランシスを失うかもしれないことを本気で恐れていたのだから。

「フランシス、君はもう俺のものだ」

もう絶対に逃さない。

「この先、一生、手を離さないから」

これまでの人生で、これほど欲しいと思った女性はいなかった。愛している女性が、マルタナの王妃にも相応しい女性だと思ったときの歓喜と安堵。あの海岸で、フランシスを助けたことさえ運命に思えた。

「ずっとそばにいると誓ってくれ」

「誓うわ、ラザラス。愛しているの」

「愛している、フランシス」

ラザラスは誓いのキスを落としながら、もう先走りに濡れている自身を、フランシスの割れ目へと押し進めた。

「い、」

痛いと言おうとして、それをフランシスは飲み込んだことに気が付いたが、ラザラスはもう止まれなかった。大きく張った亀頭が狭い入り口を抜けると、後はそれほど抵抗はなく開いていく。狭くてきついフランシスの中を、ラザラスのもので分け開いていく。

「ごめん、痛いよね」

必死という様子で、フランシスが首を横に振る。すっかり乱れている髪がそのたびに枕にあたって、かさかさと音を立てる。

「すごく気持ちいい」

フランシスは痛がっているというのに、自分はこの上なく気持ちいいということに胸は痛んだ。だが、それ以上に彼女の中に自分という存在を刻み込めたこと、最初の男になれたこと、勿論最後の男にもなるつもりだが、それがとても嬉しい。痛みに目尻に涙を浮かべているというのに、ラザラスを迎える中は蠕動してもっと中へと誘っているようだったし、ざらざらとした感触の中がラザラスのものに吸い付くようで、フランシスの中は元から自分のために作られたのではないかと思ってしまうほど、ぴったりの大きさで。

「全部、入ったよ」

先端が子宮口にあたる。ぐっと腰を押し込むと子宮を押し上げ、苦しいほどの快感に身を震わせた。

「痛くない？」

「す、少しだけ」

ラザラスはフランシスの下腹部に手をのせる。薄い肉しかないそこをなでれば、フランシスがひっと声を上げた。

「入ってる、わかる？」

フランシスの手を取って、ぎゅっと下腹部に押し当てる。上から手をのせて動かせないようにすると、二度三度と腰を動かして突き上げてみせた。

「あ、あぅっ、やぁ」

「ここも真っ赤だ」

「あああぁぁ」

指先で肉芽を露出させると、フランシスは高い悲鳴を上げた。ぎゅうっと体中に力が入り、中のラザラスを強く締めあげてくる。日頃、剣や弓、乗馬の訓練をかかさないフランシスだ。その絞り上げるような内壁の動きに、ラザラスは抵抗など出来なかった。ぐっと体重をかけてフランシスの最奥に入ると、勢いよく放出した。

「や、あ、熱っ」

びくびくと震えたフランシスが最後の一滴まで搾(しぼ)り取ろうと、ぎゅうぎゅうに締めてくる。それに応えるべく、ラザラスは断続的に何度もフランシスの中で精を出した。

はふはふと荒い息をつきながら、両腕をラザラスの肩へと伸ばし首に絡めてくる。引き寄せられる力に逆らわず、ラザラスはフランシスの唇に唇を重ねた。舌を滑り込ませ絡ませ合い、角度を変えて何度も唇を深く重ね合わせる。そうしているうちにフランシスの呼吸は整い、遠慮がちだったが、足がラザラスの足に絡まってきた。

「苦しくない？」

「大丈夫」

「もっと続けてもいい？」

「え」

「ずっと、欲しかったから」

入れたまま一度の放出では全く萎(な)えていないものを、ぐっと突き上げる。じっとフランシスの表情を見ていたが、痛かったり苦しかったりという様子は全くなかった。絞り上げるように絡んでくる体の内と同じように、表情も恍惚(こうこつ)とし瞳がうっとりと潤んでいる。さすが毎日のように鍛えているだけあって、そこらの貴族令嬢とは体力が違う。

ラザラスはフランシスの足を抱え上げると、より深いところへと突き上げ始めた。

第八章　ダナオス王家の秘密

ふと目が覚める。

見慣れない天蓋（てんがい）。とても豪華な。でも、とても馴染（なじみ）のある香り。

「おはよう」

その声に、フランシスは急速に覚醒した。

「朝が早いね。まだ寝ててもいいけど」

「ラザラス……」

フランシスを抱きしめているラザラスと目が合う。にっこりほほ笑まれ、そのまま顔が近づいてきて唇を塞がれた。

「寝ちゃったんだ……」

「というか、寝落ちかな」

確かに、昨夜の記憶ははっきりしない。特に最後のほうは。かかーっと顔が赤くなるのがわかって、フランシスはラザラスの胸に額（ひたい）を押し当てて顔を隠した。

「夕べからよくそれするけど、可愛いだけってわかってる？」

「！」

「押し倒したくなる。もう倒しているけど」

　両手首をラザラスに優しくつかまれて、きゅっと引き上げられる。顔を上げると、予想以上にラザラスの顔が近くにあって息をのむ。でも、何か言う前に唇は唇で塞がれていた。

「体は大丈夫？　痛くない？」

　優しく聞かれて、フランシスはこくりと頷く。ラザラスを受け入れたところが、まだうずいていたし、なんならまだ入っている感じもしたが、痛みはない。一応。

「すごくよかった。俺ばかりよくて、申し訳なかったけど」

「いえ、そんなっ」

　私もよかったですと返しそうになったが、それがとても恥ずかしい発言だと気が付いて、フランシスは途中で口を閉ざす。ぎゅっとラザラスに抱き寄せられ、逞しく分厚い胸に顔を埋める。ラザラスが声を殺して笑っているのに、胸の震えで気が付いた。

　当然、フランシスが痛いばかりではなかったことなど、ラザラスにはお見通しだろう。痛かったのは本当の最初だけで、その後はラザラスの言うとおりすごくよかったのだから。ただ単に、フランシスに気持ちがよかったと言わせたかっただけらしい。

「このままいちゃいちゃして、もう一度と言いたいところだけど」

　ラザラスの剣ダコのあるごつごつした手がフランシスの背中を滑り降り、柔らかな臀部を何度もなでている。

「約束だ、フランシス」

　ラザラスの口調は甘い。触れる手も、とても優しい。二人とも事後そのままの裸で、毛布の下では足を絡ませあっている。フランシスの顔を覗き込んでくる目も、愛していると伝えてくれている。

「フランシスになる前の、君の名前は？」

そんなことは、もう大した秘密ではないよねと言わんばかりに、ラザラスはフランシスの頬にキスしながら囁いた。

「私の昔の名前は、エヴァンゼリン。エヴァンゼリン・ダナオス。ダナオスの世継ぎの王女」

ラザラスの目を見ながら一息にそう言い切ると、フランシスはほっと息をついて目を閉ざした。

「マルタナにようこそ、エヴァンゼリン」

目元にキスしながら、ラザラスが囁く。負の感情がない声に、フランシスはそっと目を開く。

「世継ぎの王女というか、戴冠式を待つばかりの、君はダナオスの女王じゃないか」

「そう、かな」

「なら、俺たちは対等じゃないか？　国王と女王。今後、敬語はなしにしてくれない？」

何を言うのかと思ったら、言葉遣いとか。

「そこ？」

フランシスが吹き出すと、ラザラスも笑った。

「セルマーの予想が当たりだな。最初にエヴァンゼリン王女ではないかと言い出したのは、セルマーだった」

「セルマー様とはたくさんのことを話したから」

「俺は正直、南のどこかの国の貴族令嬢ならいいと思っていた」

「…………」

「南の国々とは、友好的な関係だ。姻戚関係になっても問題はない。西でもいい。西はマルタナに興味がないから、自国の貴族令嬢がマルタナに嫁いだことにも気付かないだろうと思った。だが、ダナオスとユクタスは違う」

　ふと、ラザラスは言葉を切り、フランシスの唇に唇を押し付けた。

「すまない。君のことだというのに、どこか突き放した物言いをした」

「いいえ、いいの。大丈夫。聞かせてください」

「その丁寧語をやめないなら、君をエヴァンゼリンと呼ぶぞ」

「なんなんですか、その理屈」

「理屈じゃない。我儘だ」

　そう言って、ラザラスは自分で自分の言葉に吹き出してしまった。

「いいけど、急には無理だと思うから、徐々にで？」

「出来るだけ素早く頼む」

　ラザラスはとても上機嫌だ。ゆったりとしていて、のんびりとしていて、昨日は時に怖いぐらい激しかったのに、今はまさに陽だまりで昼寝している虎のよう。

「話を戻すが、君がエヴァンゼリンで何が困るのか考えてみた。ダナオスとユクタスの貴族令嬢の中で、エヴァンゼリンだけは問題がないのではないかと気が付いたんだ。なぜなら、君の顔を知っている者はほとんどいないから。そうだろう？」

「確かに……。私はずっと王城の奥で軟禁状態だったから。顔を知るのは、ごくごく一部です」

「そのごく一部が、マルタナに来る可能性はとても低い」

「そうですね。ダナオスの宰相や近衛騎士がマルタナに来るなんて、考えられませんから」

国の中枢にある宰相が外国訪問をするだろうか。よっぽど親しい王族の結婚式や戴冠式ぐらいしか考えられない。そして、マルタナとダナオスは親しくなんてない。

「だから、エヴァンゼリンなら、何の問題もなくマルタナの王妃に迎えられる。そうだろう？」

「そうでしょうか」

「そうだ。君がエヴァンゼリンならいいと思っていた」

「……本当に？」

「本当だ」

耳元で囁き、ごく近い距離でじっと見つめられる。腰に腕が回り、ぐいと引き付けられる。内股に手が入りまだ違和感の残るそこに指先が触れると、フランシスは自分でも驚くほどびくりと震えあがった。

「入れていい？」

「ラザラス」

「愛している、フランシス」

そんな風に甘く言われてしまえば、もうフランシスには否は言えない。こくりと小さく頷くとラザラスに大きく足を開かされ、昨夜の名残でまだぬかるんでいるそこに、熱くて硬いものが押し当てられる。

「あ、んっ」

もう挿入に痛みはないが、大きく張り出した先端が入るまで、ぐっと圧迫される重みや痛みがある。

だが、そこが入ってしまえば、あとは気持ちがいいだけ。襞をかき分けるように、ラザラスの熱く硬いものが分け入っていく。その感触がたまらなく気持ちがいい。

「愛している、エヴァンゼリン」

耳元で囁かれ、奥を突き上げられて、フランシスは軽くいってしまった。

（ズルいっ）

昨夜からずっと、ラザラスに翻弄されまくっている。両頬を両手で押さえ込まれ、顔じゅうにキスの雨が降ってくる。胸がきゅんとして、体の奥のラザラスのものもぎゅっと締めてしまう。

「フラン」

熱がたっぷりこもった、吐息交じりのつぶやき。陶然とした表情で、ラザラスが小さく速い動きでフランシスの奥を突く。昨夜だけで知られてしまった、フランシスがとても感じるところ。お腹側の奥を、ラザラスの矢じりのようなところで強く抉られると、頭が真っ白になってしまう。

「やっ、やん、そこばっかりっ」

「なら、これは？」

どうされたのかよくわからなかったが、フランシスはラザラスに体をひっくり返されて、四つん這いの格好にされた。

「ひゃぁぁっ」

後ろから、ずんと強く突かれる。腰をつかまれ、ぐいぐいラザラスは自分の腰をフランシスに押し付けるようにして、奥の奥に張り出した先端をこすりつけてくる。今までで一番深く奥を突かれて、フランシスは悲鳴を上げた。

「あっ、あっ、ああっ」

ゆっくりと抜けるギリギリまで引いて奥深くまで突き入れる動きは、今まで抉られた場所ではないところに先端が当たる。今までとは違う快感に、フランシスは声を抑えられなかった。

両手から力の抜けたフランシスは枕に顔を埋め、腰だけを高くラザラスに差し出す体勢になる。差し出されたラザラスは、フランシスの腰を支えながら何度も奥を突き、突き入れたまま先端をこね回してフランシスに悲鳴を上げさせ堪能してから、白いお尻の奥にたっぷりと精を吐き出した。

「……避妊薬、用意しないと」

ゆっくりと抜き出すと、あふれ出たラザラスの精がフランシスの内股を流れ落ちていく。

「子供は早く欲しいけど、君にちゃんと結婚式のドレスを着せたいと思ってる」

「大丈夫。マリーに貰いました」

「マリーに、昨日？」

「はい」

ダナオスでは、未婚の男女が性交渉をもつなんてあり得ないことだ。特に高位の貴族の間では、処女であることが厳しく求められる。だが、マルタナでは性交渉なしで結婚にのぞむことのほうが稀だと、フランシスはマリーに聞いてとても驚いた。そのために避妊薬が出回っているそうで、それをフランシスはマリーに飲まされた。ドレスの着付けをして、髪を結ってもらった時だ。一度飲めば数日は避妊の効果があると教えてもらい、寝室にいつも用意しておくと言われてしまった。

「どうりで、マリーが起こしに来ないはずだ」

「もうそんな時間ですか？」

「だな」

そう言いつつ、ラザラスはぐったりとベッドに倒れ伏したフランシスの体を愛撫（あいぶ）するのをやめない。背中にぴったりと張り付いてゆるく腕を回し、フランシスの背中に顔を押し当て、時折キスを落としている。

「私は今日お休みなんですけど、ラザラスは？」

「うーん？」

「フェリックス様に怒られますよ」

「いいよ、怒られる。今日はフランシスと過ごす」

「私も睨（にら）まれるんですけど」

「フラン、言葉遣い。話がたくさんある。エヴァンゼリンのことをもっと知りたいし、……君も聞きたいだろう？」

フランシスは肩越しにラザラスを振り返る。ラザラスはにやりと悪戯（いたずら）っぽい目でフランシスを見つめてきた。

「ダナオス王家には、海王（かいおう）の話が伝えられていないらしい」

「マルタナには、あるの？」

「ある」

「……聞きたい」

「よし、決まり」

ラザラスのさぼりに加担してしまったフランシスだったが、このままベッドで一日過ごそうというラザラスの提案には断固反対をした。だが、ラザラスだって、ようやく手に入れたフランシスである。今日一日抱いていたって、まだ足りないという自信があった。しかも、フランシスにはちょっぴり無理をさせたという自覚があったし、睡眠だって足りていないのを知っていた。ベッドの中で話をしつつ、休ませたいと思っていた。

フランシスもラザラスがそう考えてくれているのを、わからないでもなかったのだが。二人で寝室に閉じこもるというのが、フランシスにはどうしても恥ずかしくて耐えられなかったのだ。

全く平行線の言い合いをしていた二人だったが、一度お風呂に入りたい、食事もしたい、話をするなら服を着たいという、フランシスの泣き落としが勝利をおさめた。ラザラスはマリーを呼んでフランシスの世話を頼むと、自分はいつもの日課を守ってベルダンと遠乗りに行くために外に出ていった。かなり渋々だったが。

「色々ありがとう、マリー」

お湯の準備から着替えの用意まで万事ぬかりなくやってくれたマリーに、フランシスは鏡越しににっこりとほほ笑んだ。

「とんでもありません、フランシス様。これが私の仕事ですから。しかも、とっても楽しい部類の仕事ですよ」

今日はフランシスにエメラルドグリーンのドレスを着せ、せっせと髪を結い上げてくれている。もうダンスは踊らないので必要ないいんじゃないかなぁと思いつつ、マリーが楽しそうなので断れないフランシスである。

「昨日の青いドレス、本当にどうもありがとう。陛下がね、綺麗だって言ってくれて。ドレスのおかげよ、とても嬉しかったの」

「お手伝い出来て、本当によかったです。陛下とダンスは踊れましたか？」

「ええ、ワルツを踊ったの。とっても素敵だった」

「お二人が踊っておられるところ、私も見たかったです。すごく素敵だっただろうなぁ」

そういえば、ラザラスが誰かとダンスを踊ったという話を一度も聞いたことがない。踊ったなら、絶対に裁縫室のおしゃべりの話題になるだろう。夜会に出席という話は何度かあったが、ダンスはなかった。

「陛下はあまり人前では踊らないの？」

「はい。滅多に。一人と踊ってしまうと、きりがなくなりますから」

ラザラスが盛装して夜会にでも出席しようものなら、ご令嬢方がどれほど騒がしくなるか。

（でも、見てみたいな）

フランシスはまだラザラスが盛装している姿を見たことがない。普段のラザラスは服装に無頓着で、華美なものは好んでいないようだった。動きやすくて丈夫な、近衛兵士の軍服に近いシンプルなものを着ている。宝飾品も何も身に着けていない。

あれほど綺麗な人なのだから、宝石を一つ着けるだけで美しさは倍増するだろうに。勿体ないと、フランシスは思う。まあ、そう思うのはフランシスだけではなく、裁縫室のお針子たちはラザラスの服に刺す刺繍に一切の妥協をしない。ラザラスが身に着けてくれる唯一の装飾が刺繍なので、お針子たちはいつも刺繍に気合が入りすぎなぐらいだ。

なので、ラザラスの平服も一見シンプルなのだが、よく見るととても精緻な刺繍がたっぷり入った大変に手間のかかっている豪華なものだったりする。ラザラス本人は、全くそれに気付いていないようだが。

身支度が終わると、食堂で朝食をとった。ラザラスは遠乗りに出かける前にすませていて、フランシス一人だった。食後、ラザラスが待っているという居間に向かう。居間にはラザラスとフェリックスがいて、二人は何事か話をしていた。フェリックスがとても驚いて混乱している様子に、二人の間で何が話されていたのかフランシスは察した。

「フランシス」

ラザラスはフランシスの姿を見ると、すぐにフランシスへと手を差し出してくれる。フランシスもドレスを着ていると、ついドレスに相応しい貴婦人のマナーと所作になってしまう。ラザラスの手に手を軽く乗せエスコートされるまま、まだひどく複雑そうな表情のフェリックスの前に立つと、軽く腰をかがめて挨拶する。

「おはようございます、フェリックス様」

「おはよう、フランシス」

フェリックスはふうと一息ついただけで、すぐに笑顔に変えて、挨拶を返してくれた。

「さすが。ドレスを着てちゃんとエスコートされていると、やっぱり見違えるね。幸せそうで、安心したよ、フランシス」

フランシスの記憶喪失の事情を知るのは、ラザラスとセルマー、そしてフェリックスだけだ。

「フェリックス様、事情はこれから陛下に詳しく話しますが、私は故郷ではすでに死んだとされている存在です。故郷に戻るつもりもありません。マルタナの国益を損なうようなことは、決してしていませんし、今後もするつもりはありません」

　ラザラスはあっさりとエヴァンゼリンを受け入れたが、普通はそういかないことぐらい、フランシスにだってわかる。フランシスにとってダナオスのエヴァンゼリンはすでに死んだ存在で、もう戻ることも絶対にないとわかっているが、他の人にはそうはいかない。女官としてマルタナの中枢に近いところにいたことだって、裏切りのように感じる人もいるだろう。

「ずっと黙っていて、申し訳ありません、フェリックス様」

「とても驚いたけど、フランシスが自殺するのをやめて、新しく生きなおそうとしていたことは、ちゃんと理解しているつもりだよ。そこにおかしな下心がなかったこともね。それに、過去のことを話そうとしなかった気持ちも、理解出来ると思ってる。よりによって、拾われた相手がマルタナ国王だしね。利用されていてもおかしくなかったわけだし」

　誰が利用するかと、ラザラスが苦笑する。だが、フェリックスの考えのほうが一般的だ。隣国の世継ぎの王女を手中にしたのなら、自国のために利用しようと考えるだろう。フランシスがその可能性を一度も考えてみなかったのが、おかしいぐらいだ。

「フランがマルタナ国王に利用されるかもと考えなかったのは、死ぬつもりだったからさ。そして、生きようと決めてからも考えなかったのは、心の底からマルタナの国民になったから。俺の庇護下に入り、信じてくれたからだと思ってるけど。俺はむしろ嬉しいよ」

「陛下」

　腰に腕が回されて、ぎゅっと抱き寄せられる。額に唇が押し当てられ、フランシスは思わず甘い吐息をついてしまった。

「陛下が陛下である限り、マルタナがダナオスに侵攻なんてことにはなりませんが、フランシスの過去は今までどおり記憶喪失設定のままですね」

補佐官の顔で、フェリックスがそうつぶやく。

「当然。こちらからフランシスの過去を宣伝する必要はない」

「お妃になるのに、記憶喪失のままは苦しいんですけどねぇ」

「記憶喪失と身元不明の件は、しばらく保留だ」

そう言ったラザラスには、何か考えていることがありそうだった。フェリックスがその考えを聞き出そうと問いを重ねる。

「しばらくって、どれぐらいです？」

「まあ、しばらくだな」

「……もしかして、レオン待ちってことですか？」

「とりあえずは」

フェリックスはラザラスの表情の変化を見極めようというのか、じっと顔を見ている。だが、ラザラスはまだ何も話すつもりはないようだった。

「お考えがあるならいいですけど」

フェリックスは小さくため息をつき、聞き出すのを諦めた。冷静でいようとしているが、困惑している様子は隠せていない。まだ、エヴァンゼリン王女という事実を受け止めきれないでいるのだろう。

それが当然だ。

確かにエヴァンゼリンを知る者はとても少なく、フランシスがエヴァンゼリンだとばれる心配は少ない。だが、ラザラスはいつ爆発するのかわからない爆弾を身の内に囲い込むことになる。

ダナオスの宰相に知られれば、使い勝手のいい傀儡の女王を取り戻そうとするかもしれない。マルタナに難癖をつけてくる可能性だってある。マルタナにだって、エヴァンゼリンの正統性を主張して、この機にダナオスに侵攻しようという貴族がいるだろう。エヴァンゼリンは戦争の火種に、容易になりえるのだ。

「フラン。大丈夫だ」

そんなフランシスの思考に気付いているのかいないのか、ラザラスは抱きしめる腕に力を込め、キスをしながら囁いてくれる。

「君が危惧しているようなことにはならない。させない。守りきれる自信があるから、愛していると言ったんだ」

「うん……、私も協力するから」

「当てにしてるよ」

ごく近い距離で見つめあいほほ笑みあう。ラザラスは守ってくれるだろう。安心して任せられる。

動揺することなくエヴァンゼリンを受け入れたのも、フランシスがエヴァンゼリンだった場合、どう守るのか本気で考えていたからだという証拠だ。

フランシス自身も、その助力をするつもりだ。女は引っ込んでいろと言うような、ラザラスは狭量な男性ではない。フランシスを巻き込んでくれる。そうすれば、フランシスはラザラスを守ることが出来るだろう。

「申し訳ありません。色々と心配で、それにちょっとショックだったので混乱してて」

フェリックスがフランシスにごめんなさいと頭を下げた。ため息をついて、かりかりと指先でこめかみをかく。だが、急にふと気を取り直し、フェリックスはラザラスを横目で睨む。

「冷静に受け止めている陛下が、ちょっとおかしいです。規格外な人だって知ってましたけど、おかしすぎですよ、本当。僕の反応のほうが普通ですよね」

「フェリックス様が普通だと思います。陛下は変です」

「ですよね、フランシス！」

「はい。話して最初に言われたのが、対等なんだから言葉遣いを改めろですよ？　変ですよね」

「それ変！　絶対変！　どうしてそうなるんだ」

頭を抱えたフェリックスに、ラザラスがむっとして言う。

「俺だって驚いたよ」

「参考までに、何に驚いたのか聞いてもいいですかね」

「絶世の美女って噂が本当だったから」

「は？」

白い眼を向けたフェリックスとフランシスに、ラザラスはにっこりとほほ笑む。

「城の奥に閉じ込められ誰も会ったことがないのに、絶世の美女だって噂はおかしいと思ってたけど、本当に絶世の美女だったから驚いたんだよ」

「…………」

「…………」

フェリックスはあきれた顔で首を横に振り、フランシスはなんだか居たたまれない気分になって、そっと目をそらしてうつむいた。だが、ラザラスは本当にエヴァンゼリン王女は許容範囲内だったようで、二人の困惑をほとんど理解せず、話を進めていく。

「今、フランをフォンテーヌ家の養女にする話をしていたんだ。すぐにでも告知を出して、フェイの母上がこちらに着き次第、お披露目をする」

「と、陛下はかなり急がれているけど、君はそれでいいのかな、フランシス」

小首をかしげ、フェリックスはフランシスに視線を向ける。

「私よりも、フェリックス様はよろしいのですか？　私のような者を一族の末席とはいえ加え、家名を名乗らせる許可を与えてもよろしいのですか？　記憶喪失の身元不明の女を一族になんて、反対される方も多いのでは？」

「僕は大歓迎。母もだよ。一族の者たちにも反対はさせない。まあ、君が王妃になるとわかれば、反対する者などいなくなるだろうしね。ただ、フランシスは本当にそれでいいの？　マルタナの貴族になることに抵抗はない？」

「はい。よろしくお願いいたします、フェリックス様」

フランシスが即答し、にっこりほほ笑めば、フェリックスとラザラスは安堵のほほ笑みを浮かべる。

「よかった。君は陛下を捨てて、旅に出ちゃうかと思ったよ」

「は？」

「セルマー様も喜ぶなぁ。で、結婚式はいつ？」

「最短の日程に決まってるだろ。半年後だな」

「え？」

「それは無理だよ。夏になってしまう。次の秋がいいよ。それでも早いぐらいだ。ドレスの準備がぎりぎりになる」

「半年後」

「無理、絶対ダメ。秋だね」

「フェイ」

「そんな顔してもダメだよ。フランシスはフォンテーヌ侯爵家からお嫁に行くんだからね。当主の僕の意見を無視しないように」

目の前で、どんどん進んでいく話に、フランシスは目を丸くしていた。

「フランシスにだって、それぐらいの準備期間は必要だよ。花嫁修業もしなくちゃ。大丈夫、僕がちゃんと取り計らうからね」

「あの、フェリックス様」

「そこはぜひ、お兄様と呼んでほしいな、フランシス」

「え、あ、あの」

にこにこのフェリックスと、面白くなさそうなラザラスを見比べてしまう。だが、ここはフェリックスの言うとおりで、フランシスがフォンテーヌ家からお嫁入りするのであればフェリックスには意見する権利があると思うし。フランシス自身、半年後の結婚は急すぎると思えた。だから、ラザラスのことは構わず、フェリックスに笑顔を向ける。

「よろしくお願いします、お兄様」

「可愛い妹が出来た！　お嫁に行かせるのが勿体ないよ。結婚はやめとこうか」

「フェイ！」

ラザラスが怒りだしたので、フェリックスとフランシスは顔を見合わせ声を上げて笑いだした。


フェリックスと別れ、フランシスはラザラスに手を引かれて彼の寝室へと戻ってきた。ベッドは綺麗に整えられ、日の光にあふれた室内に昨夜の名残は何もない。だが、それでもフランシスはちょっと落ち着かなかった。

「この部屋が一番秘密がもれにくい」

ラザラスは暖炉の上にある飾り棚の扉を開ける。そこには、三角錐(すい)の形をした青い石が光っていた。

「それは……」

「誰からも覗かれないようにするもの」

フランシスも見たことがある。父王の執務室でだ。高位の神官が海王の力を込めた神器(じんぎ)と呼ばれる石。三角錐の青い神器の周囲では、会話は誰にも聞こえないし、水鏡などで覗き見ることも出来ないと言われている。

「マルタナにも、こういう物があるんですね」

「こういう？　神器のこと？」

「ダナオスに比べて、マルタナは海王信仰がそれほど強くないでしょ。女官のお友達も、神殿に行くのは稀なことだと言っていたし。だから、こういった神殿の作り出す神器がマルタナにはないと思っていました。実際、初めて見ましたし」

「こういった物に頼るのが嫌なんだ」

ラザラスは眉間にしわを寄せる。

「だが、便利なことは便利だから。執務室にもあるよ」

ベッドから離れた窓辺にある長椅子のセンターテーブルに、ラザラスはそれを置く。そして、三人掛けの長椅子に座ると、視線でフランシスを隣へ座るように促した。

「聞かせてくれ。なぜ、エヴァンゼリンは死ぬことを選んだのか」

「もう予想がついているのではない？」

「戴冠と結婚に関してだろうね。だが、君が思っている以上に、ダナオスの情報はマルタナに来ない。正確なところを教えてほしい」

膝の上に置いた手に、ラザラスは手を重ねてくれた。そのまま、フランシスの手を引いてぴったりと体を寄せ合った。

「私は宰相の息子と結婚する予定だった。宰相の息子を王配にしたくなくて、死ぬことにしたの」

あまりに端的に言いすぎた。でも、簡単に言うとこういうことなのだと、笑い出したくもなった。これしか出来なかったエヴァンゼリンの無能さと力のなさに、今更ながら嫌になってしまう。

「宰相は、父の幼馴染だったの。学友でもあった。とても優秀な人よ。父はずっと彼を頼っていた」

フランシスは出来るだけ公平であろうと意識しながら、言葉を選んだ。

「父は、先代のダナオス王は、政治にまるで興味のない人だったの。それでも、若い頃は宰相と協力しながら国王をやっていたみたい。でも、私を産んで母が亡くなると、父は無気力な人になってしまったの。すべてを宰相に任せきりになってしまって。宰相は次第に国内での権力を強めていき、無気力な父をお飾りに、私利私欲のために政治をするようになってしまったの」

「宰相、レオナス・パラディス侯爵。パラディス侯爵家は元々は神官の家だ。娘を王妃にして、外戚として力を持ってきた家だね」

「よくご存じ」

「独立するまでのことなら、マルタナにも資料が残っている。宰相は幼い君に何をしたんだい？」

ラザラスの指が、フランシスの頬を優しくなでていく。

「気が付くと王城で軟禁されていたわ。まずは、王城の外に出ることを禁じられた。危険だからと言ってね。無理に出ようとしたら、近衛騎士たちに止められた。その頃から、近衛の多くは宰相の支配下にあったのね。それでも、私に味方してくれる近衛もまだいた。お馬鹿さんだった私は、貴重な味方の近衛騎士に剣を教えてほしいと泣きついた。願いを叶えてくれた味方の近衛騎士は、すぐ宰相に追い出されてしまった」

「お馬鹿って、君がいくつの時の話？」

「十年前。九歳だった時のこと」

「それは馬鹿なんかじゃない。幼かっただけだ」

それでも、自分の置かれた境遇がおかしいと思えるだけの分別はあった。わかっていたのに慎重に対処出来なかったのは、やはり愚かだったからだ。

「剣が使えないなら、政治の勉強をしたいと思ったの。ダナオスには貴族の議会があって、国王がいなくてもそこで政治的なことが決定されている。そこに参加したいと思ったの。だから、当時の家庭教師に私の望みを話して、政治を教えてほしいと願った。とても優秀な先生だったのよ。何も教えてくれなかった父にかわって、王女とはどうあるべきか何をすべきか、正しく教えてくださった方なの。でも、宰相に知られてクビになったわ。そしてそれ以来、どれほど頼んでも新しい家庭教師はつかなかった。宰相は私に勉強などさせたくなかったのよ。ちょっと考えれば、当然よね。私に許されたのは、王城の図書室で本を読むことだけになったわ」

「図書室の本は全部読んだ?」

「全部読んだわ。二周したわ」

「素晴らしい」

「素晴らしくないわ。私はやり方を間違えたの。それで、貴重な味方を次々と失ってしまった。私に残ったのは、侍女のメイとダンス教師のシビル。二人だけだった」

もっと賢かったら強かったら男だったら、ラザラスのようだったら。ないものねだりをしても仕方がない。ラザラスを妬むのも八つ当たりするのも愚かなことだと、わかってはいるけれど。

顎にラザラスの指が伸びてきて、くいっと仰向かされる。驚いて目を閉じる間もなく、唇が押し当てられた。

「ラザラス?」

「また大嫌いと言われるとショックだから」

にやりと口の端を上げてみせる。そのお茶目な表情に、フランシスのこわばっていた表情もゆるむ。

「軟禁状態の世継ぎの王女に、何が出来るのかずっと考えていたの。ダナオスの国民の幸せのために、私が出来ることはなんだろうって。何か出来るのだろうかって」

「うん」

「宰相の暴走を止めなければならないと思った。宰相はとても優秀な人なのよ。正しい国王の下でなら、優秀な宰相でいられる人なの。でも、私では宰相を抑えられる国王にはなれない。彼の息子と結婚させられて、お飾りの女王になるのはわかってた。私がいる限り、宰相の野望を止めることは出来ない。でも、私がいなくなれば、次の国王は父の弟になる。叔父は辺境伯の跡取り娘と結婚して、中央とは距離を置いて領地に住んでいる方なの。最後に会ったのは私がまだ子供の頃で、叔父が国王に向いている人なのか正直わからないけれど、とても優秀な騎士様だというのは確かだったから。宰相よりはましだと思ったの」

フランシスの意識は、あの嵐の夜に戻っていく。

「前日からの嵐で、王都は人けがなかった。昔は王都に嵐が来るなんて考えられなかったけど、この近年は珍しくもないの。誰もが家に閉じこもり、嵐が通り過ぎるのをじっと待ってた。だから私、その日に決めたの。たった二人の私の味方、メイとシビルに叔父への手紙と世継ぎの君の指輪を渡して、届けてもらうようにお願いした。それから私は、宰相を部屋に呼んでバルコニーの上に立ったの。たっぷり時間をかけたわ。王城の近衛騎士たちの注意を集めメイとシビルの脱出を助け、官吏や女官の視線を少しでも多く集めて、王女エヴァンゼリンが死んだ証人になってもらうためにね。王城の使用人で私と面識のある者はごく限られていたけど、長い銀髪で喪服姿の若い女が王城から飛び降りたとなれば、誰でもエヴァンゼリン王女だと思う。私の背後で、宰相がエヴァンゼリン様って叫んでたしね。バルコニーから夜の海へ、飛び降りたわ」

肩に腕が回り、フランシスはぐっと抱き寄せられた。ラザラスの胸に頬を押し当てる。反対側の腕はフランシスの腰に回り、分厚い胸の中にしっかりと抱き込まれた。女性の中では長身なフランシスだが、さらに長身なラザラスの腕の中でなら、すっぽりと包まれるように抱きしめてもらえる。

あれだけの剣を使える人なのだから当然なのかもしれないが、ラザラスはとても逞しい体つきをしている。胸板は分厚く、肩や腕の筋肉は逞しく盛り上がり、太腿の太さは自分のと比較してしまって、あまりの筋肉量の違いにちょっぴり悲しくなってしまったぐらい。昨夜は、ラザラスは着やせするタイプなのだと、再認識させられた夜でもあった。そんなラザラスに抱きしめられると、包み込まれ守られているという安心感に体中のありとあらゆる力が抜けていく。

今まで、こんな無条件な安心をくれる人はいなかった。父は昔から線の細い人だったし、抱きしめてもらった記憶はほとんどない。十年前、エヴァンゼリンに剣を教えようとしてくれた近衛騎士。彼はとても大柄で、構ってほしくてじゃれつくエヴァンゼリンを抱きしめ、抱き上げてくれた。でも、すぐにいなくなってしまった。メイとシビルはずっとそばにいてくれたけれど、エヴァンゼリンにとって基本的に臣下であり、守るべき対象だった。

（エヴァンゼリンはとても孤独だったのよね）

それに気付くことも出来なかったぐらい、エヴァンゼリンは一人世の中から隔絶されていた。寂しいと思うことが出来ないぐらい、心は凍り付いていた。

「自殺した君を責めたこと、謝るよ。君の選択を理解し支持する」

フランシスの頭の上に頭をのせるようにして、ラザラスがはっきりと言った。

「ありがとう」

「俺たちはこの命一つで多くを救えるときがある。そのときは、命を差し出すべきだ。それが義務だ。君はその義務を果たした。尊敬するよ」

「ありがとう」

　こぼれる涙を、ラザラスの優しい唇がすくい取ってくれる。目尻に口づけ、唇にそっと触れていく。ごく近い距離で見つめあった。

「あの時期、俺が居たフランシーヌ島の海岸に打ち上げられるのは南からの漂流物で、俺はずっと君の身元を南に探していた。だが、あの時は嵐が来ていた。そのために海流が乱れて、君はマルタナに流れ着いたらしい」

「それは、ハリケーンの研究所が？」

　海流の研究なんて、ダナオスでは聞いたこともない。だから、この前エバンから聞いた研究所のことを思いついただけなのだが、それを聞いたラザラスはなんとも珍妙な顔つきになった。

「マルタナがハリケーンの研究をしていることは、国の機密事項なんだが」

「え」

「まったく。誰が君にぽろりと話してしまったのか、想像はつくけどね」

　エバンは処罰されてしまうかしらとフランシスは慌てたが、城の連中は君が見習いだということをすっかりきっぱり忘れていると、ラザラスは笑っていたので大丈夫なのだろう。

「陛下」

　こつこつとノックがあり、マリーの声が聞こえてきた。ラザラスは立ち上がり、扉まで行って開ける。防音の力が効いているので、そうしなければマリーと話せないのだ。

「どうした？」

「はい。仕立て屋が参りました」

てしまう。

手招かれフランシスが近づくと、手を取られた。そしてそのまま、階段を降りるように手を引かれ

「ラザラス？」

「早かったな。フランシス」

「下に仕立て屋が来ている。急いでドレスを作らせよう」

「え」

「アンナは来ているか？」

「はい、陛下」

「フラン、残念だが女官の仕事はもう終わりだ」

「ええ！」

階下の居間には、仕立て屋がメジャーを持ってフランシスを待っていた。女官長のアンナは満面の笑顔で、フランシスにおめでとうとでも言いだしそうな雰囲気だった。ラザラスが、フランシスは今日限りで女官を辞め、明日からフォンテーヌ侯爵家の養女に入るために準備を始めると言い渡しても、まるで知っていましたと言わんばかりに鷹揚に頷いていた。

「でもラザラス、私やりかけの仕事も残っているし」

「女官は終わりだが、働くなとは言ってないだろ。侯爵令嬢という立場で、仕事を手伝えばいい」

ダナオスでは侯爵令嬢が仕事をするなんて聞いたことはないが、マルタナでは普通のことなのだろうか。いやでも、今まで王城で働く侯爵令嬢になど会ったことはないし。咄嗟に反論出来ないフランシスに、アンナもにっこりと頷いて畳みかける。

「そうですよ、フランシス様。立場をきちんとしておくのは大切なことです。侯爵家でのお勉強もございましょうし、仕事はその合間で構いませんので」

「アンナ様、様付けはやめてください！」

「何をおっしゃいますか。侯爵令嬢で未来の王妃様を呼び捨てになど出来ません」

なんなのだろう、この切り替えの早さは。しかも、アンナもマリーも物凄く嬉しそうにニコニコしている。

「諦めろ、フランシス」

いつの間にか、確実に根回しされていたとしか思えない。この恐ろしいほどに頭のよい人に。にっこりとほほ笑んだラザラスに、フランシスはため息をついてうなだれた。

「陛下、お時間があるのなら、執務室にも来ていただきたいと補佐官様がおっしゃられてますが」

扉にノックがあって、外から官吏らしき男の声が聞こえてきた。ドレスの採寸をしているのを知って遠慮しているのだろう。

「今行く！　では、アンナ、後は頼むよ。マリー、お前がフランに着せたかったドレスを作ってもらうといい」

「ありがとうございます、陛下！」

マリーがキラキラした笑顔でラザラスにお礼を言うのに、フランシスは額に手を当てた。

「ラザラス、急ぎすぎでは？」

恨みがましい視線を送れば、逆にじとりと睨まれた。

「今日はベッドで過ごそうという俺の提案を受けてくれてたら、明日以降にしたけどね。そうしないなら、早めに手を打っておきたいことはしておくほうがいい。効率的にね」

真っ赤になった顔をうつむけたのに、顎をすくい上げられてキスを落とされた。

「昼食までには切り上げてくれ。昼食は一緒にとろう。執務室にいる」

女性だけになった居間では早速フランシスの採寸が始まり、ドレスのデザインについて、ああでもないこうでもないとにぎやかに話し合いになり。持ち込まれていたたくさんの生地が広げられ、どれがフランシスの肌に映りがいいか、一つ一つあてられて。レースや素晴らしい刺繍のサンプルにマリーが目を輝かせ。お昼前の楽しい時間は、瞬く間に過ぎてしまった。


午後、フランシスは王城図書室の奥にある王族のみ入室可の書庫に案内された。管理はエバンがしているが、中の本や資料を広げたことはないと、フランシスも聞いていた。

そう広くもない部屋の四方は天井までの書棚になり、天井には小さな明かり取りのガラスがはめられている。本を日焼けから守るためだろう、ガラスからの日差しは本を読めるほどではない。部屋の中央にはテーブルと椅子が四脚。テーブルの中央には、あの防音効果のある青い三角錐ともう一つ薄い黄色の丸玉が置いてあった。ラザラスがそれに触れると、ぼうっと光り、本を読むのに十分な明るさになる。ダナオスでは珍しくない神器で、エヴァンゼリン王女の部屋の明かりはすべてこれだったのだが、マルタナでは初めて見る。

「ここは火気厳禁だからね。昔からあるんだよ」

「ラザラスは神器が嫌いなの？　便利なのに」

「便利すぎるから、敬遠してる」

ラザラスは本棚からひときわ大きな本を引っ張り出してくる。

「ダナオスにもあったわ、これ」

「ユクタスにもあるだろうね。ダナオス王家の家系図みたいなもんだ」

テーブルにのせ表紙をめくると、保護のための薄紙に続き最初のページは肖像画だった。椅子に腰かけた女性と、その後ろに立つ男性。ダナオス王家初代の女王エヴァンゼリンと、彼女の一人息子で二代目の国王ユナリス。昔の肖像画なので詳細(しょうさい)はわからないが、二人とも明るい髪の色に瞳は青か緑。凛(りん)として気品のある、雰囲気の似ている美男美女。ダナオスで最も有名な親子だ。特に、エヴァンゼリンは今も愛されていて尊敬されている。エヴァンゼリン王女は、勿論(もちろん)、彼女から名前を貰って名付けられたし、街にも可愛いエヴァちゃんや、エリンちゃんなど、初代女王にあやかった名前の女性が多い。

「この二人の説明は不要だろうけど、エヴァンゼリンの夫で、ユナリスの父親のことを、フランは知っている？」

「いいえ。ユナリスが生まれる前に亡くなったのよね？」

「ということになっているけど、実際は違う。今も生きている」

「え？」

「海王と呼ばれている男だよ」

さらりと言われた言葉の意味を理解出来なくて、というか頭が理解拒否をして、フランシスは絶句した。ラザラスがこんな冗談を言うとは思わないし、海王は実在しているとは、昨夜すでに言われていた。それにしても。

フランシスは震える指先を伸ばし、最初の肖像画ページをめくる。次のページからはダナオス王家の系図がある。

「ガイアス」

女王エヴァンゼリンの夫、二代目ユナリスの父親として記されていたのは、ガイアスというファーストネームだけだった。

「海王が一目ぼれしたっていうのが通説だな。女王エヴァンゼリンは絶世の美女で、海王はどうしても彼女と結ばれたくて、人の男のふりをして地上に降り立った、そうだ」

「それは、口伝（くでん）なの？」

「そうだよ。王家と神殿にね。俺は父に聞いた。でも、エヴァンゼリンは聞いていない？」

「聞いてないわ」

「ダナオス王家は伝えるのをやめたんだろうね。その理由も想像がつく。それにも海王の存在が関わっている」

ラザラスに促され、二人は椅子に腰を下ろす。

「海王の正体は正確にはわからない。誰も知らない。神々しいまでの美男子で、剣技に優れ、世界中のどんなことでも知っていた。また、人外の力を使った。念じるだけで物を動かし、風を起こし地を揺るがし、海を操ったそうだ。女王エヴァンゼリンが死ぬまで添い遂げ、彼女が亡くなると姿を消した。その時、若い姿に戻っていたそうだ。不老不死らしい」

「……普通に神様な気が」

ため息交じりにフランシスがつぶやくと、ラザラスは苦笑する。

「神が人間の美女に恋してって神話は数多くあるよね。なんとダナオス家もそうだったということさ。驚いた？」

「驚くというより、まだぴんとこないわ」

「だよね。わかるよ。さて、ここからが本題だ。海王、ガイアスと言うね、彼は愛するエヴァンゼリンと息子のために、彼女の国を守護することに決めた。ダナオス、マルタナ、ユクタス周辺の海は荒れることが多い。ハリケーンも多く、収穫を根こそぎ持っていく。荒れる海をなだめ、ハリケーンを排除するだけで、十二分に国を守ることになる」

「海王の守護」

　以前はあったが今はなくなってきていると、エバンが話してくれた。ダナオス王家に支配されている土地のみ、ハリケーンの被害が少なかったという。

「だが、神様の世界にも規則があるのか、ガイアスは自分で直接それをすることは出来ないらしい。神様は人間の世界に深く関わってはいけないそうだ。それを、人間の女性と結婚して子供まで作っといて言うかと思うけど、そもそもそれがかなりの規則違反だったらしい。だからこそかもしれない、ガイアスは直接自分でダナオスを守護することが出来ない」

　ここまで大丈夫？　と視線で聞かれたので、フランシスはこくりと頷き、口を開く。

「不老不死のガイアスがずっとダナオスを守ってくれるなら、ダナオスはハリケーンとは無縁で豊かになれる。でも、神様の法に縛られているガイアスは、人の世界に直接手出しをすることが出来ないということね」

　フランシスが理解したことを繰り返すと、ラザラスは頷いた。

「ガイアスに出来たのは、自分の子孫たちに守護の力を注ぐこと。子孫たちの体に流れる自分の血を媒介として、ダナオスに守護する力を注ぐこと」

「子孫の血に」

「神様の世界のルールはよく知らないけど、ガイアスが人の世界に干渉出来る抜け道なんだろうね」

人の世界に手出しは出来なくても、自分の血にならいいという理屈だろうか。

「どう作用しているのか、まだぴんとこないけれど。血を媒介とするのなら、ガイアスの血が薄くなれば、守護の力も弱くなるということ？」

「そのとおり。それを出来る限り防ぐため、ガイアスは自分の血に呪いをかけた。最初の子供は必ず男子で、その息子にはガイアスの血を濃く残すようにする、という呪いだ」

「それ、呪いなの？」

「祝福だという阿呆もいるが、俺は呪い以外の何物でもないと思うね。ガイアスの長男の長男の長男は、ずーっとガイアスの呪いに縛られる」

ラザラスはとても嫌そうに顔をしかめる。それは、彼がまさに、その呪いにかかっているからではないだろうか。と、ダナオス国王の最初の子供なのに、女子であるフランシスはそう考えた。

「それで？　ダナオス王家はいつその呪いから解き放たれたの？」

「いつだと思う？」

ラザラスはフランシスの言葉を否定せず、逆に質問で返してきた。

「最初に女子が生まれた、ここからと言いたいところだけど」

と、フランシスは家系図をなぞるが、指先はもっと上にさかのぼり、ある人物を示した。

「ここね？　マルタナ公爵になった、ジュニアス第二王子。マルタナの父と呼ばれているんでしょう？　彼は第二王子だけど、本当は第一王子だったということね？」

「当たり。さすが、フランシス」

ジュニアス第二王子はマルタナ公爵令嬢と結婚してマルタナ公爵になった人。自分の代でダナオスからの独立を準備し、息子の代でそれを成し遂げた偉大な父。

「どうして第一王子が第二王子になっちゃうの？」

聞きながら、そんなこと王妃の不貞ぐらいしか考えられないと、家系図でジュニアス第二王子の母親をなぞる。彼の母親は、パラディィス侯爵家の出身だった。今の宰相の家である。

「パラディィス侯爵家は、この頃から権力を持って自由にやってたってこと？」

「というか、これをきっかけに権力を握ったんじゃないかな。国王が横恋慕したらしいよ。相思相愛の婚約者がいたパラディィス侯爵令嬢を、無理やり王妃にしたらしい。第一王子は、その元婚約者との子供だろうね」

愛していたから、恋人との仲を引き裂いてしまったという負い目があったからか、国王は自分の種ではない長男を、世継ぎの王子にしてしまったのだろうか。

「国王も王妃も、本当の長男であるジュニアス第二王子を、世継ぎにしないという意味をわかっていたのかしら」

「知っていただろうけど、わかっていなかったんだろうね。何しろ、その頃のダナオスはとても豊かで、海が荒れることもハリケーンが来ることもなかった。国王も国民も、貧しかった頃のダナオスを知らなかったんだろう。海王の守護を失う意味を理解していなかったんだろうね」

ガイアスの呪いがかかった長男。ガイアスの濃い血は、ガイアスの強い守護の力をダナオス王国に注いでくれる。そして、その長男の息子もまた呪いを引き継ぐ。その呪いの血筋をダナオス王家から出してしまえば、ダナオスはガイアスの守護を失っていく。ハリケーンがダナオスを襲い、漁港は寂れ、農作物の収穫は減る。そうして貧しくなりかけているダナオスの王女だったフランシスは、額に手を当て、ご先祖の浅慮を嘆いた。

「ジュニアス第二王子が、マルタナの独立を考えたのは、海王の守護が関係しているの？」

「そうだよ。海王の守護の力は、ガイアスの子孫が支配する土地にあるんだそうだ」

「マルタナ公爵はそもそもガイアスの子孫よね。マルタナ公爵の領地には、マルタナ公爵に注がれたガイアスの守護があるのではないの？」

「他の誰にも支配されていない国王の、その王国にのみ守護の力は注がれる」

それでは、ジュニアス第二王子がどれほど濃くガイアスの血をひいていても、マルタナ公爵領に注がれるガイアスの守護の力は、ダナオス王経由の弱い守護だけになってしまう。

「ジュニアス第二王子の兄にあたる王太子にも、ガイアスの血は流れているよね。王太子の母親の実家には、ダナオス王家の姫君が降嫁しているもの」

「そうだね。だから、今のダナオス王国にも海王の守護が皆無というわけじゃない。でも、ごくごくわずかだ。ダナオス王に流れるガイアスの血はごくごく薄いから」

ダナオス王家は、昔から血族結婚がとても多かった。ガイアスの孫を始祖とする、マルタナ公爵家、ユクタス公爵家との縁組は、特に頻繁に行われていた。

政略結婚のためだと、フランシスはずっと考えていた。だがそれよりも、ガイアスの血を薄めないために行われていたのだろう。血を薄めず、海王の守護の力を弱めないために。

「今、ガイアスの血が一番濃いのは、マルタナ国王ということね」

血を濃く残す呪いのかかった長男の長男の長男。それが、ラザラスだ。ラザラスの父、祖父、曾祖父と、父方の先祖をまっすぐたどっていくと、最後にはガイアスにたどり着くというわけだ。

対してフランシスはというと、なんと敵だったはずの宰相とそれほど遠くない親戚ということになる。ガイアスの血も、宰相と同じ程度にしかフランシスには流れていないだろう。エヴァンゼリンでも宰相でも、どちらが王でも、ダナオスは大して海王の守護を受けられないということだ。

「嫡流という言葉を使っている。長男の長男の長男ね。確かに俺は、呪いのかかった嫡流の長男さ」

と、ラザラスは物凄く嫌そうに顔をしかめる。

「嫡流でも、ガイアスの血はかなり薄まっている。それでも、ないよりはましとジュニアス第二王子は考えたわけだ。マルタナ公国をマルタナ王国にすることで、嫡流の持つ海王の守護の力をマルタナにだけでも注ごうとした。それが、マルタナ独立の真実というわけだ」

ジュニアス第二王子は、ダナオスが今後、海王の守護を失っていくことを知っていた。そして、マルタナだって、この先いつまでも海王に守られているわけじゃないとも考えたのだろう。

「ダナオス王家がこの話を口伝しないことにしたのは、ガイアスの嫡流ではない王太子を国王にしたからだろう。ガイアスの呪いに反応する、様々な神器があったらしいよ。正統な国王だと証明するためのね。そういった神器はほとんど廃棄されたらしい」

「神殿にも、この話は口伝されていたのよね？」

「今のダナオスの神殿で口伝されているかどうかは、俺も知らない。ジュニアス第二王子がマルタナに婿入りする時に、神官長を世襲しているオデッセア公爵もマルタナに移住している。マルタナの神殿では、今も口伝されているよ」

「今の神官長は」

「ガイ。ガイ・オデッセア。オデッセア公爵で俺の大切な幼馴染の一人。帰ってきたら紹介するよ」

あまりにたくさんで重たい事実を一度に聞いたせいか、フランシスは深い疲労を感じた。

「一応言っておくけれど、今の話は秘密だよ。フランは俺の奥さんになる人だから話したんだ。これはマルタナ王家のみ口伝していくことだから」

「ええ、大丈夫」

「他に知っているのは、神官長のガイだけだ。フェリックスとセルマーは俺の側近中の側近だから、ダナオスの始祖が海王だってことぐらいは知っている。……疲れたね？」

「ちょっとだけ」

「知恵熱が出そうだろ？　今までの常識を覆（くつがえ）されたんだから」

「そう、かも」

貴重な本を片付けると、二人はそこを出る。今後、好きな時にここの本を読んでいいよと、ラザラスに許可を貰えたのは嬉しかった。きっと、フランシスの知らない知識が詰まっているだろう。知らないことを知るというのは、基本的にとても楽しいことだ。

フランシスは強制的にラザラスの寝室に連れてこられた。そして、マリーに手伝ってもらってドレスを脱いで、ベッドに横になる。枕に頭をつけると、ぐるぐる回る渦の中に自分がいるような感じになって余計に気分が悪くなってくる。だが、それを我慢していると、次第に渦は消えてなくなり静かになった。そして、ずぶずぶと己の意識が沈んでいくのを感じる。

　このまま眠ってしまおう、少しの間だけでも考えるのをやめよう、そう思ったのを最後にフランシスの意識は眠りの中に落ちていった。

　あれは、まだ私が幼かった頃のこと。

「王女様、ご無沙汰しております」

　そう言って、美しい人が頭を下げた。まっすぐで長い白髪は背中の半ばまであり、肌の色は白い。人の肌がこれほど白くなるのかと、まじまじ見てしまうほどに白い。そして、切れ長の瞳は赤。血の色だ。

　その時は、アルビノという言葉を知らなかった。図書室の本でその言葉と説明を見つけた時、真っ先に彼のことを思い出した。

「お久しぶりです」

　彼の名前は、忘れてしまった。思い出せない。でも、彼が何者かは覚えている。宰相の弟。父の幼馴染の一人だ。アルビノである彼は、外に出て日差しを浴びることが出来なかった。皮膚をやけどしてしまうのだ。だから、会うこともほとんどなかった。

「早速だが、エヴァを見てもらいたい。レオの見立てでは、才能があるのではないかと」

　そう言ったのは父。レオというのは、宰相のことだ。幼馴染の宰相を父はいつもそう呼んでいた。

その日も、宰相は一緒に来ていた。

「私でよろしければ」

「そなたに見てもらいたくて来たのだ。そなたは神殿でも一番に力のある神官なのだから」

「それは兄上の買い被りですよ。でなければ、そうあってほしいという願望でしょうね」

彼は神官だった。おかしいことじゃない。宰相の家は神官出身なのだから。代々神官長を務めていたオデッセア家の分家なのだ。神殿を離れ長く政治の場にいたけれど、神官としての才はその血に入っている。

真っ白のその人は、そっと私の手を取った。優しい力で握り、じっと私の目を見つめていた。彼が何をしているのか、私には理解出来なかった。ただ、とても綺麗な人がそばにいて見つめてくれるのが、嬉しかったというだけだった。

「王女殿下には、神官としての才がおありです。とても大きな器をお持ちだ。神殿で修業なされば、素晴らしい神官におなりでしょう」

「神官としてではない。国王としての才だ」

「国王としての才、それはガイアスの血をどれだけ濃くひいているかということです」

「先祖返りという可能性もある」

「可能性は否定しませんが、王女様がどれだけガイアスの血を濃くひいているかどうかは、私にはわかりません。それは、王女様がダナオスの女王となられたとき、ダナオス王国に注ぎ込まれるガイアスの力がどれほどになるかでしか、わからないことでしょう」

彼が何の話をしているのか、私には全く理解出来なかった。ただ、父がそれを聞いてとても落胆していたことだけ覚えている。自分の何かが父を満足させられなかった、そう感じた。

「陛下、そう気を落とされるな。古来、強い国王は、神官としての才能にも恵まれていました。王女様が神官として優れているのなら、ガイアスの血も濃いかもしれません。大丈夫です。指輪があれば、嫡流でなくても、守護の力は得られるのですから」

「そうだな。指輪があればダナオスも守護される」

「そのとおりです。指輪は増幅装置。ガイアスの力を伝えやすくするものですから」

大人たちの話は、まるで理解が出来なかった。だから、ただ聞いていた。記憶の片隅に置いて、いつか理解出来る日に理解しようと思った。ようやく、意味がわかった。

父、宰相、宰相の実家パラディス家は、海王の力とダナオス王家の関係を、ある程度正確に知っていたのだ。国王だった父は勿論、宰相の実家パラディス家は神官長の分家なのだから、すべてではなくてもある程度知っていてもおかしくはない。そして、もしかしたら、海王の守護をダナオスに取り戻そうと、様々な取り組みをしていたのかもしれない。

「海王の守護さえあれば、ダナオスはまた豊かになれる」

父は生前、よくそう言っていた。遠くを見る目で海を見つめ、そう何度もつぶやいていた。

あれは、もしかしたら、海ではなくマルタナを見ていたのだろうか。海王ガイアスの嫡流がいるマルタナ。父はそこまで知っていたに違いない。

なぜ、私に何も言い残してくれなかったのだろうか。その価値がないと思ったのだろうか。宰相が知っていればいいと思ったのだろうか。

ああ、そうかもしれない。宰相は彼の息子に伝え、彼の息子は私の子供に伝えるのだろうから。ダナオスにおける、王女の地位なんてそんなものだ。身分の高い子供を産む道具でしかない。

「愛しているよ、フランシス」

ラザラスはそんな風に私を扱わない。

「すべてを共有しよう。二人で幸せになろう」

幸せにしてやるじゃなくて、なろうなのだ。それに、ラザラスは海王の力を忌避している。海王の守護に頼らない国造りをしている。便利すぎると、神器さえ使いたがらない。失った守護を思い未練ばかりを募らせ、何もしようとしなかった父とは違う。

私はラザラスを愛している。そして、彼の造る国を愛している。彼と一緒に、マルタナの民を幸せにしたい。

◆

目を開けると、最初にラザラスの緑の瞳が見えた。腕を組み、小首をかしげるようにして、フランシスの顔をじっと見つめている。ラザラスの腕が伸び、フランシスの頭の横につくと、ラザラスの上半身がぐっとフランシスの上に下りてきて、そっと唇にキスをされた。

「よく眠れた?」

「……うん」

ラザラスの寝室のベッド。ラザラスはすでにゆったりとした寝間着に着替え、ベッドに足を組んで座り、ずっとフランシスの寝顔を見ていたらしい。部屋の中はもう暗く、ベッドの周囲に明かりがいくつかともっていた。ずいぶんと長く眠っていたらしいと、フランシスは起き上がろうとする。すると、ラザラスの腕が彼女の体に巻き付いて優しく抱き起こされた。

「……あなたがこんな甘いことをする人だなんて思わなかった」

抱き起こしたフランシスを、ラザラスは自分の膝の上に座らせる。

「そう？」

「そうよ。だって、いつも素っ気なかったもの」

「我慢していた反動かな」

「我慢？　初耳だなあ」

「他の男どもに構われている君を、指をくわえて見てるしかなかったし。もう誰にも触らせない」

「剣を教えてってお願いしたら断ったくせに」

「だから、それはっ」

ラザラスが喉の奥で、獣みたいにぐるぐるとうなりだす。どうやらちょっとイジメすぎてしまったらしい。話題を変えるために今何時か聞くと、もう深夜と言える時間だった。

「寝すぎちゃったね」

「疲れてたんだ。昨夜はあまり眠らせてあげられなかったし。だから、一日ベッドで過ごそうと言ったのに」

愛しているよという目でじっと見つめられる。世界で一番居心地のいい場所になったラザラスの腕の中で、フランシスは優しいキスを受ける。

「ねえ」

「うん?」

まだ唇の触れる距離で囁きあうのは、とても親密な感じがした。

「私が海王の娘だったら嫌いになるって言ったでしょ? あれはどういう意味?」

「そのままの意味だけど」

「ガイアスが、またどこかで人間の女性と結婚して子供を作ってるってこと?」

「ああ、そういう意味じゃない」

フランシスの寝間着、喉元にあるリボンをラザラスの指が引っ張ってほどく。鎖骨があらわになり、ラザラスはそれが当たり前のように、フランシスの首元の素肌に吸い付いた。

「気が付いてると思うけど、俺は海王の力が嫌いなんだ」

もう一つリボンがほどかれ、隙間からラザラスの手が胸元に侵入してくる。

「あれは人外の力だ。本来なら人が当てにしていい力じゃない。便利な力に頼ると、人は思考停止してしまう」

「マルタナの人はそう考えているのね」

「そうだね。マルタナの歴代の王たちは、海王の守護が完全に消えるまでに自分たちで国を守れるようになろうとしてきた。海王の血は薄まっていく一方で、守護の力は弱まっていくとわかっているからね。新しいものを取り入れ、変化しようとしているんだ」

フランシスの脳裏に、海王の守護を求めるばかりだった父の姿がよぎる。

「だからもし、海王の娘ってのがやってきて、私と結婚して子供が出来たら海王の血は濃くなって守護は強まりますよと言われても、俺はお断りだってことさ」

本気でそう思っているのがわかる口調で、フランシスはラザラスらしいと小さく笑う。

「あ、やっ」

三つ目のリボンを外され、ラザラスに乳首を吸い上げられると、フランシスはびくりと震えあがりラザラスの首にすがりついた。

「ごめん、お腹空いているよね。でも、先に俺に食べられてほしい」

「ラザラス」

「君が好きすぎてたまらないんだ。綺麗で可愛くて、ずっとつながっていたい」

残りのリボンも手早く外され、フランシスの寝間着はするりと背中へ落とされる。マリーに渡されて何の疑問もなく着た寝間着だが、これはどう見ても新婚夫婦用ではないかとフランシスは頬を染める。ラザラスとそういう関係になったことは、もうマリーには知られてしまっているけれど、こうもあからさまだと恥ずかしくてたまらない。

「愛しているよ、フラン」

いつの間にかベッドに押し倒され、ラザラスは唇で首筋に触れ、乳房に触れ、足を開かせながらもっと下へと向かおうとしていた。敏感な肉芽を唇で食まれ、フランシスは悲鳴のような声を上げる。フランシスの抵抗をものともせず、ラザラスは肉芽と秘裂を唇と舌でたっぷりと愛撫し、フランシスをとろとろに蕩けさせてから、ゆっくりと挿入してきた。

「痛くない？」

「ん」

痛みはないけれど、圧迫感は相変わらずだった。でもそれも最初だけだと、もうわかっている。ラザラスが体を進めて奥までたどり着く時には、もう痛みも圧迫感もなく、怖いぐらいの快感だけ。回数を重ねるごとに、この快感も深まってきている気がした。

「フラン、好きだ、愛してる」

もう離れたくないと言わんばかりに、しっかりと抱きしめて体を擦り付けてくる。キスと一緒に飲み込まされる甘い愛の言葉。触れる指先が、見つめてくる瞳が、ラザラスの全部が愛していると伝えてきてくれる。不安も自信のなさも、フランシスの弱いところは全部、ラザラスが埋めてくれる。

体の奥で、ラザラスの熱い吐精を感じ取る。結婚式まで妊娠は待つと言っていたくせに、フランシスの奥へ奥へと腰を押し付け、断続的に何度も精を吐き出している。ラザラスの背中に回す、自分の腕が細かく震えている。全身でラザラスにマーキングされているような、体の中から彼のものだと主張されているような、震えるほどの幸せを感じていた。

男女の性行為には、妊娠するための意味しかないと思っていた。何も知らなかった自分が恥ずかしいほど、今のフランシスはこの行為から得られる深い満足感とラザラスとの一体感と愛情に体中で浸りきっていた。こうしているのは、もう幸せでしかない。

胸の中にフランシスを抱き込み、髪に頬を触れさせ、顎でフランシスの頭をごりごりとこすったりしていたラザラスだったが、ふうと長いため息をついた。

「君に夕食をとらせないと、マリーに怒られる」

「お腹減ってないよ。もう少し、こうしてて」

まだ熱は冷めてないし、ふわふわとした体中幸せ以外何もない今を壊したくなくて、フランシスはラザラスの胸にすり寄る。

「来年の秋とか、待てる気がしないよ」

「……結婚式のこと？」

「明日にでもしたい」

「私に結婚式のドレスを着せてくれないの？」

「くうっ」

　国王をしているラザラスは、すごく凛として苛烈なぐらいのオーラをまき散らしているのに。そうでないラザラスは、なんだかちょっぴり可愛い。彼の周囲の人たち、ベルダンを筆頭とした面々が、甘やかしている気持ちがわかるような気がした。

「半年後じゃ駄目かな」

「夏前になっちゃうでしょ」

　大勢の人が集まる結婚式を夏にするのはかなり手間だ。何より、食べ物が傷みやすい。

「フェイが、フランはフォンテーヌ家の養女になるんだから、フォンテーヌの屋敷に部屋を用意するって言ってる。勿論、フェイの母上が来られてからだけど」

「マルタナの国王陛下は、結婚式前に婚約者と同居しても許されるの？」

「…………」

「ダナオスでは考えられないけど？」

　今のフランシスの身分は女官で平民の娘。ラザラスとの関係は、あくまで国王の寵愛を受けている娘で、このままいってても愛人の一人になれるかなという非公式な関係だ。だが、侯爵家の養女になって国王と正式に婚約して結婚となれば、全く話は違ってくる。二人の関係には節度が求められるだろうし、外聞の悪いことは控えるようにしなければならない。未婚の男女に相応しいお付き合いをしなければならないのだ。

「春に出来ないか、掛け合ってみる」

「半年ないよ、ラザラス」

「大丈夫。花嫁修業とか、フランが今更必要あるとは思えないし。ドレスだけは妥協したくないけど、確かこの前、西から白の素晴らしい生地が届いたから、それを使わせて」

「本気なの？」

「本気だ。一刻も早くフランを名実ともに俺のものにしないと、心配で夜も眠れない。フランのいないベッドで眠るのも嫌だ」

ぎゅっと抱きしめられ、耳元にラザラスの熱い息が触れた。ずっと挿入されたまま、力を失っていたラザラスの男根が、いつの間にか熱くなってフランシスの中を押し広げている。

「ラザラス」

「ラスって、呼ばない？」

にやりと笑って、ラザラスが腰を動かし始める。

「もう絶対に離さないから」

もう離れられないと、フランシスは言いたかったけれど、開いた唇はすぐに唇で塞がれ、言葉はすべてラザラスに飲み込まれた。

番外編
疲れたときには甘いもの

MELISSA

ラザラスと想いを通い合わせてから、数日後。

フォンテーヌ侯爵家の養女になる話は、前侯爵夫人が王城に到着してから正式に進めることになり、今はまだフランシスの生活は以前とそう変化がなかった。寝室を共にしていることもあり、ラザラスと過ごす時間は増えたが、生活が一変というほどではない。ラザラスは政務で忙しく、フランシスも大人しく部屋にこもっているのは好きじゃない。女官をクビになっても、フランシスは仕事を継続させていた。

今日も朝から王太后のところで朗読をして、フィアナと一緒に昼食をとるために食堂へと向かっていた。王太后の別邸に出入りする人は少なく、狭い廊下で誰かとすれ違うことは稀なのだが、その日は廊下の向こうからドレス姿の貴族のご令嬢と思われる集団がぞろぞろと歩いてきた。フランシスとフィアナは廊下の端に寄って、目上の貴族である彼女たちに軽く頭を下げる。

「あら、皆さん、ご覧になって」

ご令嬢たちは、フランシスたちの前でわざわざ足を止めると、話し始めた。

「この女官ではない？　図々しくも陛下やフォンテーヌ侯爵様に取り入って、養女になろうだなんて思ってる身の程知らずは」

「どこの者ともわからないというのに、侯爵家の一員になろうだなんて」

「マルタナの貴族も軽く見られたものですわ」

隣のフィアナがごくりと喉を鳴らしたが、フランシスはあまり気にならなかった。この程度の悪口、どうということはない。ダナオスでエヴァンゼリン王女が受けていた仕打ちに比べれば、とても可愛いものだ。ダナオスでのイジメは、ときに衣食住に関わり、それはもう悲惨だったから。

「もしかして、あなた、本気で陛下と婚約など考えているんじゃないでしょうね」

「あなたのような卑しい生まれの女、陛下に相応しいと思っているの」

「ラザラス陛下には、やはりヴィクトリア様のような貴婦人でなければ」

「そうですわ。私たち、ヴィクトリア様以上の方でなければ、認めませんよ」

認めてもらう必要などない。それに、いい加減に長い。フランシスはすっと顔を上げると、こちらを見下ろしていたご令嬢たちを、逆に見下ろして差し上げた。ただ単に、フランシスのほうが背が高いというだけなのだが、ご令嬢たちは気圧されたように半歩後退した。

そして、フランシスはにっこりとほほ笑んで見せる。それはもう、とびきりに美しく魅力的に、そして高貴に。ご令嬢たちはさらに気圧されて、もう半歩後退した。

「失礼します」

完璧な身のこなしで、フランシスはご令嬢たちの横をすり抜けていく。フィアナは、唖然として立ち尽くすご令嬢たちをちらりと振り返り、笑いを抑えるように口元を押さえながら、フランシスの後に続く。

「フランシス、大丈夫？」

あまり心配していない口調だったが、フィアナが気遣ってくれた。

「ありがとうございます。大丈夫です。悪口ぐらい、他愛のないものです」

「でも、もっと大物なご令嬢が出てきたら、陛下にお願いしたほうがいいと思うわよ」

イジメには自分で対処するからと、フランシスはラザラスの助力を断っている。

「はい。そうします」

と答えつつ、絶対にそうしそうもない顔つきのフランシスに、フィアナは小さくため息をつく。くだらないイジメに屈しないフランシスは好きだが、あまり頑張りすぎるのも心配になる。なにしろ、フランシスはちょっと前までは見習い女官だったし、そのちょっと前に記憶喪失になって海岸に打ち上げられたばかりなのだ。

「あまり無理しないでね」

「ありがとうございます、フィアナ」

「それに、そろそろ女官服を着るのはやめたほうがいいと思うわ」

「食堂を利用するときだけにしてますから、見逃してください」

女官用の食堂を利用するのもやめておいたほうがいいと、フィアナをはじめとする女官たちは思っているのだが、そうするとフランシスとおしゃべりの機会が減ってしまうので、誰も強く言えないでいる。

「それより、フィアナ」

「なに？」

「ヴィクトリア様って、どちらの方ですか？」

「あ、えーっと……」

フィアナはフランシスから目をそらし、口ごもった。

「フィアナ？」

「えーっとね、ヴィクトリア様はね、その、陛下の昔の婚約者よ」

「…………」

「元婚約者というより、陛下の幼馴染の侯爵令嬢だったんだけどね。えーっと、フランシス、何も聞いてないよね？」

「………」

その存在は知っていたが、具体的に名前も知らなかったフランシスである。いきなりの元婚約者登場に驚き、声もなく、気まずそうなフィアナの顔をただ見返した。

午後は図書室で黙々と書棚整理の仕事をした。図書室に閉じこもっていたので、司書のエバンにしか会わず会話もほとんどなかった。そして夕方、フランシスはセルマーの部屋を訪れた。すると珍しく、そこにはフェリックスがいた。

「こんばんは、セルマー様、フェリックス様」

「やあ、フランシス」

「こんばんは、フランシス。今日は陛下と夕食の予定でしょ？」

何か楽しい話をしていたらしい。セルマーとフェリックスは笑顔でフランシスを迎えてくれた。

「あ、はい。時間までには、戻ります」

「どうかしましたか、フランシス」

セルマーにはちょっとした変化も気付かれてしまうことが多い。よく見てもらっていると嬉しく思うこともあるが、今日は見逃してほしかった。ただ、セルマーが見逃してくれても、フェリックスも同じくらい目ざといので、今日はどちらにしても見逃してはもらえなかっただろう。

「えっと、お二人に少し聞いてもいいですか？」

フェリックスとセルマーは、ちらりと視線を交わした。セルマーが頷いて見せ、口を開く。

「そんな風に聞くということは、陛下のことですか？」

「はい。あの、陛下の子供時代のことを教えてほしいなと思いまして」

「子供時代ですか」

「幼馴染のフェリックス様と、家庭教師だったセルマー様は、よくご存じですよね」

「それはもう。幼少時のエピソードはありすぎて、どれを話そうか迷うほどです。フランシスはどんな話を聞きたいんですか？」

セルマーにそう追及され、フェリックスの探るような視線に気が付き、フランシスは必死で笑みを顔に張り付ける。

「よかったら、幼馴染との交友関係とか」

「幼馴染？　僕以外だと、ガイかな？」

と、フェリックスがにっこり答える。

「え、あ、あの、女友達もいらしたんですよね？」

「いないなぁ」

フェリックスが首をかしげ、セルマーは頷いている。

「陛下の暴れっぷりについてこれるご令嬢は皆無でしたね」

「ですよね」

頷きあったセルマーとフェリックスは、にこりとフランシスに視線を向ける。

「それで、フランシスは誰のことを聞きたいんですか？」

「僕と陛下に近い年齢の貴族令嬢？　誰かな？」

にこにこ笑顔の二人に距離を詰められ、フランシスは笑顔を保っているのが難しくなってきた。

「えーっと、あ、あの、ヴィクトリア様の話を少し聞いたんです」

フランシスは遠回しに聞き出すことを諦めて、ラザラスの元婚約者ヴィクトリアの名前を出した。

フィアナや女官たちから、ヴィクトリアはラザラスの幼馴染の侯爵令嬢だったという話を聞いたことも含め、廊下で言われた嫌味も白状させられてしまった。

「ずいぶんと懐かしい女性の名前が出てきたものですね。嫌味を言うのに必死さを感じます」

セルマーは心底あきれたという感じに、肩をすくめて長いため息をつく。

「イジメには自分で対処すると陛下に言ったそうですが、大丈夫なんですか？」

「勿論です、セルマー様。私に直接嫌味を言ってくるぐらい、どうということもありません」

「エスカレートするようなら、ちゃんと陛下を頼ってくださいよ」

「大丈夫ですって」

セルマーは心配そうだったが、フランシスは本当に気にしないようにしていた。正式に侯爵家の養女となり婚約が調えば話は別だが、今はまだただのフランシスだ。マルタナ貴族令嬢たちの憧れの的であるラザラスが、見習い女官に掻っ攫われるのだ。彼女たちが嫌味の一つも言いたい気持ちもわかるし、今は好きなように言わせておけばいい。

「フランシスは、陛下とヴィクトリアが特別な関係だったのかと疑ったんですか？」

フェリックスにそう聞かれ、フランシスは口ごもった。疑ったという表現は違っていると思うのだが、特別な関係だったのかと感じたのは確かだ。

「……皆さんが、陛下の婚約者として相応しいと思われたご令嬢は、どんな方なのかと気になったんです。疑ったというわけではなくて。そういう方が、ちゃんといたんだなって」

羨ましいというのが、一番近い感情だろうか。問題だらけな過去持ちで記憶喪失設定な自分とは違い、誰もが納得出来る身分と身元を持つ侯爵令嬢。周囲に祝福され、ラザラスと結婚するはずだった女性。自分と比較するのは無意味だとわかっていても、考えるのを止められない。そして、考えれば考えるほど、自分が落ち込んでいくのがわかる。

これは嫉妬と呼ばれる醜い感情だ。褒（ほ）められた感情ではないとわかっている。きっと、セルマーとフェリックスを失望させてしまっただろう。

「ヴィクトリア嬢が婚約者として相応しかったのは、年齢と爵位だけだと思いますよ、フランシス」

セルマーが優しい口調でそう言ってくれた。

頷いて、フェリックスもほほ笑む。

「同い年だったので、子供の頃、何度か一緒に遊んだ記憶はありますが、幼馴染と言えるほどの頻度（ひんど）ではありませんでしたね。陛下と恋人関係だったこともないし。ヴィクトリアが社交界デビューする前に婚約破棄をしたので、夜会などの場で陛下が彼女をエスコートしたこともありません」

「ですね。陛下は十六で即位しましたが、即位式の前には婚約破棄をしています」

「個人的には、陛下にはフランシスのほうが似合っていると思いますよ」

「ええ、私も」

フェリックスもセルマーも、そう言って笑顔を向けてくれた。失望どころか励ましてくれた二人に、フランシスは涙をこらえてほほ笑み返す。

「ありがとうございます」

「フランシス。今夜、陛下にヴィクトリアの話をおねだりしなさい。詳しく教えてくれますから」

フランシスに一歩近づき、顔を覗き込むようにしたフェリックスがそう言う。フェリックスの肩越しに、セルマーが何度も頷いているのも見えた。

「陛下にですか」

それだけは避けたかったので、セルマーに聞こうと寄り道をしたフランシスだったのだが。

「そういう疑問はさっさと解決したほうがいいですよ」

と、セルマーがにっこり、だが強い口調で言う。

「ちゃんと聞くんですよ、フランシス。明日、陛下に確認しますからね」

そうフェリックスにダメ押しされて、フランシスは頷くことしか出来なかった。

夕食の時間も迫ってきたので、フランシスは二人に背中を押されるようにセルマーの部屋を出た。


扉が閉ざされ、フランシスの気配が遠のいてから、セルマーとフェリックスは顔を見合わせる。

「やれやれ、これで陛下もちょっと浮上しますかね」

セルマーがそう言うと、フェリックスも頷いた。

「フランシスに可愛く嫉妬されちゃったら、嬉しくて舞い上がるんじゃないですかね」

ようやくフランシスと相思相愛になったというのに、ラザラスのご機嫌はあまりよくない。今日も朝から、フェリックスはぐだぐだなラザラスから愚痴をたっぷりと聞かされたばかりだった。

ラザラスの言い分をまとめると、こうだ。

「女官はもう終わりだと言ったのに、いつも忙しく仕事をして、部屋にいるのは朝と夜だけ。フランは俺と一緒にいたくないとしか思えない。城内でのイジメについても、俺に一切の手出し無用だって言うだろ。俺は頼りにもしてもらえない。フランを守ることさえ拒否されている。俺は愛されていないんじゃないかと思う」

フランシスが部屋で大人しくしていないのは、ダナオスで長く軟禁生活を送っていたせいだ。部屋でじっとしているなんて、もうたくさんだと思っているに違いない。仕事が好きなのも同じ理由で、ラザラスを避けているからではない。イジメを一人で対処しようというのも、王妃になるのならそれぐらい当然だと考えているからで、ラザラスを頼りにしていないわけじゃない。勿論、ラザラスだってわかっていて言っているのだから、これは正しく愚痴だ。

この程度の愚痴、いつもならフェリックスは放置するのだが、フランシスも幸せいっぱいという感じではないのが気になった。ラザラスの恋人という立場に馴染めないのは仕方がないとしても、気を張っていてぴりぴりしている。周囲が気になりすぎて、ラザラスといることを嬉しい楽しいと思えなくなっているのではと、心配になるぐらいだった。

これはちょっと放置出来ないと、フェリックスはセルマーの部屋へ相談に訪れていたところだった。すると、疲れた様子のフランシスが現れて、すべてを解決してくれそうな事案を持ち込んでくれたというわけだ。

「明日は、陛下にお休みをあげないとですよ、補佐官殿」

「そのようですね。フランシスにも休暇が必要のようですし。僕が頑張って働きますよ」

やっぱり僕にしわ寄せが来るんですよと嘆くフェリックスの肩を、セルマーは励ますようにたたいた。

　夕食はラザラスと一緒にとることを約束していた。いつもなら、ラザラスと二人きりの夕食は待ち遠しいぐらいに楽しみなのだが、今夜はそうならなかった。フェリックスからの指示は気にかかるし、内心の動揺も収まってないフランシスは、とにかくいつもどおりを心がけた。

　二人きりの夕食は給仕もマリーだけに頼んで和やかに進み、フランシスも次第にリラックスしていつもどおりに振る舞えていたと思ったのだが。

「フラン、今日は忙しかった？」

　夕食がメインのお皿になった頃、ラザラスがそう言ってフランシスをじっと見つめる。フランシスはぴくりとカトラリーを持つ手を震えさせてしまった。会話も盛り上がったし、ラザラスも楽しそうだったから大丈夫だと思っていたのだが、やはりどこか違ってしまっていたらしい。セルマー以上に、ラザラスにはちょっとした変化も気付かれてしまう。

「疲れたのかな？　食事はやめて、もう休む？」

「陛下、デザートはフランシス様のお好きなフルーツタルトですから」

　給仕をしているマリーが、慌てたように口を挟む。

「デザートも一緒に持ってこさせろ、マリー」

「はい、すぐに」

　どうやらマリーにも気を使わせてしまったようだった。メインの皿の隣にデザートの皿を並べると、ごゆっくりと言ってマリーは退室していった。様子のおかしいフランシスをラザラスと二人きりにしてあげようという気遣いが、嬉しくも申し訳なく感じられた。

「何かあった？」

ラザラスは食事の手を完全に止めてしまっていて、じっとフランシスを見つめている。フランシスはデザートの皿からタルトを少しだけ口に運んだが、いつものように美味しいと感じられなかった。

「いいえ、何も。少し、疲れているだけです」

フランシスは笑顔を向けたが、ラザラスに笑みは浮かばない。

「大好きなタルトも食べられないぐらいの、どんな疲れるようなことがあったのかな？」

その優しい言葉に、フランシスから笑顔が剥がれ落ちる。膝の上の手が、ドレスの生地をきゅっと握る。どう話せばいいのかわからなくて、迷って。だが、ラザラスはフランシスが話し出すのをじっと待っている。ちゃんと聞くんですよという、フェリックスの言葉も背中を押した。

「あの、今日、……ヴィクトリア様の話を少しだけ聞いて」

覚悟を決めて、フランシスは口を開く。

「ヴィクトリア？　どこの？」

ラザラスは眉をひそめ、首をかしげている。確かに、貴族女性には多い名前ではあるけれど、ヴィクトリアと言われてすぐに元婚約者が出てこないのは、ラザラスにとってすでに遠い存在だということだろう。そのことに、フランシスは話を続ける勇気を貰えた。

「ラスの、婚約者だった」

「ああ、そのヴィクトリアね」

と、頷き、ラザラスはぴしりと固まった。驚きになのか、大きく目を見開き、ゆっくりとフランシスに視線を向けてくる。

「ラスの幼馴染で、侯爵家のご令嬢で、素晴らしい貴婦人だったのでしょう？　国王の婚約者に相応しい素晴らしいご令嬢だって。それで、あの、私……」

　ラザラスは固まったまま、じっとフランシスを見ている。ヴィクトリアの名前を出したら、元婚約者とは恋人関係じゃなかったとか、それほど親しくなかったとか、そういう言い訳めいたことを話してくれて安心させてくれるのではないか。そう心のどこかで期待していたフランシスは、予想とまるで違う反応のラザラスに戸惑い不安になってしまう。

　もしかして、婚約者に相応しい身分のヴィクトリアを、身元不明のフランシスが羨んだり比較するなんて身の程知らずだとあきれているのだろうか。愛していると言っているのに、元婚約者の存在に落ち込んだりして、ラザラスの愛情を信じてない、疑っているのかと怒っているのだろうか。それとも、嫉妬などする女は面倒だと疎まれてしまったかも。

「わ、私、失礼します」

　これ以上、ラザラスの顔を見ていられなくて、なんだか涙がこぼれてしまいそうになって、フランシスは無礼だとわかっていたが食事の席を立った。そのまま部屋を出ていこうとして、ラザラスの腕に捕まる。咄嗟に腕を振り払おうとしたが、それよりも強い力で抱きすくめられてしまった。

「ごめん、フラン。あまりにも驚いて、声が出なかった」

　フランシスの頭に頬をすり寄せ、ラザラスはそう言って熱いため息をついた。

「嫉妬してくれたんだよね？　すごく嬉しくて、興奮した」

　どこかうっとりと、とても幸せそうに言うラザラスに、フランシスは驚いて顔を上げてしまう。

「……嬉しかったの？」

「勿論」

ラザラスはフランシスの手を取って、自分の心臓の上に押し当てる。そこは、ドキドキとかなりの早鐘を打っていて、嬉しくて興奮しているというラザラスの言葉を証明していた。

「嫉妬するということは、俺を愛しているということだろ？　嬉しくないわけない」

「でも、褒められた感情ではないし」

「俺には隠さないでほしい」

「ラス」

顔を上げるとすぐに、唇が塞がれた。頭の後ろと背中に大きな手が回り、ぎゅっと抱きすくめられる。ラザラスの熱い体に抱きしめられていると、フランシスの心の奥で凝り固まっていた嫌な感情がゆっくりと溶けていく。唇が離れると、自然とフランシスの唇からは満たされたため息がもれた。

「俺とヴィクトリアが特別な関係だったと聞いた？　それ嘘だから」

「特別というか、ラスに相応しい婚約者だったって」

「ふん？　わかった。それで、フランは相応しくないとかなんとか嫌味を言われたわけだ」

フランシスは答えなかったが、ラザラスにはお見通しだった。顔をしかめ、怒っている。

「何が相応しいのか知らないが。ヴィクトリアは同い年で最も身分の高い令嬢だったというだけだ。大人しくて社交より本が好きな侯爵令嬢で、毎日外を走り回っていた俺とは全く合わず、年に一度か二度、顔を合わせるだけだった。王太子に婚約者がいないと周囲がうるさいから婚約はしたが、形だけだ。父からは結婚しなくてもいいと言われていた」

「そう、なの？」

「そりゃあね。自分が大恋愛結婚したんだから、息子に政略結婚を強制出来ないさ。ただ婚約破棄するなら、ヴィクトリアが社交界デビューする前までにはと言われてもいた」

「ヴィクトリア様は、ラスと結婚するつもりだったのではない？」

「それはないな。王妃になれば社交は必須だから、絶対に出来ないしやりたくないって言ってたし。俺もデビュー前に破棄することは伝えてあったよ」

「でも……」

王太子だったラザラス王子は、同年代の令嬢たちの間で憧れの的だったはず。幼いヴィクトリアだって、そんなラザラスに惹かれなかったはずないと思える。

「俺とヴィクトリアの婚約は政略であり便宜的なものだ。個人的な関係は何もなかった」

そう話すラザラスに嘘は勿論、申し訳なく思っている様子もない。淡々と事実を述べているだけだ。本当に名前だけの婚約者で、幼馴染でも友人でもなかったのだろう。

「だから、フランが嫉妬するようなヴィクトリアとの過去は何もないよ」

「……羨ましくて。私もマルタナの貴族令嬢だったらって。ラスの幼馴染だったらよかったのにって。ヴィクトリア様と私を比較しちゃって、……落ち込んでしまって」

ラザラスは優しいキスを頬に唇にくれて、フランシスをなだめるように背中をゆっくりとさすってくれる。フランシスは無性に甘えたくなって、ラザラスの胸に額を押し付けるようにして顔を隠した。

「ラスは本当に私が王妃に相応しいと思う？」

「思う」

即答したラザラスにフランシスはくしゃりと顔をゆがめ、ラザラスの背中に両腕を回してすがりつくように抱きついた。

「ヴィクトリア様よりも？」

「それこそ、比較するのは無意味だ。俺が王妃にと望んだのは、フランだけなんだから」

涙がこぼれ落ちそうになって、フランシスは目元をぎゅっとラザラスの胸に押し付けた。涙はラザラスの服の胸に吸い込まれていく。こんなことで泣いているなんて、ラザラスに知られたくなかった。嫌味に対処出来ず嫉妬なんて感情を持て余し、ラザラスに甘えてすがってしまった。イジメには一人で対処出来るから、ラザラスには手出し無用だと偉そうに言っていたのに。

「ごめんなさい。……嫌わないで」

「好きすぎて苦しいくらいだ」

こっそり小声で囁いたのに、しっかりと聞かれてしまう。そして、耳元で囁き返された熱い愛の言葉に、また涙があふれてきてしまった。

ラザラスに軽々と抱え上げられる。その瞬間、目が合ったラザラスは、フランシスを熱のこもった目で見つめていた。この後、ベッドできっと情熱的に抱いてもらえる。それがすごく嬉しくて、一刻も早く愛されていることを体中で感じたくて、フランシスはラザラスの首にすがりついた。

寝室のベッドに下ろされると、ドレスをむしり取るような勢いで脱がされる。その性急さが強く激しく求められているようで、フランシスは嬉しかった。そして、ラザラスがすぐに欲しくて、フランシスもラザラスの服を脱がせようと指を伸ばす。

「嬉しいけど、今触られるのは非常にマズイんだ」

伸ばした指は触れる前にラザラスの指に絡めとられ、ベッドに押し付けられる。

「大丈夫、すぐにあげるよ」

下肢だけくつろげて、すでに先走りをこぼしているそれを取り出すと、ラザラスはゆっくりとフランシスに覆い被さってくる。そのゆっくりさがもどかしくて、フランシスは絡められた指をぎゅっと握り返した。

「フラン、愛してる」

フランシスの両足を大きく開かせながら、ラザラスは強く深く挿入してきた。奥までしっかりと満たされると、フランシスは震える指をラザラスの背中に回し、全身でしっかりとラザラスを抱きしめた。

「ラス、ラス」

その背中はまだ服に覆われていて、ラザラスの肌に触れられない。それがもどかしくて、服の前に手を伸ばしてホックやボタンを外しにかかる。すると、ラザラスはフランシスの背中に腕を回し、しっかりとフランシスを抱きしめたまま、ベッドの上に座る。勿論、フランシスはラザラスの膝の上に座ることになり、その動きの間もフランシスの中を満たしていたものを、より奥に受け入れることになった。

「はっ、や、ラス」

「服、脱がしてくれるんだろ」

フランシスが震える指でラザラスの服を脱がしている間も、ラザラスはフランシスの腰を両手でしっかりとつかみ、下からがんがん突き上げてくる。ラザラスの熱い呼吸が胸に触れ、服の中に入れた手が熱い肌に直接触れる。ようやく服を肩から落とすと、フランシスはラザラスの首元に両腕ですがりつく。汗にまじり、大好きなラザラスの匂いを強く感じた。

フランシスがぎゅっとすがると、ラザラスは動きを止め、今度はゆっくりとフランシスの奥に入ってきた。つかんだフランシスの腰をぎゅうっと自分のほうへと引き付け、奥へと腰を突き入れてくる。強く突かれるとまだ少し痛みを感じる奥のところを、ゆっくりじっくりと張り出した先で愛撫され、フランシスは深く強い絶頂へと押し上げられた。

「ラス」

顔を上げ、ラザラスの頬に両手を回し、ラザラスの額に自分の額を合わせた。

「気持ちよかった?」

「ん、ラスも?」

「気持ちよかった」

「本当に?」

フランシスの絶頂の締め付けで、ラザラスも吐精していた。ラザラスが腰を動かすと、二人の間で濡れた音がする。

「本当に決まってる」

抜けないようにしっかり腰を引き寄せながら、ラザラスはベッドにフランシスを押し倒す。手に手を絡ませ、唇に唇を触れ合わせながら、今も硬度を保っている男根を奥へぐっと押し込んだ。

「何度してもフランが欲しい。欲しくてたまらない」

フランシスの目の端から、涙がこぼれ落ちていく。

「私も、もっとラスが欲しい」

「じゃあ、今夜は何度もしていい？」

「うん、何度もして」

両手でラザラスの頬を包み込み、フランシスは頭を上げてキスをする。両足をラザラスの腰に絡め、ぐっと自分のほうへと引き寄せた。熱い男根が奥をぐっと圧迫してきて、痛みのような快感にフランシスは甘い声を上げる。

「ラス、もっと」

ラザラスがもっと欲しくて、柔らかな金色の髪をくしゃくしゃにしながら訴える。するとラザラスは強く腰を動かし、奥を強く突いてくれた。その快感と、耳に直接吹き込まれる愛しているという囁きに、フランシスは涙をこぼしながらラザラスを求め続けた。


ぐったりと枕に顔を埋め、深い眠りに落ちたフランシスの顔を、ラザラスはじっと見つめていた。涙のあとが残る頬に口づけ、舌でそっと舐めた。塩辛い頬に、泣きながらラザラスを求める媚態が思い出され、体がまだうずいた。

今夜のフランシスはよく泣き、すがりつくように甘えてきて、体全部でラザラスを求めてくれた。そんなフランシスが可愛くて愛おしくて、ラザラスもかなり無茶をして抱いてしまった自覚があった。明日、フランシスは目が腫れるだろうし、きっと昼までベッドから起き上がれないだろう。

（丁度いい。明日はしっかり休ませよう）

フランシスは自覚がないようだが、ひどく疲れている。それも当然だ。ラザラスとの関係が大きく変化し、それに伴って生活も身の周りも一変しようとしている。それに対応するだけでも大変なのに、フランシスを妬む一部から悪意を浴びせかけられて、疲れている心をさらに疲弊させてしまっている。

イジメには一人で対処したいというフランシスの気持ちを、ラザラスは尊重してきた。実際、王妃になろうという女性なら、それぐらいの対処は出来なければならないのだろうし。対処出来るという自信を、フランシスに持たせてやりたかったというのもある。

だが、フランシスの心の疲労も限界だ。大昔の元婚約者に嫉妬して泣いてしまうなんて、それはもう可愛らしくて死にそうだったが、いつもの凛としたフランシスならそうはならなかったと思う。

(甘えてくるフランとか、貴重すぎる。嫌わないでとか、……本当、可愛かった)

仕事はやめようとしないし、イジメには手出し無用を言い渡されるし、フランシスから頼りにしてもらえてないと、ラザラスはちょっぴり落ち込んでいた。だが、今夜のフランシスには心を幸せで満たしてもらえたし、自信も取り戻させてもらった。

イジメ問題は、ラザラスが出ていけば話は早いが、それではフランシスのプライドを傷つけてしまう恐れがある。元気になったフランシスになら、難なく片付けられる問題だという確信と信頼もある。だが、フランシスを愛している男としては、これ以上彼女が傷つけられるのを指をくわえて見てなどいられない。もう黙っているのも限界だ。

(どうしたものかな)

フランシスの寝顔を見つめながら、ラザラスはどう手回しするか考えだしていた。


翌朝。フランシスが目を覚ますと、ラザラスの背中が見えた。もう起き上がって、ベッドの端に座っている背中だった。

「ラス」

声は驚くほどかすれていたが、ラザラスは気が付いてくれてぱっと振り返る。

「起こしちゃったか。おはよう、フラン。でもまだ寝てていいよ」

「ラス？」

「俺は軽く鍛錬してくる。またベッドに戻ってくるよ。今日は、俺もフランも休みだ」

ベッドに手をつき、ラザラスはフランシスの頬に唇に触れるだけのキスをしてくれた。その感触が幸せすぎて、フランシスの瞼はまたゆっくりとおりていった。

次にフランシスが目を覚ますと、ラザラスの胸の中にしっかりと抱き込まれていた。

「ラス」

ラザラスは眠っていたが、フランシスがそっと名前を呼ぶと、すぐに目を開いた。眠りはごく浅かったらしい。

「フラン、おはよう。体調はどう？　痛いところない？」

そう聞かれて、フランシスは昨夜自分がどれほどの醜態をさらしてしまったのか思い出してしまい、頬がかっと熱くなった。ラザラスに甘えたくて、たくさん愛されたくて、何度も求めてしまった。最後のほうは、泣きながら愚痴みたいな情けないことを言っては、ラザラスになだめられ、愛しているよと慰められてしまった気がする。

「可愛い」

熱い頬に、ラザラスの唇が触れる。そして、目が合うと愛おしくてたまらないという顔でほほ笑まれてしまった。

「……あきれてない？」

「昨日のフランは最高に可愛かった」

「！」

「いつも甘えてくれていいんだよ。俺と二人きりのときはね」

ラザラスの胸の中に、ぎゅっと抱き包まれる。一度起きたはずなのにラザラスは裸で、フランシスはラザラスの肌の匂いと体温に包まれた。

「フランが甘えてくれれば、俺もフランに甘えられる。俺に甘えられるのはイヤ？」

「いいえ、まさか、むしろ嬉しい」

「俺だって、フランに甘えてもらえたら嬉しい」

ちゅっと、音を立てキスをされる。目を合わせ、同時にくすりとほほ笑んだ。お互いにお互いの体に伸ばした腕は、背中に触れ肩や腰に触れる。だが、昨夜のような飢えはなく、肌の感触と体温を確かめあう優しい行為になった。愛していると囁きあいながら頬をすりつけあうのは、体をつなげて揺さぶりあうのと同じくらい、親密で愛情を感じさせた。

それでも、肌を触れ合わせていればもっと欲しくなってしまうのは、恋人同士ならば当然で。二人は優しく体をつなげ、ゆっくりと官能を高めて同時に高みに上った。

「ラス」

「ん？」

「お腹がすいたかも。今、何時かな」

「そろそろ昼かな」

　ぎょっとして起き上がりかけたフランシスだが、今日は休みだとラザラスが言っていたことを思い出して、体の力を抜く。ラザラスの胸の中に戻ると、逞しい胸筋に頬をすり寄せた。

「マリーに昼食を頼んであるから、そろそろ起きる？」

　起きなければと思うし、マリーに申し訳ないとも思うのだが、この場所は居心地がよすぎて抜け出したくない。

「午後はデートしよう」

「デート？」

「あまり遠出はしたくないから、王城内を散歩する？　フランがまだ行ったことがないところもあるだろ？　綺麗な庭園もあるし」

「行きたい」

　マルタナの王城はとても広い。綺麗な別邸がいくつもあるし、王宮の奥には入ったことがない。なにより、そこをラザラスに案内してもらいながらお散歩デート出来るなんて嬉しすぎる。

「デートなんて、初めて」

　うっとりと目をきらきらさせるフランシスに、ラザラスは何やら申し訳なさそうに眉を下げる。

「そっか、俺、デートに連れ出したこともなかったか。ごめん、フランシス」

「ううん、いいの。ラスはとても忙しいもの。今日もお休みでよかったの？」

「フェイがどうぞどうぞって、休みをくれたよ。だから、今日は堂々と王城デートしよう」

　デートしていなかったことに罪悪感を覚えたのか、ラザラスはやたらと気合を入れてぐっと拳をつくる。そして、フランシスを抱えて起きだした。

翌日。

フランシスは図書室から借りてきたエストラ語の本を抱えながら、王宮の大廊下を一人、歩いていた。今日の予定は翻訳作業だけなのもあって、マリーにあの青いドレスを着せてもらった。シンプルなデザインなので普段使いで違和感はなく、気合を入れたいときや、今日のように特別に幸せな気分のときに着せてもらっている。

昨日は特別に幸せな一日だった。午前中はずっとベッドに二人きりで、午後はまだ入ったことのなかった王宮の奥のほうを案内してもらった。警備の近衛兵も少ない、ほとんど二人きりの空間で、長い回廊に飾られた先祖代々の肖像画や美しい絵画を眺め、手入れの行き届いた庭園で手をつないで散歩した。ラザラスは何度も愛の言葉を囁き、数えきれないぐらいキスしてくれた。

(幸せだったなぁ)

昨日のラザラスはひたすら優しくて甘かった。ラザラスの甘さに心も体も満たされた。

(疲れたときには甘いものって、こういう意味じゃないけど)

今朝、あまりにもすっきりとした気分で目が覚めて、自分が疲れていたことに気が付いた。きっとラザラスはとっくに気が付いていて、昨日はずっと甘やかしてくれたのだと思う。

(ああ、本当に大好き、ラス)

本で顔を半分隠し、フランシスは幸せいっぱいな甘いため息をもらした。

「あら、皆さん、ご覧になって?」

聞き覚えのある声と、どこかで聞いたことのある台詞に、フランシスは足を止める。広い大廊下の向こうから、ドレス姿の華やかな集団が近寄ってくる。官吏や女官、軍人の多い大廊下の中で、彼女たちの色鮮やかなドレスはとても目立つ。それをわかっているのか、ご令嬢たちはフランシスをぐるりと囲むようにして、周囲からの視線を遮った。

「この娘ではない？　図々しくも陛下やフォンテーヌ侯爵様に取り入って、養女になろうだなんて思ってる身の程知らずは」

「どこの者ともわからないというのに、侯爵家の一員になろうだなんて」

「マルタナの貴族も軽く見られたものですわ」

今日は女官服を着ていないので、女官だと馬鹿に出来なかったのだろう。それがあまりに残念そうで、フランシスは思わず小さく吹き出してしまった。

「何を笑っているの！　何て失礼な！　陛下もフォンテーヌ侯も騙されているのよ！」

「あなたのような卑しい生まれの女、陛下に相応しいと思っているの？」

卑しいと見下している女が、ダナオスの世継ぎの王女だったと知ったら、彼女たちはどうするんだろう。身分大事な彼女たちのこと、きっと手の平をひっくり返すように頭を下げて見せるのだろう。あり得ない未来だけれど、ふとそんなことを想像してしまったら、フランシスはまた小さく吹き出してしまった。

「何て失礼な！」

「何て不作法な！　私たちはマルタナの貴族だというのに！」

「ラザラス陛下には、やはりヴィクトリア様でなければ！」

「どういう意味だ？」

不意に、フランシスの背後から男性の太い声が割り込んできた。その迫力ある怖い声に驚いて振り返ると、ベルダンが腕を組んで仁王立ちしていた。彼の鋭い眼光は、フランシスを通り越し、ご令嬢たちへと向けられていた。

非常に怖い。ベルダンの背中から怒りのオーラが見える気がするぐらいだ。大勢でフランシスを取り囲み、上から目線だったご令嬢たちが青ざめ、じりりと二歩後退した。睨まれていないフランシスも後退しそうになってしまったが、なんとか踏みとどまった。

「それは、カークランド伯爵家ではヴィクトリアには不足だということか」

ベルダンが顎をわずかに上げると、顔に影が出来て、さらに恐ろしげになった。

「陛下に相応しいヴィクトリアは、カークランド伯爵の相手では勿体ないと、そういう意味か」

「と、とんでもございません！」

「そ、それは誤解です、ベルダン様！」

「カークランド伯爵ご夫妻は、それはもう素晴らしくお似合いです！」

謝罪と弁明を口にしながら、ご令嬢がたは蜘蛛の子を散らすように消えていった。その逃げ足の速さには、フランシスも唖然として声もなかった。

「ふん、くだらん」

「ベルダン様、ありがとうございました」

フランシスはベルダンを振り返ると、深々と頭を下げる。ベルダンが絡まれているフランシスを救出してくれたのは明らかだった。

「礼はいい。ヴィクトリアは俺の身内だ。あんな風に引き合いに出されていると知ったら、兄も義姉も怒るだろう」

ラザラスの元婚約者ヴィクトリアは、ラザラスと婚約破棄後、ベルダンの兄カークランド伯爵と結婚し、すでに子供もいる。一年のほとんどを領地で過ごし、王城には滅多に顔を出さないので、嫌味を言いたいご令嬢たちに使われてしまったのだろうと、昨日、ラザラスから教えてもらった。ちなみに、ヴィクトリアに片思いしていたカークランド伯爵が、ヴィクトリアの父侯爵に頭を下げまくって決まった縁談だったそうだ。

「特に兄上は激怒だな。兄は未だにヴィクトリアが陛下の元婚約者だった過去を気にしていて、ヴィクトリアを王城に連れてくることさえ避けようとする」

「それって……、陛下に会わせたくないからってことですか？」

「陛下の男ぶりに、ヴィクトリアの気持ちが変わったらと心配しているらしい。それが全く必要のない心配だとわかってないのは、兄上だけなんだが。仲のいい夫婦だ」

「そうなんですね」

「そうだ。陛下が婚約されたと聞けば、兄も安心して義姉を王城に連れてくるかもしれないな。機会があったら、紹介してやる」

ベルダンはそう言うと、フランシスの背中をぽんぽんとたたいてから、廊下の向こうへ歩いていった。ヴィクトリアのことを心配する必要はないと、そう励ましてくれたのがわかって、フランシスは嬉しかった。

少し離れたところでベルダンを待っている様子の近衛兵が二人、フランシスと目が合って、優しくほほ笑んでくれる。よかったねと言ってるような笑顔。もしかしたら、令嬢に囲まれているフランシスを見つけて、ベルダンを呼んできてくれたのかもしれない。

気が付けば、大廊下に居合わせた多くの人々が足を止め、フランシスを見ていた。目が合うと励ますようにほほ笑んでくれる人が何人もいた。素知らぬ顔で歩き去っていく人もいたが、無視されている、冷たいとは感じなかった。誰もがフランシスのことを心配し、気遣って見守ってくれていたように思えた。

(ちゃんと周囲、見えてなかったかも)

味方はごく一部だけで、あとは周囲敵だらけだと気を張っていたけれど。何が起きているのかちゃんと見ていてくれる人も、声には出さなくても応援してくれてる人もいる。

ここはあの冷たいダナオスの王城ではない。いつもにぎやかで明るくて、身元不明なフランシスでも受け入れてくれたマルタナの王城。国王ラザラスを主とするお城だということを、忘れていたのではないだろうか。

(もしかしたら、ラザラスがベルダン様に何か言ってくれたのかもしれない)

聞いてもきっと、違うよとラザラスは否定するだろうけれど。嫉妬なんてして泣いてしまったフランシスを前にして、ラザラスは笑顔を取り戻す方法を考えてくれたのだろう。昨日ラザラスの甘さにたっぷりと満たされた今のフランシスには、自然とそう思うことが出来た。

(ラス、大好き。恋人になれて、本当によかった)

フランシスは抱えていた本をぎゅっと抱きしめると、笑顔のまま廊下を歩きだした。

文庫版書き下ろし番外編　疲れたときには甘いもの　続き

　お茶の時間になって、フランシスは自ら志願してラザラスの執務室にお茶を運んでいった。執務室では、ラザラスとフェリックスが仕事をしていたが、フランシスの姿を認めて仕事の手を止め笑顔で歓迎してくれた。

「こんにちは、フェリックス様、ラザラス。お仕事、お疲れ様です」

「こんにちは、フランシス。お茶をありがとう」

「フラン、ありがとう！　休憩にしよう、フェイ。集中力、限界！」

　うーんと伸びをしたラザラスは、椅子から立ち上がる。向かい合った長椅子の間にあるテーブルでお茶の用意をしているフランシスのそばへ、いそいそと近づいていく。フェリックスも疲れていたのだろう、ペンを置いて、ラザラスに続いた。

「フランシス、そのドレス、とてもよく似合いますね」

「ありがとうございます、フェリックス様。マリーが私のために作ってくれたんです」

　青いドレスのフランシスは、青い瞳を嬉しそうにキラキラ輝かせている。そんなフランシスを見つめるラザラスの瞳も嬉しそうで、特に会話しているわけでもないのに、二人の雰囲気が甘く感じられた。昨日の休暇は、お疲れ気味だった二人にとってどうやらとても有意義だったようだと、フェリックスは満足そうにほほ笑んだ。

長椅子に移動して、フェリックスとラザラスは向かい合って座る。お茶をいれ終わったフランシスの手を引いて、ラザラスは当たり前の顔で隣に座らせた。

「フランシス、ちゃんと聞けたみたいですね」

「は、はい。あの、ありがとうございました、フェリックス様」

「いえいえ。フランシスが気にするようなことではないので、早めに解決出来てよかったです」

「なに、二人だけでわかり合って」

ラザラスが眉をひそめ、フランシスとフェリックスの顔を見比べる。

「ヴィクトリアのことですよ」

「フェリックス様！」

顔を赤らめたフランシスが抗議の声を上げるが、フェリックスはにっこりと話し続ける。

「元婚約者はどんな女性だったのか、陛下とどういった関係だったのか、とても気にしていたので。陛下に直接聞きなさいとアドバイスしたんです」

「フラン……可愛い」

フランシスの肩をぎゅっと抱き寄せ、ラザラスは銀色の小さな頭にぐりぐりと頬(ほお)を擦(こす)り付ける。フランシスは羞恥に頬を真っ赤に染め、ラザラスにされるままだ。

「実際、フランシスが気にするような過去はありませんからね。ヴィクトリアも陛下と結婚することにならなくて、ほっとしているでしょうし」

「俺が不実な男みたいな言いかたやめろって」

「いい機会だから、白状しておくべき過去は話しておくのがいいと思いますよ」

「ない！」

幼馴染（おさななじみ）二人の息の合った掛け合いに、フランシスがくすくすと笑いだす。ラザラスはフランシスを抱きしめる腕に力を込め、まだ赤い頬にキスを落とした。

「はー、可愛い」

「あなたがずっとその調子なんで、周囲はみんな困惑してますよ。少し控えたら？」

フェリックスがジト目で睨（にら）むが、ラザラスはまったく気にすることなく首を横に振る。

「無理」

「フランシス、うっとうしかったら拒否していいんですからね」

「いえ、あの、ちょっと恥ずかしいだけで」

両頬にキスして気が済んだのか、ラザラスがようやく体を離す。フランシスはほっとしたように肩を落とし、ティーカップに手を伸ばした。恥ずかしいけれど、決して嫌ではないのだろう。カップごしにちらりとラザラスに向ける視線は、とっても甘やかだ。その視線に気が付いたラザラスが、またもやキスしようと身をかがめるぐらいには。

「陛下、ヴィクトリアと初めて会った時のこと、覚えていますか？」

フェリックスが苦笑交じりにそう聞くと、ラザラスはキスをするのをやめて、フェリックスへと視線を向けてくれた。

「覚えてるわけないだろ。いくつの時だっけ。五歳ぐらい？」

「それぐらいですね。僕は覚えていますよ。母に何度も聞かされましたし」

した。

嫌な予感がするのだろう、口元をひきつらせるラザラスに、フェリックスはその時のことを話し出

「……何かした？」

ラザラスとフェリックスが初めてヴィクトリアと会うことになったのは、子供同伴の母親たちのお茶会だった。まだ五歳だというのに、王太子ラザラスに会うということがどれほど特別なことか、ヴィクトリアはわかっていて、とても緊張していた。そんなヴィクトリアの緊張を可哀想に思ったラザラスは、ヴィクトリアの手を引いて、庭へ遊びに連れ出した。

「その頃、陛下が大好きだったのが、砂遊びだったんですよ。あまりにも頻繁に王城を脱走して砂浜で砂遊びするので、困りに困った近衛が庭の一角に砂を大量に持ち込んで砂場を作ったんです。ここで遊べってね。その砂場で一日中何かを作ってましたね。僕たちも巻き込んで、巨大なお城みたいなのを作ったりしてましたよ。覚えてませんか？」

「砂場のことは覚えてる。お城作ったなぁ。あと、泥団子をどれだけかたく作れるか競争したよな」

「ええ、しましたね。で、砂場にはまっていた陛下は、ヴィクトリアを砂場に引っ張っていったんですよ。勿論、よかれと思ってですけど」

緊張しているヴィクトリアをとても面白い砂遊びに誘ってあげれば、緊張が解けて楽しく遊べる、幼かったラザラス王太子はそう思ったのだろう。だが、侯爵令嬢ヴィクトリアは、砂場で砂遊びなど一度もしたことがなかった。外で遊ぶよりも部屋で読書したいという令嬢だったし、そもそも貴族の子女が泥だらけになって砂遊びなど、普通しない。ラザラス王太子のほうが規格外だったのだ。

「ヴィクトリアは砂遊びに興味なんてありませんでしたからね。強引に砂場に引きずり込まれて、泥

団子を渡されて、同じものを作れと言われてもね、唖然茫然ですよ。ドレスは汚れてしまうし、手も砂だらけになって、泣き出してしまいました」

「うーん？　そうだっけ。覚えていないな」

「かもしれませんね。泣いてるヴィクトリアの横で、陛下は楽しく泥団子作ってましたから」

ヴィクトリアをなだめ、ドレスの砂を払って、手を洗ってあげたのはフェリックスだった。母親の元に戻ったヴィクトリアは、もう二度とラザラス王太子と一緒に遊ぼうとはしなかった。

「ドレス姿の侯爵令嬢に泥団子なんて。お子様のラザラスは色々凄かったんですね」

知らん顔でお茶を飲んでいるラザラスを横目で睨み、フランシスがあきれたように言う。

「そうなんですよ、フランシス。子供の頃の陛下は天真爛漫と言えば聞こえはいいですけど、好奇心いっぱいで自由でぶっ飛んだお子様でした」

「でも、とっても可愛いから、周囲は全部許しちゃうんですね」

「そのとおりです！　天使の笑顔で自分の望みは全部叶えていましたね」

「今もまだ、そういうとこありますよね」

「ありますね」

ラザラスの周囲の人々は、彼に甘い。ラザラス本人が自分を厳しく律しているから問題ないけれど、我儘に成長してしまっていたら、きっと今頃大変だったのではないだろうか。

「にっこりほほ笑まれてお願いされちゃうと、断れる気がしません」

「それはいいことを聞いた」

フランシスの目の前に、それはそれは美々しいお顔がぐぐっと接近してきた。

「フラン。このまま二人で抜け出して、寝室に行こうか。二人きり、ベッドの中で朝まで。どう?」

至近距離でにっこりとほほ笑まれる。いつもの自然なほほ笑みとは少しだけ違う。作っているとわかるけれど、とっても美しい。フランシスを魅了しようと意図しているのがわかる。

宝石のような緑の瞳は少しだけ細められ、キラキラと輝き。陶磁器のように滑らかで白い頬にかかる、輝く金色の髪。唇は何も塗っていないのに赤く艶やかで。笑顔の形にきゅっと上がった唇の端に、キスしたくてたまらない気分になってきてしまう。今のラザラスは天使でありながら色気もある、もっともっと魅力的で逆らい難(がた)い。

フランシスはぼうっとした頭で、ラザラスのお誘いに頷(うなず)こうとしてしまった。だが、二人の前に仁王立ちになったフェリックスに阻(はば)まれる。

「残念ですが、そろそろ仕事の続きを始めましょう! お茶休憩はおしまいです」

「は、はい!」

「えー」

フランシスは驚いてぴょんと飛びあがったが、ラザラスは唇を尖らせて不満いっぱいだ。幼馴染のとんでもない美貌に強い耐性を持つフェリックスは、腰に両手を当て、断固とした態度でラザラスに対峙(たいじ)する。

「駄目ですよ。仕事たまってますから!」

「お邪魔しました。すぐ片付けますっ」

「フラン、急いでいかなくてもいいよ」

ぶーぶー文句を言うラザラスを、フェリックスは問答無用でデスクの椅子へと押し込んだ。

「フランシス、お茶をありがとうございました」

「いえ、フェリックス様、ラザラスの子供の頃の話、また聞かせてくださいね」

「面白かったですか？」

「はい！」

「ではまた、お話ししましょう」

　フェリックスは穏やかで優しい笑顔で、フランシスにそう応えてくれた。


　その日の夕食は、王太后ジェネヴィエーブの別邸にラザラスと一緒に呼ばれていた。とても珍しい、フランシスにとっては初めてのことだ。近い未来、家族になる予定の三人は、テーブルを囲み美味しい夕食を共にし、食後のお茶と楽しいおしゃべりを楽しんでいた。

「ラスの元婚約者？　ラスって婚約していたっけ？」

　ジェネヴィエーブがそう言って、小首を傾げる。とぼけているわけでも、からかっているわけでもなく、本気で覚えていない様子のジェネヴィエーブに、ラザラスは遠慮なく吹き出した。

「母上、忘れるなんてひどい」

「本気で記憶にないわ。本当にしていた？」

「してたよ。父上が仕方なしに決めたでしょ。ヴィクトリアだよ。彼女のことも忘れちゃった？」

「ヴィクトリア！　思い出したわ！」

　ぱちんと両手を打ち鳴らしたジェネヴィエーブは、ラザラスのような大きな息子がいるとは思えないほど、若々しく可愛らしい。親子というより、年の離れた姉と弟という感じ。美々しい二人の周囲だけキラキラ光り輝いているようで、フランシスは見とれるばかりで会話に参加出来ていなかった。

「大人しい侯爵令嬢ってことしか、俺も覚えてないけど。砂場事件のこと、母上は覚えてるの？」

「そんなこともあったわね！　ヴィクトリアは泣いてしまうし、ヴィクトリアの父上がお怒りになられて。子供のすることなのにね。あの方はヴィクトリアをそれはそれは過保護に育てられていたから」

「げ。俺、怒られたりしたんだ」

「怒られたというか、ねちねちっと嫌味を言われただけよ。私と陛下が」

「そうだったんだ。まったく覚えてないいんだよね」

想像していたよりも大事だったのかもしれない。ラザラスはジェネヴィエーブに謝るが、子供の遊びなんだからと、ジェネヴィエーブは笑っていた。

「そんな感じだったものだから、婚約破棄はヴィクトリアのほうも大歓迎だったの。フランシスが気にするようなことなんて、何にもないいんだから」

フランシスはいきなりジェネヴィエーブにぎゅうっと手を握られる。ジェネヴィエーブの目は、なんだかとってもキラキラしていた。

「なーんか、母上、楽しそうだよね」

ラザラスは行儀悪くテーブルに頬杖をつき、恋人と母親が仲良くしている様子をニヤニヤしながら眺めている。

「まあ、ラスったら。私はフランシスを心配しているのよ」

「それはわかってるけど、でも、楽しそう」

「嬉しいのよ。ラスとフランシスが結婚するんですもの」

ジェネヴィエーブが指を伸ばしてラザラスの額を小突くが、ラザラスはニヤニヤ笑いをやめない。

「母上のことだから、それだけじゃないな。大好きなロマンス小説みたいだって、盛り上がってるんでしょ。記憶喪失の女官が国王と結婚だもんね。記憶喪失に身分差だなんて、母上の大好物だよね」

ジェネヴィエーブのためにロマンス小説を朗読するようになって、フランシスはロマンス小説には
お約束が多々あることに気が付いていた。主人公のどちらかが記憶喪失になり、それをきっかけにやり直したり、すれ違いを解消したりする展開のお話は何冊も読んだ。身分差のある主人公たちが、障害を乗り越えて結ばれたり、身分を捨てて新天地で幸せになる話は、それ以上に読んだフランシスだ。

ジェネヴィエーブの好みだというラザラスの指摘は間違っていない。

「ラザラス、ロマンス小説に詳しいのね？」

思わず聞いてしまったフランシスに、ラザラスは顔をしかめて見せる。

「フランが朗読する前は、誰があの本を読んでいたと？」

仕事の合間にラザラスが読んでいたのだ。きっとフランシス以上に読んでいることだろう。

「大好物なんて、やな言いかたね、ラス。でも否定は出来ないわ。だって、素敵ですもの」

くすくす笑い、ジェネヴィエーブは悪びれず肯定する。

「フランシスとラスのロマンスは、本当に小説みたいだわ。でも、何事もなく二人には幸せになってほしいから、これ以上、小説みたいなドラマチックな展開はないといいなと思っているのよ」

「ドラマチックって、例えば？」

「そうねえ、やっぱりポイントはフランシスの過去かしら。小説でも、記憶喪失から記憶が戻ったと

きが転機になることが多いのよ。以前は憎んでいたことを思い出すとか、敵同士だったのが判明するとかね。フランシスがダナオスやユクタスの姫君だった！　なんて困るでしょ？」

フランシスは表情を変えずに紅茶を飲み切り、口元にほほ笑みを浮かべ、カップを置くことに成功した。ラザラスは声を立てて笑い飛ばす。

「大丈夫だよ、母上。フランがダナオスやユクタスの姫君でも、俺は絶対にフランを手放さない」

「戦争になったりしないの？　ダナオスがフランシスを返せって攻めてきたら？」

「蹴散らすに決まってる」

即答したラザラスは、笑いを収め、ジェネヴィエーブに視線を向ける。

「母上、今やダナオスもユクタスも、敵国とは言い難い。国交ないしね。もし、フランがダナオスの姫君だったら、マルタナのこの王城の奥に隠しちゃえば、ダナオスにばれっこないよ」

「素敵よ、ラス。とても頼もしいわ」

にっこりと頷いたジェネヴィエーブに、ラザラスとフランシスは密かにほっとしたのだが、まだ安心するのは早かった。

「でも、もう一つ警戒しておかないと。フランシスの過去に婚約者とか恋人がいるのが判明するってパターンよ」

「……」

「……」

「ラス、しっかりフランシスをつかまえておくのよ。フランシスが記憶を取り戻して、婚約者がいるってわかっても、ラスのほうが好きってなれば、勝てるかもしれないでしょ？」

「勿論勝つ！　恋は早い者勝ちじゃない！」

「そうよ、ラス！　頑張って！」

ぐっと拳を握り、勇ましい表情を作るラザラスに、ジェネヴィエーブが応援するように拍手する。

なんだかやっぱり、ラザラスとフランシスのロマンスを小説に当てはめているようなジェネヴィエーブだが、指摘がことごとく痛いところを突いていて。

フランシスはそっと胸に手を当てると、ふうと長い息をついた。


ラザラスの寝室のベッドに、フランシスはもぐり込む。ラザラスのほうが先にベッドに入っていて本を読んでいたのだが、フランシスが入ってくるとすぐに本を置いて、フランシスの体を抱き寄せた。

就寝前の髪のお手入れをしていたフランシスの、艶々した髪に顔を寄せる。

「いい香り」

「ラスはお手入れなしでも、髪が艶々よね」

時々、マリーが強制的にお手入れをしているが、頻度はフランシスより全然少ない。肌だって何もしていないし、日焼けだってし放題だというのに、いつも白くてすべすべだ。

「マリーに、ずるいって言われる」

「本当に、ずるいと思うわ。妬ましいもの」

白いラザラスの頬にキスをして、髪をくしゃくしゃにかき回す。いたずらな手を捕まえたラザラスが、フランシスの上に乗りあがるようにして唇をふさいだ。それでもフランシスがラザラスの金の髪をくしゃくしゃし続けるので、ラザラスは笑って顔を離した。

「母上、明るくなったね。フランのおかげだよ」

ジェネヴィエーブは表情が明るくなったように思う。これまで、ジェネヴィエーブはいつも自分だけの世界に引きこもり、外の世界に背を向けていた。だが、フランシスとラザラスが婚約の報告に行くと、ジェネヴィエーブはとても喜んでくれて、以後、二人のことをとても気にしてくれているらしい。ジェネヴィエーブ付きの女官フィアナから、いつも嬉しそうにフランシスとラザラスの話をしていると聞いている。明るくなって口数も増え、表情も豊かになったそうだ。

「さらっと、ダナオスの姫君だったらって言われて、心臓が止まるかと」

「あれは俺も驚いた」

その時のことを思い出してラザラスは笑うが、フランシスはとても笑う気になどなれなかった。それに、あれからずっと気になっていた。ジェネヴィエーブに指摘されてからずっと。

「ラス」

「ん？」

「……私の元婚約者のこと、気になってる？」

おでこをなでた大きな手が、髪をくしゃりとかきまぜる。そっと目を上げたフランシスと目を合わせ、ラザラスは目を細めた。

「勿論、気になってる」

「！」

「気にならないわけないだろ？　勿論、たっぷり嫉妬もしてるよ」

「嫉妬するような関係じゃなかったから！」

「ふーん？　俺に教えてくれるの？」

「だって……、公平じゃないよね」

「なるほど。確かに」

　ラザラスもエヴァンゼリンも、王族なのだから政略的に婚約をしているのは当然。ラザラスの元婚約者について、フランシスは色々なことを教えてもらった。だというのに、ラザラスに何も知らせないのはフェアじゃない。フランシスが元婚約者にもやもやしたように、ラザラスだってきっと気になっているのだろうから。

「でも、話したくないのなら、いいよ」

　ちゅっと音を立てておでこにキスして、ラザラスは優しくそう言ってくれた。

「エヴァンゼリンの婚約は、俺よりもずっと複雑な事情があっただろうし。話すことで色々思い出させてしまうだろ？」

「ありがとう、ラス」

「でも、」

　続けて言おうとして、ラザラスは考え直したのか、口を閉ざす。

「ラス？」

「いい、やめとく」

　我慢しているという顔で黙られて、フランシスは胸の奥がきゅんとした。ラザラスがとても気にしていながら、フランシスの気持ちを最優先に考えてくれていることがよくわかって。その優しさがとても嬉しかった。

「ニコラスとは、幼馴染かな。男女だったから、ラスとフェリックス様みたいにいつも一緒にいてとか、なかったし。それほど親しかったわけじゃないけど」

「ニコラス……」

「ニコラス・パラディス。宰相の次男よ。年齢は私と一緒。軟禁される前は、宰相の子供たちとはよく遊んでいたの。軟禁されてからは、年に一度会うだけだったけど」

「恋愛感情はなかったんだよね？」

「ないわ。ラスとヴィクトリア様みたいに、一度もそうなったことはない」

「そうか」

ラザラスの胸の中に抱き包まれる。長い腕が背中に回って、ぎゅっとラザラスの体に密着するように引き寄せられる。長い足がフランシスの足に絡まって、二人の間に距離があることが許せないみたいに、どこもかしこもくっつかれた。

「もういいよ。もう聞きたいことは全部教えてもらった」

ニコラスは穏やかで優しい人だった。エヴァンゼリンが自殺をして、彼はどう思っただろうか。悲しんでくれただろうか。婚約し続けたことを後悔しただろうか。

「フラン」

両手で頬を包み込まれ、少し痛いと感じるぐらいの強さで、顔を上向かされた。

「フラン、もういいよ。もう考えない」

ごりっと額と額をこすり合わされる。フランシスが上向くと、どこか怒っているようなラザラスの目と目が合った。

「ラス」

「俺は嫉妬深い男だよ。俺の腕の中にいるのに、他の男のことなんて考えない。いいね？」

「ごめ」

すべて言う前に、ラザラスに唇をふさがれた。強く唇が埋め込まれ、舌が差し込まれる。口の中を少し乱暴なぐらい性急に舐め回され、フランシスは苦しいぐらいだった。

「フランシスと結婚するのは、俺だから。いいね」

「うん」

「過去がどうあれ。元婚約者が何人いようとも。俺たちの未来には、お互いだけだ。そうだろ？」

「ええ、そう。愛している、ラス」

「俺も、愛しているよ、フランシス。誰にも君を渡さない」

ラザラスの背中に両腕を回し、すがりつくようにすれば、ラザラスからのキスは優しく甘さを増した。満足そうな、安心したようなため息をラザラスがもらすのに、フランシスは両腕だけではなく両足もラザラスにすりつけた。

「愛してる、フラン。明日にでも結婚式が出来ればいいのに」

それぐらい愛してくれているけれど、そんな強引なことはしない。ちゃんと手順を踏んで、正式に、誰にも文句を言わせないように、フランシスを妻にしようとしてくれている。フランシスを大切にして、二人の未来を考えてくれているからだ。

ラザラスは本気でフランシスの全部を欲しがってくれていて、この先の未来、二人で生きようと考えてくれている。

「ラス、愛してる」

　ここまで深く愛し、思いやり、欲しがってくれた人が過去にいただろうか。勿論、一人もいない。そしてきっと、この先の未来でも現れないだろう。

　もう触れあっているだけでは足りなくて、フランシスはラザラスの寝間着の裾から手を差し入れ、背中の素肌に手を這わせる。少し高いと感じる体温と、しっかりとついている筋肉、やはりすべすべな肌がとても気持ちいい。

　少し大胆な気持ちになって、フランシスはラザラスのお尻にも手を伸ばす。きゅっと締まった腰から、お尻への見事なラインを何度も手でさすっていると、フランシスの首元に顔を埋めていたラザラスがくすくす笑っていた。

「フラン、今夜もたくさんしていい？」

　ラザラスが顔を上げ、フランシスの寝間着を脱がせていく。

「たくさんって、あの、でも、昨日も一昨日もたくさんしたし」

　フランシスの頬が引きつってしまう。お休みだった昨日も、その前日も、ほとんど気絶の寝落ちするまでした気がするのは記憶違いだろうか。

「今夜もしよう。いいよね？」

　にっこりと、ラザラスが堕天使な笑みを浮かべる。見る者を魅了して、堕落させる、とびきりに美しくて魅力的で色っぽい笑みだ。勿論、フランシスに抗うことなど出来ない。

　真っ赤な顔でこくりと頷いたフランシスは、腕を伸ばしてラザラスの首に回すと、自分から顔を上げてキスをした。

あとがき

はじめまして。須東きりこです。星の数ほどある本の中から、この本を手に取っていただき、本当にありがとうございます。私の初めての本になります。

フランシスとラザラスのロマンス、堪能していただけたでしょうか。読み終わって、「ああよかった！」と幸せな気分でいてもらえたらいいのですが。


ヒロインのフランシスは、私が初めて小説を書いたときの主人公。なのでとっても愛着があります。当時、私はまだ中学生だったかなぁ、孤独な王女様という設定は変わらないけれど、細かいところは今のフランシスとだいぶ違ってました。でも、性格も考え方もよく知っている親友のような存在で、いつかまた書こうと、ずっと温存してきたヒロイン。

そのフランシスで初めての本を出せるって、すごい運命。いや、執念かな（笑）。

フランシスのお相手になる男性は、不思議なことに、書くたびに変化してました。

とにかく強かったり、冷たいけどいい男だったり。ラザラスはスパダリのように見えて、いやいやまだまだって感じでしょうか。実はフランシスより愛されキャラじゃないかと思ってます。

私はずーっと、自分一人で楽しむために小説を書いてきました。自分の好きな設定、好みな展開、納得なハッピーエンド。自分の作品の読者は自分だけで、満足していました。人に見られるのは恥ずかしいとさえ思っていました。

そんな私が小説を読んでもらおうと思えたのは、ネットのおかげ。簡単に自作小説を公開出来る場があり、匿名性が保たれるという都合のよさがあったからです。ネットで私は自分の作品を面白いと言ってくれる読者さまに出会い、感想を貰うという喜びを知ってしまいました。

こうして書籍という形にまでなったのは、ネットで私に感想やメッセージをくださった読者さまのおかげだと思っています。きっと書籍も手に取ってくださっている方もいるでしょう。本当にありがとうございました。

イラストを描いてくださったコトハ様。素敵なイラストをありがとうございます。私の脳内で、登場人物たちは全員コトハ様のイラストで再現されるようになりました。

私の頭の中にしかいなかったキャラクターたちが、イラストになるって、こんなにすごい体験なんだ！　と感動しました。自分のためだけに小説を書いていたのなら、こんな素晴らしい感動は知ることが出来なかったです。

最後に、私の小説を書籍にしようと思ってくださった、一迅社の皆様。本当にありがとうございました。おかげで、これまで知らなかった、たくさんの幸せと感動をもらえました。

これからも、この幸せが続くように、物語を書き続けていきたいと思っています。読者の皆様の応援をいただけると、とても嬉しいです。

この本を手に取っていただいて、ありがとうございました。

須東きりこ

海王の娘
孤独な王女は二度目の人生で愛を得る

須東きりこ

2022年6月5日　初版発行

著者　須東きりこ

発行者　野内雅宏

発行所　株式会社一迅社
〒160-0022 東京都新宿区新宿3-1-13　京王新宿追分ビル5F
電話 03-5312-7432(編集)
電話 03-5312-6150(販売)
発売元：株式会社講談社(講談社・一迅社)

印刷・製本　大日本印刷株式会社

DTP　株式会社三協美術

装丁　AFTERGLOW

ISBN978-4-7580-9464-1

MELISSA
メリッサ文庫

●本書は「ムーンライトノベルズ」(https://mnlt.syosetu.com/)に
掲載されていたものを改稿の上書籍化したものです。
●この作品はフィクションです。実際の人物・団体・事件などには関係ありません。